# Marcio Veloz Maggiolo

# La mosca soldado

edición
Rafael Rodríguez-Henríquez

- STOCKCERO -

Veloz Maggiolo, Marcio
    La mosca soldado / Marcio Veloz Maggiolo ; edición literaria a cargo de: Rafael Ro-
    dríguez-Henríquez - 1a ed. - Buenos Aires : Stock Cero, 2007.
    200 p. ; 22x15 cm.

    ISBN 978-987-1136-68-1

    1. Narrativa Dominicana. I. Rodríguez-Henríquez, Rafael, ed. lit. II. Título
    CDD D863

Marcio Veloz Maggiolo

# La mosca
# soldado

# Índice

# INTRODUCCIÓN

*Marcio Veloz Maggiolo*

## VIDA Y OBRA

Marcio Veloz Maggiolo nació el 13 de agosto de 1936 en Santo Domingo, capital de la República Dominicana, donde actualmente reside. Su padre, Francisco Veloz Medina, fue un intelectual autodidacta y su madre, Mercédez Maggiolo, hija devota de protestantes cristianos de ascendencia italiana. El barrio de Villa Francisca, que vio crecer al autor, desempeña un papel protagónico en varias de sus narraciones; allí empezó a formarse intelectualmente y absorbió las corrientes de su tiempo en el ambiente hostil de la dictadura de Rafael Leonidas Trujillo[1], la cual siempre despreció apasionadamente. Sin duda, Veloz Maggiolo fue testigo ocular de las atrocidades cometidas por el Régimen y, como sus conciudadanos, fue víctima de la represión política que imponía el tirano. Estas vivencias adversas le dejarían al autor unas huellas imborrables que se reflejan de un modo u otro en su obra literaria, especialmente en sus novelas. Su oposición a la dictadura, sin embargo, no se limita a las posturas antitrujillistas expresadas en las obras que escribe después de la tiranía. Formó parte, efectivamente, del grupo de intelectuales izquierdistas que, de un modo u otro, combatieron la dictadura clandestinamente. De hecho, cuando trabajaba para el periódico *El Caribe* fue expulsado por negarse a escribir un reportaje que favorecía los caprichos de Petán Trujillo, hermano del dictador. El activismo político no es, sin embargo, lo que caracteriza la personalidad de Veloz Maggiolo, quien es un ser preocupado por un mundo enigmático que se presenta, a un mismo tiempo, lleno de posibilidades y vacío de valores, razón por la cual siempre cuestiona el significado de las ciencias, de las artes y las letras, qué valor tienen y qué debemos hacer con ellas[2].

---

1      Trujillo gobernó la República Dominicana tiránicamente desde 1930 a 1961, año en que fue asesinado.

2      Los datos íntimos del autor y la interpretación aquí ofrecida aparecen en «Marcio Veloz Maggiolo o la pasión del saber", ensayo biográfico del escritor Carlos Esteban Deive (1935). El ensayo forma parte de *Arqueología de las sombras. La narrativa de Marcio Veloz*

Los enciclopédicos conocimientos de Veloz Maggiolo tienen su origen en la necesidad que sintió, desde muy joven, de conocer el mundo. Desde los albores de su formación intelectual, mostró un ávido interés por la exploración de la cultura universal y por el saber en general, afanes que puso en práctica y que explican su erudición. Mediante ella, el autor intenta proyectarse humanamente, entender al hombre y las diversas manifestaciones del universo, reconstruyendo, de este modo, la realidad y presentándonosla estéticamente (Deive, *ibid.*).

A través de su producción novelística, Veloz Maggiolo ha dado a conocer, más que ningún otro autor contemporáneo, la literatura dominicana, puesto que ha publicado novelas que han recibido la merecida atención de prestigiosas casas editoriales. En 2005 Siruela hizo una reedición de *La biografía difusa de Sombra Castañeda* (1982), la obra más estudiada del autor. Esta editorial publica, además, *El hombre del acordeón* (2003) y *La mosca soldado* (2004). Por otra parte, Alfaguara hizo recientemente una reedición de *Materia prima. Protonovela* (1988), considerada por el autor como una de sus mejores novelas[3].

La vida profesional de Veloz Maggiolo no se ha ceñido exclusivamente a la literatura ni a las ciencias humanas, pues ha llegado a representar al país, como diplomático, en Italia (1963-1964; 1983-85), México (1965-1966) y Perú (1982-1983). Es significativa, además, su contribución al campo arqueológico y antropológico de la zona del Caribe, por lo que el autor ha recibido numerosos premios científicos, y la medalla *Spinden*, otorgada por el *Smithsonian Institute* de Washington. Veloz Maggiolo ha sido profesor visitante de varias universidades americanas y europeas. Fue subsecretario de Estado de Cultura, Director del Departamento de Investigaciones del Museo del Hombre Dominicano, Director del Departamento de Antropología e Historia de la Universidad Autónoma de Santo Domingo, Director-fundador del Departamento de Extensión Cultural de la misma universidad y Director del Museo de las Casas Reales; también fue miembro correspondiente de la Academia Dominicana de Geografía, de la American Anthropological Association y de la T.T. Historical Society, Trinidad y Tobago. Ha recibido el Pre-

---

libro, editado por Fernando Valerio-Holguín, es una compilación de ensayos y artículos que ponen de manifiesto las características más importantes de la narrativa de Maggiolo, así como también las innovaciones que el autor ha hecho dentro del género narrativo en la República Dominicana. La obra obedece al reconocimiento que se le hiciera cuando ganó el Premio Nacional de Literatura en 1996. Para el lector angloparlante, por otro lado, existe un importante ensayo biográfico del crítico dominicano Silvio Torres-Saillant en *Dictionary of Literary Biography* (1992), que enfoca la vida y obra de Veloz Maggiolo hasta la fecha dada. El mismo ha sido una valiosa fuente para el presente estudio.

3    La crítica se ha detenido en describir el fenómeno de la invisibilidad de la literatura dominicana frente a la del resto del Caribe hispánico. Es el caso, por ejemplo, de Rita De Maeseneer, quien en *Encuentro con la narrativa dominicana contemporánea* (2006), atiende al problema, y hace una seria y exhaustiva investigación sobre el estado de la narrativa dominicana de las tres últimas décadas. Aquí, la estudiosa «discute algunos enfoques frecuentes en la narrativa latinoamericana a partir de textos de escritores dominicanos en diálogo con otros de fuera de la isla" (Ed.). De nacionalidad belga, esta crítica es caribeñista y especialista en la obra de Alejo Carpentier. En los últimos años

mio Nacional de Novela, de Poesía y de Cuento cuatro veces y el Premio Nacional de la Academia de Ciencias de la República Dominicana.

En 1961 recibió una Licenciatura en Filosofía y Letras por la Universidad Autónoma de Santo Domingo, institución donde ha sido profesor, y que lo nombró profesor vitalicio, honor rendido solamente a poetas de la estirpe de Pedro Mir y Aída Cartagena Portalatín. En 1970 se graduó en Técnicas de Arqueología por la Universidad de Madrid, donde también recibió el Doctorado de Historia de América, con especialidad en prehistoria; su disertación doctoral se publicó en 1972 con el título *Arqueología prehistórica de Santo Domingo*. Hizo también estudios superiores de periodismo en Quito. Entre los múltiples galardones que Veloz Maggiolo ha recibido por su obra creativa figuran: Premio Nacional de Poesía (1961) con *Intus*; Premio Nacional de Novela (1962) con *El buen ladrón*; Premio Nacional de Novela (1981) con *La biografía difusa*; Premio Nacional de Cuento (1981) con *La fértil agonía del amor*; Premio Nacional de Novela (1990) con *Materia prima*; Premio Nacional de Novela (1992) con *Ritos de Cabaret*; Premio Nacional de Literatura (ya mencionado) y Premio Feria Nacional del Libro (1997) con *Trujillo, Villa Francisca y otros fantasmas*. Parte de su obra narrativa y ensayística ha sido traducida al inglés, italiano, francés y alemán.

La crítica en general considera a Veloz Maggiolo como uno de los escritores dominicanos contemporáneos más prolíficos y representativos. Efectivamente, cuenta con una producción literaria y académica que sobrepasa un centenar de publicaciones, las cuales muestran su extenso y variado bagaje intelectual. El trabajo de investigación histórica, arqueológica y antropológica, disciplinas a las que se dedica con entereza y pasión, se refleja también en su producción literaria.

Este autor dominicano ha incursionado en casi todos los géneros literarios. Desde los veinte años gozó de prestigio literario con su primer libro, *El sol y las cosas* (1957), poemario en el que adopta fórmulas extraídas de la tradición española, superando, a juicio del poeta y crítico dominicano Antonio Fernández Spencer, a los jóvenes poetas del momento, quienes sufrían de «horrible tartamudez literaria»[4]. Veloz Maggiolo luego escribe *Intus* (1962), otro libro de poesía. También experimenta con otros géneros literarios: en 1960 escribe la novela bíblica *El buen ladrón* (1960), por la cual recibe el premio Fundación William Faulkner, de la universidad de Virginia, y en 1963 publica *Creonte* [una pieza teatral]. *Seis relatos* (1963), libro que también se inscribe en la temática bíblica. La experimentación con corrientes literarias foráneas y con otros géneros inscribe al joven autor en las vanguardias, doctrina a la que se adherirá de aquí en adelante, especialmente al escribir sus relatos.

A partir de esta fecha publica otros poemarios, así como también obras de teatro, ensayos, cuentos y novelas; escribe, además, estudios sobre crítica

---

4    Esta crítica sobre el estado de la poesía dominicana del momento se encuentra en la *Antología Mayor de la Literatura Dominicana* (XIX- XX), donde aparece una biografía importante sobre Veloz Maggiolo. Para acceder a la misma, consulte http://www.bnrd. gov.do/poesia2/1936-.htm_

literaria. Para nuestros propósitos, vale la pena subrayar la importancia de *El prófugo* (1962), relato con el que el autor inaugura la saga trujillista de su narrativa. La obsesión de Maggiolo por la dictadura se convertirá en una marca temática que caracterizará a casi toda su producción novelística de las últimas décadas. Así, al desmantelarse formalmente la dictadura trujillista, Veloz Maggiolo y otros escritores de la época ya no tuvieron la necesidad de esconder su crítica política del Régimen en los personajes alegóricos que surgían del relato bíblico. Los escritores inician abiertamente, pues, una crítica de treinta años sobre el caos político y la opresión, atendiendo, a la vez, a las repercusiones que todo ello tiene en el presente y futuro históricos del país. Marca también un hito en la producción literaria de Maggiolo *De abril en adelante* (1975), novela que presenta, entre otras cosas, una reflexión sobre la Revolución de Abril[5], y que se somete a cavilaciones sobre el acto de escribir una novela. Este patrón de autoconciencia narrativa se percibe en otras novelas del autor, particularmente en *Materia Prima, Uña y carne. Memorias de la virilidad* (1999) y la obra que aquí nos ocupa.

De singular importancia para la producción narrativa del autor (y para nuestro trabajo) es *La biografía difusa*, con cuyo dictador protagonista se alude a Trujillo. La novela no se limita a las alusiones de una historia relativamente reciente, puesto que la misma «recoge la historia simbólica de Santo Domingo, sus leyendas, sus mestizajes, las relaciones rituales dominicanas y haitianas y el trayecto de una dictadura que se deshace lentamente y se diluye en la palabra y la poesía» (Ed. Siruela). Por otra parte, en 1986 Veloz Maggiolo escribe *Florbella* (*arqueonovela*). Esta obra, al igual que *La mosca soldado*, presenta a un arqueólogo que se enamora de los huesos de una princesa taína encontrados en una excavación. Esto produce, como en su más reciente novela, un choque entre la creatividad del científico y los sentimientos que éste empieza a desarrollar por dicho personaje aborigen.

La narrativa es, como se ha sugerido, el género que el autor ha cultivado a plenitud y en el que más se ha distinguido: ha escrito varios libros de cuentos y más de quince novelas, razón por la cual se le considera el máximo narrador del país. Generalmente, las novelas de Veloz Maggiolo son de estructura compleja y suelen reflejar los rasgos estilísticos asociados con las corrientes literarias contemporáneas. En el plano temático, su narrativa muestra inclinación por el trujillato, al que condena abiertamente, y por el papel que el hombre desempeña en circunstancias históricas adversas. Así, las preocupaciones históricas que surgen en su narrativa rebasan los parámetros locales, insertándola a ésta en un contexto universal. En este contexto local/universal, sus relatos suelen presentarse como espacios donde se realizan investigaciones que tienen como fin el descubrimiento de la realidad en el

---

5    Esta histórica revuelta, iniciada el 24 de abril de 1965, fue llevada a cabo por un grupo civil y militar que intentó reinstituir la presidencia de Juan Bosch, cuyo gobierno era considerado izquierdista. Sin embargo, otro grupo conservador se opuso a dicha reinstitución, lo que dio lugar a un enfrentamiento armado. El conflicto suscitó la Segunda Intervención Militar Norteamericana en la República Dominicana; las tropas estadounidenses se unieron al grupo conservador y permanecieron en el país hasta las elecciones de 1966, fecha en que Joaquín Balaguer fue elegido presidente de la república.

más amplio sentido del término. Se indaga en la palabra oral y escrita, o en los objetos con el propósito de determinar, entre otras cosas, de dónde venimos y quiénes somos y, de modo implícito, hacia dónde vamos: es decir, se establece un cuestionamiento de nuestra identidad. Por esto, en su configuración de nuestra identidad el autor presenta, a través de sus relatos, una visión totalizadora del mundo, donde «todo es parte del todo», frase reiterada en su narrativa.

## El autor y la narrativa dominicana contemporánea

La literatura dominicana actual aborda temas que frecuentemente exhibe la literatura del resto del Caribe e Hispanoamérica en general. En la narrativa es notable, por ejemplo, la acentuada preocupación por la historia. Ciertamente, los escritores que han optado por ficcionalizar la historia se han enfocado esencialmente en el trujillato y en los movimientos revolucionarios del siglo XX, a diferencia de los demás países latinoamericanos donde los motivos históricos en sus ficciones conciernen al Descubrimiento y la Independencia. Encarnado posteriormente en Joaquín Balaguer, el trujillato se ha interpretado en la actualidad como una especie de omnipresente fantasma histórico, que a un tiempo repele y atrae todavía a los novelistas dominicanos a la hora de escribir sus narraciones. Veloz Maggiolo es muy consciente de este fenómeno histórico actual en *El hombre del acordeón* y en *Uña y Carne*. Aparte de Veloz Magiolo, tratan el tema de la dictadura el cuento «Pormenores de una servidumbre» (1985) de Pedro Peix (1985) y la novela *El Personero* (1999) de Efraím Castillo (1940), textos que establecen un diálogo con *La fiesta del chivo* (2000), novela del escritor peruano Mario Vargas Llosa, quien también se inspiró en el trujillato para la creación de la misma. La matanza haitiana[6], hecho histórico asociado con el trujillato, ha sido representada en relatos de varios narradores dominicanos. Este traumático suceso se manifiesta, por ejemplo, en *El masacre se pasa a pie* (1973) de Freddy Prestol Castillo (1913- 1981), en *El poder del jefe* (1991) de René Fortunato (1958), y en *Materia prima* y *El hombre del acordeón* de nuestro autor. Aunque la primera novela de Veloz Maggiolo sólo toca la superficie de la matanza, en la segunda se cuestiona a fondo y se condena la misma con un lenguaje irónico e incisivo. Dos obras de Deive representan una desviación del trujillato en la narrativa dominicana de las últimas décadas: *Las devastaciones* (1979) y *Viento negro, bosque del caimán* (2002), que tratan sobre la piratería del siglo XVII en la isla, y sobre la independencia, respectivamente. De Prestol Castillo se publica póstumamente *Pablo Mamá* (1985), novela que trata sobre la anexión del país a los Estados Unidos por parte de Buenaventura Báez (1812- 1884).

---

6    Se trata de la matanza propiciada por Trujillo de aproximadamente 15.000 haitianos en 1937.

En cuanto a los movimientos revolucionarios que han suscitado relatos históricos podemos mencionar *La vida no tiene nombre* (1965) y *Ritos de cabaret* (1991) de Veloz Maggiolo, y *Los algarrobos también sueñan* (1977) de Virgilio Díaz Grullón.

El contraste entre campo y ciudad ha servido también de fuente de inspiración a muchos narradores dominicanos. Es decir, la vida del campo o de la ciudad y sus respectivas culturas se narran individualmente en los relatos, o se ofrecen visiones destinadas a establecer diferencias entre lo rural y lo urbano. De los escritores pertenecientes a la diáspora dominicana suelen mencionarse *¡Yo!* (1997) de Julia Álvarez, *Geographies of Home* (1999) de Loida Marítza Pérez, y *Drown* (1996) de Junot Díaz. Esta tendencia temática es también notable en *Carnaval de Sodoma* (2002) de Pedro Antonio Valdez y en *Mudanza de los sentidos* (2001) de Ángela Hernández. ¿Dónde situaríamos a Veloz Maggiolo en esta doble vertiente? En términos generales, la narrativa del autor no formula contiendas (deliberadas) entre estas líneas temáticas. No obstante, sobre la forma de vida en el campo y la ciudad aparecen reflexiones que se presentan en el relato como parte esencial del discurso narrativo. Sirva de ejemplo *El hombre del acordeón*, donde los campos de La Línea representados en la obra son el espacio en que ocurren los hechos narrados. En realidad, el foco de la acción en esta novela son las peleas de gallos, actividades asociadas con el campesino. Por otro lado, la ciudad en la narrativa de Veloz Maggiolo encuentra su mayor representación en *Materia Prima*, pues, según la novela, en Villa Francisca «se resume la historia de la humanidad».

Se ha enfocado en la literatura caribeña/hispanoamericana, además, el rescate de la cultura popular a través de la música. En la República Dominicana no han faltado escritores que en sus relatos se adhieran al bolero y al merengue, signo fundamental, éste último, de nuestra identidad cultural. Para construir la narración en *Solo cenizas hallarás (Bolero)* (1980) Pedro Vergés (1945) emplea el bolero para causar, entre otros efectos, un ambiente romántico o evasivo, que se desliga de la caótica realidad política del comienzo de 1960, después de la muerte del Benefactor de la Patria, como se le llamaba a Trujillo. Sigue también la tendencia bolerística en el país Enriquillo Sánchez (1947- 2004) en *Musiquito. Anales de un déspota y de un bolerista*. En el caso de Veloz Maggiolo se pueden señalar *Materia prima*, *Ritos de cabaret*, y *El hombre del acordeón*, novela, ésta última, donde se les da voz a los personajes campesinos a través del merengue y, más importantes aun, éstos utilizan el género musical como un «pretexto» para crear discursos cargados de connotaciones políticas antitrujillistas. Las manifestaciones musicales son importantes también en *La mosca soldado*, en lo que atañe a la recuperación o comprensión de las culturas primitivas.

## La novela en la línea temática de la narrativa maggioloana

A diferencia de sus novelas anteriores (*Uña y carne* y *El hombre del acordeón*, entre otras), notablemente marcadas por la saga trujillista, *La mosca soldado* enfoca una historia dominicana matizada, la cual se aleja de aquel tema para centrarse en preocupaciones locales que se expresan desde una perspectiva universal. No obstante, no podemos descontar que la novela es consciente de su presente histórico y que admite la influencia de la época trujillista en la conducta de los actuales ciudadanos dominicanos, como bien se refleja en un diálogo que Eduardo y el profesor sostienen, donde aluden a ese período histórico (14). La deliberada intención de la novela de encajar en lo universal se muestra, por ejemplo, en la creación de la protagonista indígena, Pandora, detrás de quien se esconde el personaje mitológico que lleva este nombre[7]; el mito que concierne a este personaje está estrechamente ligado a la trama del texto de Veloz Maggiolo. En efecto, en el desenlace de la trama nos percatamos de que después de la exhumación de los restos de Pandora (y de los demás cadáveres) se desatan en El Soco decadencias y calamidades: «La cara de Jean no era la misma. Las arrugas habían surgido en su rostro dejando en el mismo los síntomas de una ancianidad súbita» (144). Al respecto, señala una «vecina desconocida» que «luego de que los esqueletos se marcharon, la desgracia acabó con el pueblo», y la bruja Feltrudis «comentó por todo el poblado que habíamos traído azaros, malas influencias y muerte», y «la primera en desgraciarse fue ella», nos comunica el narrador (144). El discurso dialógico de *La mosca soldado* con este personaje clásico desempeña una función fundamental en la concepción que sobre el pasado construye el narrador, quien concibe en los hechos de la Historia una proyección cíclica. De todos modos, la novela aúna la ciencia y la ficción para descubrir las realidades de una antigua sociedad indígena cuyos vestigios antropológicos y culturales se manifiestan todavía en la localidad dominicana mencionada, mostrándose, a la vez, que las costumbres de esta población aborigen también se practican en otras tribus indígenas de Latinoamérica, como en Colombia y Venezuela. La génesis temática de la novela, entonces, hay que buscarla, como hemos sugerido, en las dos novelas que Veloz Maggiolo publica en la década de los ochenta: en *La biografía difusa*, donde existe una hibridación de tradiciones y mitos procedentes de varias etnias, y significativamente en *Florbella* (*arqueonovela*), cuya historia retoma y profundiza *La mosca soldado*.

---

7   Pandora: Según la mitología griega, Pandora es la Primera Mujer, creada por Zeus como peste para el género humano, con el fin de vengarse de Prometeo, quien había robado el fuego divino para dárselo a los hombres. Fue hecha de barro, y Afrodita le proporcionó la belleza para que a los hombres les atrajera la plaga. Los dioses le dieron una jarra sellada en sus manos que contenía todos los males inherentes a los seres humanos, la cual ella abrió, motivada por su natural curiosidad femenina. Al abrir la jarra, salieron de ella los males que arruinarían la humanidad: las enfermedades, las

## Estructura narrativa de *La mosca soldado*

A simple vista, la novela parece ser una compilación de apuntes que, sobre los hallazgos de 1973, ha guardado el profesor en su diario. Sin embargo, al adentrarnos más en el texto, nos percatamos de que existe, en realidad, un desarrollo novelesco en el nivel argumental (la historia de «amor» del profesor y Pandora, por ejemplo), y también en el plano estructural. Como en otros relatos ya señalados del autor, el discurso narrativo de esta obra se construye a base de técnicas empleadas en la novela contemporánea. La obra carece de un narrador omnisciente para resolver las incógnitas de un texto que, desde el título, parece presentar como figura central a un «repulsivo» insecto, elemento de poco atractivo para la convención literaria. Indudablemente, estamos frente a una novela donde aparecen datos no del todo claros, aun para el narrador, quien nos comunica, por ejemplo, que se desconoce el motivo por el cual las moscas soldado se asientan en los restos de Pandora (104). Complica aun más, en el plano temático, la fragmentación del relato, debido a que varios datos, necesarios para la comprensión de la novela, son ofrecidos en distintos lugares del texto, razón por la cual el lector se verá obligado, en más de una ocasión, a retroceder algunas páginas para retomar el hilo temático narrativo. Dicha fragmentación contribuye en gran parte a la conocida digresión narrativa, vigente desde la épica homérica y presente, de manera autorreflexiva, en la narrativa cervantina; ello llevará pues a constantes saltos temáticos, suscitados por las distintas memorias del narrador y su ex alumno, que conciernen a la construcción del «raro» mundo de El Soco, lugar donde se centra la historia relatada. De modo muy notable, caracteriza a esta novela, además, la intertextualidad, técnica con la que la novela establece diálogos explícitos e implícitos con otros textos, a través de referencias científicas, históricas y literarias, muchas de las cuales han sido explicadas en las acotaciones dadas. Hemos de advertir también que la novela pone en práctica, desde el principio, la narración metaficcional, pues, como si fuera un «pretexto» literario, Eduardo, el antiguo estudiante, le propone al profesor la realización de un proyecto de ficción, en el cual ellos mismos participarán. Aludiremos a estos rasgos estilísticos en el transcurso de nuestro análisis.

## Relevancia de los elementos «triviales» en la narración (aclaraciones)

Esta obra posee matices detectivescos y se asoma, según la interpretación del propio autor, a lo misterioso y a lo raro[8]. Consecuentemente, se justifica la presencia de algunos elementos que a simple vista parecen carecer de mu-

---

8    Esta información proviene de una entrevista realizada a Veloz Maggiolo por De Maeseneer, la cual se encuentra en: http://www.cielonaranja.com/demaeseneermaggio-lo.htm (p. 6).

cha importancia. Podemos, así, cuestionar el título de la obra, que muy bien pudo señalar el nombre de Pandora, a quien la novela proclama su protagonista. ¿Por qué, entonces, incluir al aludido insecto en el título, y adjudicarle un notable peso semántico en el texto? La presencia de las moscas soldado, que suscita la narración del texto, cobra una importancia capital en el desarrollo de los hechos relatados en la novela. Descubrimos, en el desarrollo de la trama, que las larvas de aquéllas presentes en la raíz de la guáyiga *fermentada* proveen la proteína en este alimento, el cual sustituye a la yuca, fuente alimenticia primordial de los primeros grupos aborígenes del Caribe. En otras palabras, durante el proceso de fermentación de dicha raíz las moscas se asientan en esa pasta y allí depositan sus larvas, mezclándose con aquel fermento y dando como resultado el nuevo alimento; debido a que la yuca no contiene dicha proteína, esencial para la supervivencia humana, la novela celebra poéticamente esta invención/costumbre indígena. Presenta así las «simples» moscas, junto a la «nimia» guáyiga, como elementos fundamentales en el desarrollo socio-cultural de la antigua población indígena desaparecida, El Soco, cuyas creencias coexisten, aunque no siempre armónicamente, con las de los actuales grupos étnicos que pueblan el lugar en el presente histórico de la obra. Al igual que el narrador, el lector es inducido a creer que en la excavada tumba de Pandora, sacrificada para honrar a un cacique, se colocan flores de dicha planta para subrayar la importancia que ésta tuvo en el desarrollo de la población indígena, a la cual pertenece la protagonista.

Asimismo podríamos señalar las ocarinas que aparecen junto a los restos de Pandora y el infante, instrumentos a los que el prodigioso Damián todavía les puede sacar «notas milenarias», y cuyo sonido, según el narrador, era igual al que «se mezclaba con los tambores del gagá, los pitos similares a los de la policía usados en la ceremonia haitiana y el sonido de los cataliés y los fotutos de bambú» (84). A través del fenómeno musical concerniente a Damián se crea uno de los mitos más importantes en la narración, pues en El Soco, lugar mágico que tiene «relaciones profundas con una especie de 'más allá' (77)», se decía que Damián, gemelo como dicho infante, «tenía 'dones', que se 'montaba' y que los 'espíritus de indios' lo habían visitado» (85). Al ser traspuestos y descubiertos en la ficción, los objetos (o hechos) «triviales» percibidos en la vida cotidiana, según la novela, nos revelan, paradójicamente, realidades significativas, ya sean histórico-culturales o científicas; es decir, descubrimos las «irrealidades» de la realidad, como tanto se subraya en la obra. Como las mismas moscas, estos objetos son importantes porque son portadores de la Historia, si nos acercamos a ellos con un lente poético-científico.

## La identidad dominicana en la obra

El crítico español José A. Pérez Muñoz, quien considera *La mosca solda-do* una de las mejores piezas literarias del Caribe de las últimas décadas, sostiene que en las antiguas tradiciones, leyendas y divinidades representadas en la novela el narrador dominicano moderno se vale de la memoria y la ciencia para encontrar su propia identidad[9]. En definitiva, la novela nos abre las puertas a un mundo extraño donde distintos grupos humanos interactúan/dialogan, de un modo u otro, en varias épocas de la Historia para entregarnos un universo ficcionalizado que propone la hibridación cultural, marca inherente a la identidad dominicana, e hispanoamericana, en general. Aclaramos, sin embargo, que los grupos humanos representados en *La mosca soldado* no simbolizan en sí la cultura hegemónica, aunque la novela admite, sin lugar a dudas, las influencias que ésta ha tenido en la historia cultural dominicana. Por esto, nos inclinamos por denominar esta obra como una etnonovela, en la cual, según la interpretación de Valerio-Holguín, «el Otro colonizado, marginado y, muchas veces aniquilado, ocupa un lugar preponderante y supone una textualización etnográfica»[10]. En efecto, Veloz Maggiolo (re)crea en la novela un espacio que representa el abanico etnológico de la sociedad dominicana, con una notable inclinación, sin embargo, por el pasado indígena, lo que no implica necesariamente que el texto evada otras culturas[11]. Esta configuración se materializa en El Soco, microcosmos donde desfilan diversos grupos étnicos cuyas creencias y tradiciones éstos mutuamente asimilan. Sin embargo, algunas veces estos grupos se presentan en conflicto, como bien se muestra cuando el narrador señala que el lugarú Samuel era enemigo de Feltrudis, la Marimanta (8-9). Por tanto, al determinar la identidad dominicana basándonos en las culturas que coexisten en la novela no podemos hablar de una aculturación total experimentada por cada grupo humano representado en la obra.

En este sentido, *La mosca soldado* se une a las reflexiones que sobre nuestra identidad habían venido forjando varios americanistas desde el siglo XIX, tales como A. Bello, D. F. Sarmiento, J. H. Rodó, J. C. Mariátegui, A. Reyes, A. Carpentier, P. Henríquez-Ureña, L. Lima, y otros. A su propio modo, estos intelectuales expresaron su ansiedad ontológica ante la necesidad de resolver las contradicciones que suponía una definición concreta de la identidad americana[12]. Así, la novela de Veloz Maggiolo evoca, especialmente, *La expresión americana* de Lezama Lima, puesto que en su ensayo se percibe el

---

9    El juicio crítico ofrecido en esta cita proviene de una reseña sobre el libro proporcionada por el autor.

10    La definición aquí ofrecida aparece en un interesante artículo titulado «Mito y otredad en la nueva novela histórica dominicana", en el cual Valerio-Holguín incluye *La biografía difusa* (98), novela donde Veloz Maggiolo recrea, como hemos dicho, un ambiente donde cohabitan varias culturas que caracterizan nuestra identidad.

11    Un ejemplo es la conocida novela fundacional, *Enriquillo* (1882), de Manuel de Jesús Galván, donde se construye la identidad dominicana a través del sustrato indígena, o *El Reino de Mandinga* (1985), donde Ricardo Rivera Aybar sigue esta tradición.

12    Irlemar Chiampi hace esta observación en su edición crítica de *La expresión americana*

mestizaje como seña cultural de nuestra identidad; (el modo en que el narrador de *La mosca soldado* concibe la Historia también alude al ensayo del escritor cubano, como veremos más adelante). ¿Cómo se manifiesta en la novela, entonces, el aludido mestizaje? Por un lado, la novela presenta a los indígenas, cuyas influencias se manifiestan a través de las creencias aborígenes que en aquel lugar han pervivido, o de los vocablos indígenas presentes en la obra, que todavía están vigentes en la lengua actual. Responde también a dicha búsqueda ontológica la influencia africana en El Soco, encarnada principalmente en el haitiano (o dominico-haitiano), o en los cocolos[13]. Pero no de menos importancia en la concepción de la identidad dominicana es la influencia española, como se muestra con la presencia de la marimanta Feltrudis, de ascendencia ibérica, o del liberal cura Gumersindo, quien, en cuanto a la formación de la conciencia ético-religiosa, promueve una visión ecléctica que trata de reconciliar distintas tradiciones y creencias de los grupos étnicos en cuestión: se le acusa de haber «bailado vudú con un grupo de cortadores de caña cuando se dio cuenta de que Ogún Balendyó, Ogún Badagrí y Ogún Batalá eran santos católicos con nombres disfrazados de negro» (131), y además acepta «bautizar» el esqueleto de la aludida indígena. Gumersindo declara: «Para mí San Miguel sigue siendo el mismo aunque estos morenos, y ustedes mismos [los mulatos] le digan Belié Belcán. Lo importante es que crean en él. Yo no soy racista» (131). Según el texto entonces, la presencia de estos grupos étnicos da origen al mestizaje, que, racial y culturalmente, se manifiesta en Eduardo, personaje mulato que representa en la novela al dominicano arquetípico actual, de acuerdo con el narrador: «Mulato de ojos verdes y mirada penetrantes, tiene rasgos de un mestizaje que incluye viejas historias africanas, españolas, indígenas, como si representara la mezcla genética ideal que debiera ser el modelo dominicano y antillano» (7). La simbiosis cultural promovida en la novela, junto a la dignidad con que «el marginado» es tratado, son notables características de la narrativa etnográfica maggioloana. Así lo expresa Valerio-Holguín al analizar el modo en que el «otro» es tratado en *La biografía difusa*:

> Lo que distingue a Veloz Maggiolo de otros escritores, con respecto a una visión etnológica europea asimilada del Otro-Dentro, es la heteroglosia de las diferentes voces con las que las culturas dominicanas dialogan, como respuesta a la monoglosia de la cultura oficial. Aunque su posición de etnólogo blanco descendiente de europeos lo sitúe en una posición frágil, la actitud de Veloz Maggiolo es de respeto a la integridad del Otro. (106)

De todas maneras, los cuestionamientos de la identidad en *La mosca soldado* conducen a la exploración de aquel universo extraño, con el que aflora en la obra una parte primordial de la historia dominicana; en ese proceso, la novela contribuye a la formación de la misma Historia.

---

13 Para la procedencia de estos ciudadanos dominicanos, véase la nota 33 del texto.

## El mundo mágico-maravilloso de El Soco

La historia de la literatura hispánica ha sido testigo de la presencia de elementos mágicos y maravillosos, provenientes de la cultura popular arraigada principalmente en las zonas rurales. Al fenómeno, tan prevaleciente en la cultura medieval, se le impuso el pensamiento racional renacentista, la Inquisición, la Ilustración y el positivismo decimonónico. No obstante, como ha explicado Joaquín Marco, estas corrientes antagónicas no tuvieron mucho éxito, pues el mundo oscuro de la magia siguió apareciéndose en la literatura hispánica, incluyendo la latinoamericana, donde se presenta entroncada con los mitos indígenas en la cultura mestiza americana (27)[14]. En una obra como *La mosca soldado*, donde la lógica científica teje partes esenciales del discurso narrativo, las convicciones mágicas de los personajes mantienen vigentes creencias de mundos desaparecidos, los cuales cobran igual importancia (¿o más?) que los razonamientos científicos. Pero a diferencia del inventado mundo mágico de Macondo, de *Cien años de soledad*, en la novela de Veloz Maggiolo se expone una realidad mágica que se manifiesta en un lugar verdadero, El Soco. Es como si la novela sugiriera que lo mágico y lo maravilloso son inherentes a la realidad cotidiana dominicana. De ahí que muchos personajes crean con la mayor naturalidad, por ejemplo, que Damián esté poseído por espíritus de indios, que en los bateyes del lugar reine la magia haitiana, o que exista Feltrudis, quien es «para muchos una bruja blanca con capacidad de reproducirse a sí misma, ave fénix de su propia leyenda» (19). No menos importante es, en esta línea, el rol que desempeña Dulcinda, puerca que, según, Nathaniel, era «un ser» que «cuando se hacían reuniones del vudú dominicano en la zona, venía corriendo desde cualquier punto a integrarse» (47). Desde nuestra perspectiva, con estas creencias y costumbres concernientes a El Soco, la novela presenta unos hechos que entran en lo extraño, pero cuyos personajes simplemente asimilan y los viven como otra dimensión de la realidad. Así lo expresa el narrador cuando, al reflexionar sobre El Soco, nos habla del Caribe en general: «El destino manifiesto en los trópicos es en gran parte la política discutida a ritmo de alegría y creencias que terminan dejando de ser supersticiones para transformarse en realidades» (46).


## El mito y la memoria en la construcción y concepción de la Historia

Desde su génesis, la trayectoria de la novela ha demostrado su capacidad para imitar los discursos relacionados con las disciplinas que surgen durante el desarrollo histórico del género. Del mismo modo en que, por ejemplo, la

---

14   Entre los escritores hispanoamericanos que se inscriben en esta tradición se ha señalado a Miguel Ángel Asturias, Alejo Carpentier y Gabriel García Márquez.

novela decimonónica adoptó/imitó el discurso científico, la novela del siglo
XX asimila el antropológico, y a través de él se estudian los mitos y el lenguaje de una cultura dada. Efectivamente, en *Mito y archivo* Roberto González Echevarría sostiene que el objetivo de esta aproximación antropológica en la novela es, entre otras cosas, descubrir el origen de la versión que una
cultura tiene de sus creencias e historia; se trata de un descubrimiento, afirma el crítico, que se logra recopilando, clasificando y volviendo a sus mitos
(38). Esta tendencia estético-ideológica se registra en varias novelas que ha escrito Veloz Maggiolo en las últimas décadas, especialmente en *La mosca soldado*. Sin embargo, es preciso señalar que, además de la apropiación de la antropología, el autor emplea en esta obra la arqueología como el molde
estructural y temático del relato; es decir, el discurso antropológico existe dentro del arqueológico, porque es, realmente, la arqueología lo que origina esta
novela, como sucede en *Florbella*.

Con los restos de la tribu indígena que se excava en El Soco se levantan
también mitos que se originan al «principio» de la historia dominicana, en la
prehistoria, los cuales todavía se manifiestan en ese lugar y coexisten, de algún modo, con las creencias de otros grupos sociales. Un buen ejemplo de ello
se da con los gemelos Damián y Cosme, «cuyos nombres provenían de espíritus santorales transformados en seres del vudú por los haitianos» (60), según el narrador. En este orden, la novela pone el mito en un contexto musical, puesto que, de acuerdo a Damián, «por esas tierras de El Soco, y desde
hace mucho tiempo, se oía un canto, y que tal canción no era otra cosa que
una voz de princesa» (60); una princesa creada a través de las indagaciones
de la ciencia y de la imaginación de los narradores, quienes con estas herra-
mientas, descubren y (re)crean el mito, y recuperan, en ese proceso, un tiempo perdido de la historia dominicana; se trata, en última instancia, de un mito
que dialoga con el pasado y presente dominicanos. Así, la novela actúa como
propagadora e inventora del mito, pues el narrador insiste en que la historia
(de Pandora [y de su tribu]) se ha repetido y se repite, como trata de mostrarse
al final de la novela, cuando Eduardo revela que la Pandora R., de 17 años,
quien como Pandora muere asfixiada, es el resurgimiento de ese personaje
aborigen del siglo X. En efecto, la otra mujer sacrificada (Selene), aparecida
en Juandolio y que vive posterior a la población de Pandora, también aparece muerta con un gemelo (el gemelo más débil, como Damián, es apto para
el sacrificio, según la obra). Con este hecho viene a confirmarse una tesis re-
lacionada con el materialismo dialéctico[15] (del narrador), quien afirma que
«el universo es un gran gerundio» (143), donde lo que cambia no son los hechos históricos, sino las circunstancias. La propuesta histórica del narrador,
entonces, parte de las observaciones empíricas del materialismo dialéctico,
pero en ese proceso acoge la validez de la realidad que se esconde en el misterio: «Los antillanos», dice el narrador, «poseemos dicotomías extrañas, cre-

---

15    Para una definición y ejemplo sobre este concepto, véase las notas 116 y 117.

emos en la materialidad y las contradicciones de la tierra y del más allá» (50).
Por otra parte, aclaramos que en la novela esta idea no se limita a la Historia,
pues se conecta, además, con el conocimiento de la realidad en general.

Sin embargo, el mito puede problematizar la Historia, pues la revelación
del sacrificio de dicha princesa contradice la visión pacificista que se ha tenido sobre los indígenas taínos del Caribe. La reaparición de este mundo mítico en la novela, además, tiene repercusiones históricas interesantes (¿proble-
máticas?) que ponen en tela de juicio la historia oficial-escrita, pues contradice
la versión dada por Las Casas, quien supuso, «equívocamente», según la eva-
luación científica del enigmático Rafael Solares, que los indígenas ingerían el
fermento de la guáyiga con gusanos (103-104). En estas líneas temáticas co-
mentadas en nuestro análisis notamos que *La mosca soldado* se adhiere a importantes postulados teóricos concernientes a la Nueva Novela Histórica latinoamericana, que le atribuyen al mito una importante función en la
configuración de la Historia. Por otra parte, observamos también algunos de
los postulados que ha esbozado Seymour Menton sobre dicha novela: la su-
bordinación de la historia a un plano filosófico, la metaficción y la intertextualidad.

Aunque *La mosca soldado* utiliza los conocimientos de la ciencia en la
construcción del pasado, la obra crea, al mismo tiempo, un discurso histórico que se teje con la imagen poética. En la concepción del pasado que se presenta en la obra de Veloz Maggiolo hay, definitivamente, una mezcla de disciplinas, la cual se ciñe notablemente a indagaciones científicas y a reflexiones
poéticas para trazar una amplia imagen histórica que rechaza nuestra con-
vicción sobre tiempo y espacio, y que evoca, a la vez, la asimilación de las eras
imaginarias propuestas por Lezama Lima. De acuerdo con el profesor:

> […] los hallazgos de El Soco, para mí por lo menos, vinieron a de-
> mostrar que la historia de ayer y la de hoy son las mismas. Se repi-
> ten de modo diverso, y lo que es más, sus personajes parecen retor-
> nar de modo cíclico, volver y quedarse para repetirse en un espacio
> y en un tiempo sin cronologías posibles: historias que se completan
> a sí mismas. Comprendimos que el presente tiene rasgos y vidas que
> se manifiestan con un mensaje claro que a veces no sabemos desci-
> frar. Ese mensaje puede estar en un pedazo de vasija, en una mos-
> ca necia que insiste, en un sonido musical, en tantas cosas. Com-
> prendimos, por lo menos yo lo comprendí, que el papel garabateado
> no es la única fuente para entender el mundo, que la escritura es
> una parte de millones de historias nunca llevadas al alfabeto y que
> por tanto los restos arqueológicos son documentos que pueden
> completarse con otros altamente intangibles, hasta el punto de que
> pudieran no ser calificados de ese modo. ¿Cómo calificarlos si com-
> pletan, sin embargo, la materialidad y la inmaterialidad de la his-
> toria? ¿Cómo dar categoría de documento a una intuición, a un

presentimiento que se hace corpóreo? El pasado no impreso, no llevado a las letras, puede flotar como una nube que descarga luego su chubasco sobre nuestro mundo cerrado y nos empapa de realidades nuevas. Las historias intangibles vuelan en derredor nuestro, pasan, y debido a ese modo de pensar tomista y lógico que heredamos sólo ponemos atención a lo que la mano puede asir. El acertijo histórico es también la historia... o viceversa. (34)

De una forma más sucinta, el profesor nos comunica su idea de la relación existente entre la ciencia y la poesía; al dirigirse a Eduardo expresa que la historia que éste le propone contar podría parecerle a muchos «demasiado imaginería para ser la obra de un científico (o de dos, si es que quieres inscribirte en la memoria conjunta que propones), pero es que al unir todos los cabos, los científicos y los supuestamente imaginativos tenemos que apreciar las coincidencias [...]» (12-13).

Como gran parte de la narrativa contemporánea, *La mosca soldado* muestra una notable obsesión por la memoria, especialmente por la memoria histórica, como sucede en casi toda la obra narrativa de Veloz Maggiolo[16]. En la obra que aquí nos compete es esencial estudiar la memoria tanto en el sentido retórico como temático; o sea, la obra trata la memoria como un recurso narrativo y, en conexión con nuestro tema, la relaciona estrechamente con la historia. Desde el principio, la memoria que suscitan las dos moscas conduce al profesor y a Eduardo a un debate (ideológico) sobre si deben recordar (escribir) el proyecto de ficción propuesto por el alumno. Pero enseguida, el profesor cae en el juego o trampa narrativa; parece vacilar ante la petición del estudiante: «Eduardo no cede ante los recuerdos» (5), «Querido profesor, debes contar la historia» (6). Sin embargo, como notará el lector, al explicar lo que desea su ex estudiante, el profesor va comunicándonos de qué trata el proyecto; es decir, irónicamente, se va escribiendo la novela en ese debate, a través del cual se revela el propósito del trabajo que los dos emprenden. ¿Qué otros matices sobre la memoria histórica se presentan en *La mosca soldado*?

La mirada retrospectiva en la narración de esta novela se renueva y reactiva a través de la música. Sin embargo, el resultado más importante de la evocación es que el hecho recordado termina profundizándose y enriqueciéndose. Esto hace eco de *À la Recherche du Temps perdu*, en cuya narración se nos presenta el pasado por medio de la música y la memoria, particularmente cuando se relata el episodio sobre la nota musical que Swann trata de recuperar en el salón de música[17]. Aunque en la novela de Proust no se trata

---

16    En su mayoría, las novelas de Veloz Maggiolo que tratan de la memoria histórica se enfocan en el truijillato. La presente obra, como hemos apuntado, se aleja de esta temática. Además de haber analizado el tema de la memoria en la narrativa, el autor también lo ha explorado en otros contextos. En 2000 escribe *La memoria fermentada. Ensayos bioliterarios*, libro de ensayos donde el autor reflexiona, teórica y filosóficamente, sobre diversos tipos de memoria.

17    Swann sabe que había oído la nota que escucha ahora el día anterior en una fiesta; cuando trata de recuperarla, al oírla por segunda vez, se le dificulta la tarea, pero luego de disfrutar la pieza musical piensa en la frase y recobra esa memoria, ese momento del pasado, de un modo más cabal y significativo.

de reconstruir hechos históricos en sí, la aproximación al tema que comentamos es muy similar. Efectivamente, la segunda vez que Swann escucha la nota musical, «[…] il avait distingué nettement une phrase s'élevant pendant quelques instants au-dessus des ondes sonores. Elle lui avait proposé aussitôt des voluptés particulières, dont il n'avait jamais eu l'idée avant de entendre […]» (209). Así, pues, «[…] Swann trouvait en lui, dans le *souvenir* de la phrase qu'il avait entendue, […] la présence d'une de ces réalités invisibles auxquelles il avait cessé de croire [… ; el énfasis es mío]» (211). *La mosca soldado* ilustra esta idea muy bien a través de la música que se oye en El Soco para celebrar la Semana Santa. «El sonido distante», dice el narrador, «repercutía en mí, llenándome de una sensación nueva» (73). Luego añade: «Allá la vida se expresa en sonidos y alegría, […], el sonido de una historia que no puede 'palparse' con el oído, y que podría ser algo así como la desconocida memoria de nuestro pasado fermentado» (73). Se trata de un sonido en el que se mezcla la música de tambores haitianos con el misterioso sonido de la flauta, esparcido en aquel lugar durante las noches. Curiosamente, las notas musicales de dicha flauta son, según el profesor, similares a las que toca Damián con la ocarina encontrada junto a los restos de Pandora (84), instrumento musical, recordemos, hallado posteriormente también en la tumba de Juandolio (85- 86). Este hallazgo, de acuerdo con el narrador, alarga la línea cultural de la población indígena a la que perteneció la protagonista de la novela (86).

Así, entonces, esas melodías o «notas milenarias» que Damián le saca a la ocarina reviven un pasado casi «inaccesible», establecen un diálogo entre distintas épocas históricas, y, a la vez, conducen al enriquecimiento y mejor comprensión de la historia etnográfica local y universal. En otras palabras, la novela muestra que la recuperación del pasado por medio de la música nos permite asomarnos a realidades históricas vigentes en el presente, como señala el profesor al percatarse de que en El Soco se observan fenómenos existentes desde el Siglo X: «Nunca hubiera pensado que este modelo se repetiría casi ante mis ojos en el siglo XX y más allá de mis excavaciones» (86). En fin, *La mosca soldado* nos muestra que la evocación del pasado a través de la música nos permite, hasta cierto punto, dilucidar las complejas tergiversaciones de la Historia, como se observa, de un modo similar, en la novela de Proust.

En *Memory* Mary Warnock esboza e interpreta una reflexión proustoniana que explica por qué la música conduce a conocimientos significativos sobre el pasado; la reflexión está basada en la diferencia entre la memoria voluntaria y la involuntaria. Citando a Proust, Warnock señala que la memoria voluntaria, «which is above all memory of the intellect and of the eyes, gives us only the appearance, not the reality, of the past» (92). La memoria involuntaria es espontánea y revela, por el contrario, el verdadero conocimiento sobre el pasado, (92-93). La música, en este sentido, provee, como hemos señalado en la novela de Veloz Maggiolo y en *À la Recherche du Temps perdu*, una imagen auditiva que se presenta imprevistamente ante el narrador o el personaje, reviviéndose así eventos importantes del pasado. Por otro lado, Warnock expresa que el conocimiento que recobra la memoria se convierte en arte, en cuanto proviene del escritor; es decir, del artista (101-102). Para la estudiosa, las verdades que revela la memoria de un artista son universalmente inteligibles (102), efecto que se propone producir *La mosca soldado* y la mayor parte de la narrativa del escritor dominicano.

La memoria, utilizada en la creación artística, puede llevar a la digresión narrativa, y ésta a la formación de un discurso histórico complejo, el cual se asemeja a la narración fragmentada de la novela contemporánea. Efectivamente, la digresión es, según Angelo Marchese, un aspecto peculiar de la urdimbre narrativa que sirve para complicar la acción; crea, además, una pausa en la acción principal que suspende el tiempo de la historia (102). Por otro lado, este *excursus* narrativo en un relato puede también ser producto del funcionamiento de la misma memoria (del narrador), idea especialmente viable si recordamos que el proceso de recordar es, como sabemos, un estado mental explicado en la sicología a través del conocido fenómeno de la «asociación». Según William James, mientras intentamos recordar un objeto olvidado, nuestra mente incurre en ideas que, aunque sean distintas, se relacionan con ese objeto evocado[18]. Tanto la aproximación teórica como la sicológica sobre la memoria son importantes para entender las digresiones (narrativas) en *La mosca soldado*:

El propósito esencial de la obra es, recordemos, reconstruir la sociedad indígena aludida a través de la memoria (es decir, el proyecto literario que Eduardo le propone al profesor). Sin embargo, el relato sobre aquel remoto mundo descubierto experimenta digresiones (históricas) debido a las asociaciones que el narrador hace con los eventos evocados. Así, mientras el alumno propone su proyecto novelesco sobre el lugar, el profesor recuerda el tafiá y el clerén haitianos con los cuales ambientaban fiestas; ese licor, recuerda el narrador, se lo traen ahora «desde Haití, y lo gozo porque es un ron clandestino que tiene sabor de *luchas* [mi subrayado] y remeda sonido de tambores. Bebida de viejos esclavos inventada, según el cronista y cura francés J. B. Labat, por los esclavos de Guadalupe y Martinica» (8); bebida que también «estimulaba el placer de nuestro amigo Samuel, lugarú, [...] enemigo de Feltrudis la Marimanta» (8-9). Este último nombre suscitará en la próxima página la mención del origen español del personaje mitológico, y ello remontará la narración, momentáneamente, a la época de la Conquista: según el narrador, hubo marimantas en Galicia, y luego expresa irónicamente que «tal vez vinieron a América como respaldo de la historia nueva que debería comenzar» (9). No obstante, la narración vuelve a tomar su curso principal

---

18    En las palabras de James, «we make search in our memory for a forgotten idea, just as we rummage our house for a lost object. In both cases we visit what seems to us the probable *neighborhood* of that which we miss. We turn over the things under which, or within which, or alongside of which, it may possibly be; and if it lies near them, it soon comes to view. But these matters, in the case of a mental object sought, are nothing but its associates» (615).

en la última oración del «capítulo»: «La caja con las moscas tenía su leyenda: *1. Hermetia illuciens, 2. Hermetia albitarsis*» (9). La cadena de sucesos que desata (suscita) el primer evento relatado se puede representar así:

**PROYECTO LITERARIO**

↓

bebida haitiana

↓

esclavitud

↓

práctica de la brujería local

↓

la existencia de las Marimantas

↓

la Conquista y consecuencias históricas

↓

**PROYECTO LITERARIO.**

En otras palabras, la memoria del evocador (el narrador) divaga entre diversos eventos históricos debido a que el primer referente recordado activa a otros que, de algún modo, se asocian con el primero. En el esquema dado observamos, pues, que el proceso de recordar causa, inexorablemente, varias digresiones que complican el discurso narrativo, porque, aunque éstas sean distintas, tienen, de alguna manera, una conexión en los niveles histórico-culturales y/o sicológicos. La memoria histórica dominicana en *La mosca soldado*, de todos modos, funciona como un mecanismo preservador de las costumbres de aquella población indígena, aparentemente desaparecida, que todavía se manifiestan en nuestros días. Implícitamente, la novela propone un NO contundente al olvido histórico, especialmente al olvido del pasado primitivo de las sociedades, pues por medio de ellas podemos indagar quiénes realmente somos.

Rafael Rodríguez-Henríquez

# BIBLIOGRAFÍA

## Obras de Marcio Veloz Maggiolo


### Poesía:

______________. *El sol y las cosas*. Santo Domingo: Arquero, 1957.

______________. *Intus*. Santo Domingo: Arquero, 1962.

______________. *La palabra reunida*. San Pedro de Macorís: U Central del Este, 1982.

______________. *Apearse la máscara*. Santo Domingo: Biblioteca Nacional, 1986.

______________. *Poemas en ciernes y Retorno a la palabra*. Santo Domingo: Taller, 1986.

### Narrativa:

______________. *El buen ladrón*. Santo Domingo: Arquero, 1960.

______________. *Judas; El buen ladrón*. Santo Domingo: Librería Dominicana, 1962.

______________. *El prófugo*. Santo Domingo: Brigadas Dominicanas, 1962.

______________. *Creonte* [pieza teatral]; *Seis relatos*. Santo Domingo: Arquero, 1963.

______________. *La vida no tiene nombre*. Santo Domingo: Testimonio, 1965.

______________. *Nosotros los suicidas*. Santo Domingo: Colección Baluarte, 1965.

______________. *Los Ángeles de hueso*. Santo Domingo: Arte y Cine, 1967.

______________. *De abril en adelante*. Santo Domingo: Taller, 1975.

______________. *De donde vino la gente*. Santo Domingo: Alfa y Omega, 1978.

______________. *La biografía difusa de Sombra Castañeda*. Santo Domingo: Taller, 1980. (Reedición: Madrid: Siruela, 2005).

______________. *Novelas cortas*. Santo Domingo: Alfa y Omega, 1980.

______________. *La fértil agonía del amor*. Santo Domingo: Taller, 1982.

__________. *Cuentos, recuentos y casi cuentos*. Santo Domingo: Taller, 1986.

__________. *Florbella ( arqueonovela)*. Santo Domingo: Taller, 1986.

__________. *Materia prima. Protonovela*. Santo Domingo. Fundación Cultural Dominicana, 1988.

__________. *Ritos de cabaret*. Santo Domingo. Fundación Cultural Dominicana: Taller, 1991.

__________. *El jefe iba descalzo* (1993). Santo Domingo: ABC, 2005.

__________. *Uña y carne. Memorias de la virilidad.* Santo Domingo: Cole, 1999.

__________. *Cuentos para otros milenios: antología personal.* Santo Domingo: Cole, 2000.

__________. *El hombre del acordeón.* Madrid: Siruela, 2003.

__________. *La mosca soldado.* Madrid: Siruela, 2004.

__________. *Palabras de ida y vuelta*. *Cuentos*. Santo Domingo: Cole, 2006.

Ensayos y artículos:

__________. *Arqueología prehistórica de Santo Domingo*. Singapore & New York: McGraw Hill, 1972.

__________. *Cultura, teatro y relatos en Santo Domingo*. Santiago de los Caballeros: U. Católica Madre y Maestra, 1972.

__________. *El precerámico de Santo Domingo, nuevos lugares y su posible relación con otros puntos del área antillana.* (En colaboración con Elpidio Ortega). Santo Domingo: Cultura Dominicana, 1973.

__________. «Aspectos etnológicos aborígenes y actuales de la guáyiga y sus derivados en Santo Domingo». *Revista del Instituto de Cultura de Puerto Rico*. 59. Vol. 16. (Abr- jun 1973): 33- 39.

__________. *Cayo Cofresí, un sitio precerámico de Puerto Rico*. Santo Domingo: Taller, 1975.

__________. *Arqueología de Yuma, República Dominicana.* (En colaboración con Mario Sanoja, Iraida Vargas y Fernando Luna Calderón). Santo Domingo: Taller, 1976.

__________. *Medio ambiente y adaptación humana en la prehistoria de Santo Domingo.* Santo Domingo: Taller, 1976.

__________. *Arqueología de Punta Garza.* San Pedro de Macorís: U Central del Este, 1977.

__________. *Investigaciones arqueológicas en la provincia de Pedernales.* San Pedro de Macorís: U Central del Este, 1979.

__________. *Las sociedades arcaicas de Santo Domingo.* Santo Domingo: Museo del Hombre Dominicano: Fundación García Arévalo, 1980.

__________. *Vida y cultura en la prehistoria de Santo Domingo.* San Pedro de Macorís: U Central del Este, 1980.

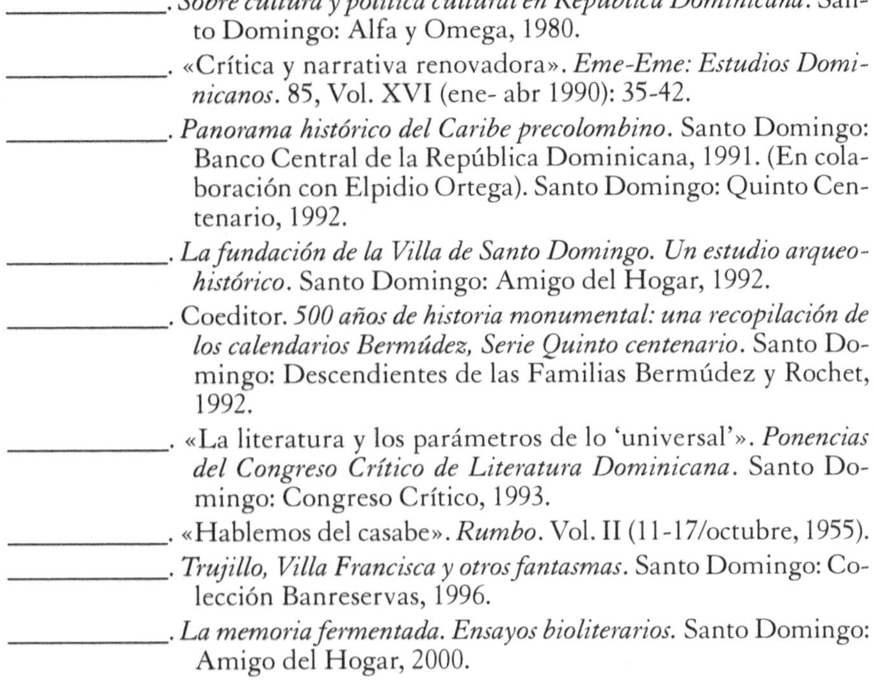

__________. *Sobre cultura y política cultural en República Dominicana*. Santo Domingo: Alfa y Omega, 1980.

__________. «Crítica y narrativa renovadora». *Eme-Eme: Estudios Dominicanos*. 85, Vol. XVI (ene- abr 1990): 35-42.

__________. *Panorama histórico del Caribe precolombino*. Santo Domingo: Banco Central de la República Dominicana, 1991. (En colaboración con Elpidio Ortega). Santo Domingo: Quinto Centenario, 1992.

__________. *La fundación de la Villa de Santo Domingo. Un estudio arqueohistórico*. Santo Domingo: Amigo del Hogar, 1992.

__________. Coeditor. *500 años de historia monumental: una recopilación de los calendarios Bermúdez, Serie Quinto centenario*. Santo Domingo: Descendientes de las Familias Bermúdez y Rochet, 1992.

__________. «La literatura y los parámetros de lo 'universal'». *Ponencias del Congreso Crítico de Literatura Dominicana*. Santo Domingo: Congreso Crítico, 1993.

__________. «Hablemos del casabe». *Rumbo*. Vol. II (11-17/octubre, 1955).

__________. *Trujillo, Villa Francisca y otros fantasmas*. Santo Domingo: Colección Banreservas, 1996.

__________. *La memoria fermentada. Ensayos bioliterarios*. Santo Domingo: Amigo del Hogar, 2000.


Acerca de la obra literaria del autor y de las fuentes citadas


Alcina F., José. «Carta a Marcio Veloz Maggiolo sobre arqueología y fantasía». (En *Arqueología de las sombras…*).

Bruni, Nina. «El trujillismo en *Uña y Carne*, de Marcio Veloz Maggiolo». http://www.recaribe.uqroo.mz/recaribe/sitio/contenidos/13/1306bruni.pdf.

__________. «La narrativa de Marcio Veloz Maggiolo: una reflexión teórica». *Coloquio La narrativa de Macio Veloz Maggiolo*. Feria Internacional del Libro. Biblioteca Nacional (Sala Moreno Jiménez). Miérc. 26 de abril- 2006.

Candelier, Bruno Rosario. «Marcio Veloz Maggiolo: *La vida no tiene nombre*». *Coloquio*, 29 (Abril, 1989): 8-11.

Carvajal, José. «Una memoria fermentada. Entrevista con el escritor dominicano. Marcio Veloz Maggiolo». Online. Librusa. Internet. Nov. 29 2005. http://www.librusa.com/entrevista_veloz-maggiolo.htm.

Céspedes, Diógenes. «Muerte y violencia en la escritura desigual de *La fértil agonía del amor* de Marcio Veloz Maggiolo». *Estudios sobre literatura, cultura, ideologías*. Santo Domingo: Taller, 1983: 165-167.

Coll, Edna. «Veloz Maggiolo, Marcio». *Índice informativo de la novela hispanoamericana*. San Juan: Editorial Universitaria de Puerto Rico, 1974. V. I: 217-220.

Deive, Carlos Esteban. *Tendencias de la novela contemporánea*. Santo Domingo: Arquero, 1963.

Di Pietro, Giovanni. «La novela bíblica y el fin de la era». *Cuadernos de Poética*, 6.18 (1989 May-Aug.): 7-76.

González-Cruz, Luis F.. «*Novelas cortas* por Marcio Veloz Maggiolo». *Sin nombre*, 12, No. 4 (1982); 87-90.

González Echevarría, Roberto. *Mito y archivo. Una teoría de la narrativa latinoamericana*. México: Fondo de Cultura Económica, 1998.

James, William. *The Principles of Psychology* (1890). Cambridge: U of Harvard P, 1983.

Larson, Neil. «¿Cómo narrar el trujillato?» *Revista Iberoamericana*, 54.142 (1988 Jan. Mar.): 89-98.

Lezama Lima, José. *La expresión americana*. Ed. Irlemar Chiampi México: Fondo de Cultura Económica, 1993.

Maeseneer, Rita de. *Encuentro con la narrativa dominicana contemporánea*. Madrid: Iberoamericana – Vervuert, 2006.

_____________. «Entrevista con Marcio Veloz Maggiolo». Lunes 7 de abril, 2003, 9:00 – 10:00. http://www.cielonaranja.com/demaeseneermaggioilo.htm

Marchese, Angelo et al. *Diccionario de retórica, crítica y terminología literaria*. Barcelona: Ariel, 2000.

Marco, Joaquín, Ed. *Cien años de soledad* (1967). Gabriel García Márquez. Madrid: Espasa Calpe, 1993.

Mármol, José. «El cerco infranqueable del pasado: de la materia prima a la protonovela» (artículo incluido en *Arqueología de las sombras...*)

Menton, Seymour. *Latin America's New Historical Novel*. Austin, Texas: U of Texas Press.

Prosdocimi, María del Carmen. «Lo maravilloso y lo real se amalgaman». *Arqueología de las sombras...* (libro aquí citado).

Proust, Marcel. *À la Recherche du Temps perdu* (1913). Bélgica: Gallimard, 1954.

Quiñones, Alfonso. «Marcio Veloz Maggiolo: Hemos vivido de espaldas al Caribe». Online. http://www.caribenet.info/pensare_05_quinones_velozmaggiolo.asp?l=

Regazzoni, Susana. «Panorama della letteratura dominicana contemporanea: Marcio Veloz Maggiolo, Angela Hernández Núñez, e Rafael García Romero». *Ressegna Iberistica*, 74 (2002 Feb): 43-47.

Sommer, Doris. «Good-Bye to Revolution and the Rest: Aspects of Domini-
        can Narrative since 1965». *Latin American Literary Review*
        8.16 (1980 Spring-Summer): 223-228.

___________. «*De abril en adelante*»: Can Narrative Survive the Death of
        Romance?» *One Master for another: Populism as Patriarchal
        Rhetoric in Dominican Novels*. Lanham, Md.: U Press of
        America, 1983.

Spencer, Antonio Fernández. «Prólogo», *El sol y las cosas*. Ciudad Trujillo:
        Arquero, 1957.

Tejada, Rita María. «Análisis de tres novelas dominicanas de la postguerra:
        *De abril en adelante, Currículum (el síndrome de la visa)* y *La
        otra Penélope*». Diss. Florida U, 2001. *DAI* 61:8 (2001):
        DA9984933.

Torres-Saillant, Silvio. «Modern Latin-American Fiction Witters». «Marcio
        Veloz Maggiolo». *Dictionary of Literary Biography*, 113. Ed.
        William Luis and Ann González. 113. Ed. William Luis and
        Ann González. Detroit: Gale Research, 1992. 321-334.

Ugalde, Sharon Keefe. «Veloz Maggiolo y la narrativa de dictador/dictadu-
        ra: Perspectivas dominicanas e innovaciones». *Revista Ibero-
        americana*, 54.142 (1988): 129-150.

Valerio-Holguín, Fernando, Ed.. *Arqueología de las sombras. La narrativa de
        Marcio Veloz Maggiolo*. Santo Domingo: Amigo del Hogar,
        2000.

___________. «Mito y otredad en la Nueva Novela Histórica dominicana».
        *Murales, figuras, fronteras: Narrativa e historia en el Caribe y
        Centroamérica*. Madrid, Spain—Frankfurt, Germany: Ibe-
        roamericana—Vervuert,2003. 93-108.

Valldeperes, Manuel. «*Creonte & Seis relatos* por Marcio Veloz Maggiolo».
        *Revista Iberoamericana de Bibliografía*, 15, No. I (1965).

Warnock, Mary. *Memory*. London: Mackays of Chatham Ltd Kent, 1987.

Zakrzweski Brown, Isabel. «*La dialéctica entre modernidad y nacionalismo en
        tres novelas dominicanas*». Diss. Emory U, 1992. *DAI* 52:9
        (1992): DA9204806.

___________. «El proceso de transculturación en *La biografía difusa de Som-
        bra Castañeda*». *Torre: Revista de la Universidad de Puerto
        Rico*, 10.37 (1996 Jan-Mar): 85-97.

# La mosca soldado

*En memoria de José Alcina Franch*
*Para Norma, mi esposa, con cuya voz compite la*
*ocarina*
*Para Fernando Luna Calderón, compadre a tiem-*
*po completo*

Eduardo ha venido y me sorprende con un regalo inesperado. Abro la caja pequeña, con un perfume de cedro como identificación, y me hago la ilusión de que contiene cigarros finos, puros hechos a mano en la comunidad de Villa González, pero no, trae realmente dos moscas bellamente conservadas. Las imagino en principio como recortadas en un cartón piedra luminoso. Supongo que han sido fabricadas con una especie de cristal de roca. Veo luego los detalles: cinturas estrechas, cuerpo negro de remate ovalado, alas con nervaduras suaves como caminos que recorriesen[1] la noche oscura e inerte de su cuerpo. Ahora, flotando en un rayo de luz de la tarde casi mortecina, me parecen hechas de melaza iridiscente. Es increíble cómo los matices han sido imitados y cambian según la luminosidad de la hora, y cómo se destacan en estos cambios las ramificaciones breves de las patas color vino, y el cuerpecillo lustroso. No, no son artesanías. Me emociono cuando me dice que las ha conseguido en los depósitos del Natural History Museum de los Estados Unidos de América en su viaje de «puesta al día», como siempre recalca cada vez que visita su vieja escuela. Dice que las ha momificado para nosotros, para Nora y para mí. Empiezo a sospechar. La idea de una conjura entre Eduardo y mi mujer aflora. Eduardo no cede ante los recuerdos. Sonrío. Qué pretendes, le digo. Ya sabes profesor, es una promesa hecha antes de que finalizara el ya viejo siglo XX. Espero que vuelvas a sentir sobre tu cabeza el zumbido, y que esta vez la feromona con cuyo perfume se identificaban nuestras moscas sobre los esqueletos haya quedado igualmente solidificada.

—Hay moscas inolvidables.

Se refiere a aquellos trabajos arqueológicos[2] llevados a cabo en el pobla-

---

1    *Recorriesen*: obsérvese cómo el reemplazo del presente indicativo, "recorren", por el imperfecto del subjuntivo, da inicio al tono reflexivo que impregna todo el discurso del narrador.

2    *Trabajos arqueológicos*: Asociamos el trabajo académico de este narrador homodiegético con el mismo Veloz Maggiolo, considerado una autoridad en la arqueología del área del Caribe. Asimismo, la relación profesor-estudiante de los dos personajes refleja la labor docente del autor. Obsérvese, además, que otros datos biográficos del narrador, ofreci-

do de El Soco[3], de los cuales guardo apuntes, dibujos, planos, grabaciones, fragmentos de alfarería aborigen, visajes y distancias apagadas por los recuerdos. Eduardo insiste en que vierta en una novela, en un relato, en algo nada científico, aquellas experiencias mutuas. Nunca publicamos el informe de campo definitivo. Los años posteriores a aquella investigación de campo fueron cada vez más deprimentes. Yo diría que perdimos en poco tiempo el entusiasmo inicial. A tal punto fue así que cada quien se dispersó, buscó otro modelo de vida, y se olvidó del mundo que intentaba reconstruir. Sólo Eduardo y yo hemos sido fieles a una parte de aquellas experiencias. Y no precisamente a la parte científica, objetiva, sino a la otra, a la que pareció tener siempre un contenido mágico, poético, obra del azar, del aparente azar o del ámbito sorpresivo que en aquellos momentos conformaba un mundo hoy hecho cenizas.

Después de lo ocurrido con el hallazgo de Pandora y luego de mi cambio ideológico ya no tuve temor de aceptar la frase, la etiqueta de «marxista fantástico» que alguien me endilgara entonces en tono de chiste. Cada vez que he narrado algunas de estas experiencias a ciertos amigos de mi entera confianza, sonríen como en tono de burla.

De 1973 hasta hoy han ocurrido cambios radicales en nuestras vidas. Gozo aún con la revisión de algunas fotos clave del trabajo de campo. La del propio Eduardo con su grueso pincel de pelo de camello limpiando los restos, los esqueletos, dándoles un lustre cariñoso, como cuando desempolvamos los llamados «biscuits» que fueron adornos de abuela en porcelana. Adornos que nuestros nietos rompen en sus intentos por dominar manualmente el mundo circundante. Adornos que Augusto Adrián repasa, haciendo preguntas para mí jubilosas. Los nietos se parecen a los arqueólogos, necesitan tocar con sus manos la historia inicial que los rodea, cuajada en objetos de la casa. Los arqueólogos intentan desentrañar la memoria escondida en un mundo subterráneo, adormilado, perdido para la visión. Una memoria que sólo puede ser supuestamente salvada por el tacto. Pero a veces, conjuntamente con el objeto, aflora, burbujea, un mundo intangible que se hace presente sin que lo hayamos considerado parte de nuestro proyecto. Expresiones de un universo casi de espuma en donde lo intocable es real, y nos desquicia, aportando datos que el diario de campo no debe consignar, o más bien, que el arqueólogo no desea referir, porque ningún científico anota lo que parece misterio vivo o reflejo de una realidad que no puede ser justificada. Aun así, en mis notas de campo llegué a consignar algunos de estos datos.

—Querido profesor, debes contar la historia. Si se nos ha hecho imposible publicar el informe final luego de tantos años, tenemos el derecho de que narres la historia, la historia para ti y para mí igualmente verdadera. Ya estamos viejos y a los viejos la crítica no nos afecta. Además nadie supondría que lo que narras, siendo tan ilógico, pudiera ser real. De todas maneras sal-

---

3    *El Soco*: Municipio localizado en San Pedro de Macorís, provincia ubicada en el sur de la República Dominicana.

varíamos nuestro honor. Para eso sirven las literaturas. ¿No lo crees?

Eduardo, mi principal ayudante de campo, había alcanzado ya dos matrimonios. Mulato de ojos verdes y mirada penetrante, tiene rasgos de un mestizaje que incluye viejas historias africanas, españolas, indígenas, como si representara la mezcla genética ideal que debiera ser el modelo dominicano y antillano. Lo llevé a las primeras excavaciones cuando era casi un adolescente. Dejó sus estudios finales de medicina y se entregó a la biología humana aprovechando becas que fueron para él sustanciales y con las que se consagró como un experto. De familia muy pobre, revolucionario, estudiante universitario ligado a grupos de izquierda muy violentos, la ciencia lo apaciguó, el análisis calmó sus ímpetus políticos, la lectura y la curiosidad le[4] convirtieron en un pensador. Cuando iniciamos los estudios en El Soco ya era un joven maestro. Aún me parece joven. Le llevo veinte años.

Ya no soy el exigente científico que investigara un pasado que terminaría negándose a expresarse con veracidad material, como quieren los analistas puros. Y Eduardo tiene razón, porque si no de qué valió el sacrificio, la agonía de aquella época perdida, de qué valió que llegáramos a tener las experiencias que tanto nos agobiaron y el aprendizaje de aquellos momentos irrepetibles. Eduardo sabe que Nora me ha tocado el tema, y hasta llego a suponer que entre ambos se ha tejido un acuerdo, un proyecto, una especie de conjura para el rescate del mundo que El Soco representó para nosotros, y de las historias que tantas veces comentamos como anécdotas saturadas de risa y saudade.

—Bellas moscas, parecen de cristal –dije cuando observé ambos animales.

—Son las mismas de El Soco. Las maquillan en los museos y te parecen de cristal. Pero en el «maquillaje» de éstas estuve presente, casi como un director de operaciones. A diferencia de los años en los que usábamos formol, ahora las consolidan con plásticos y cristales líquidos que las fijan para siempre. «Puedes hacer con ellas un par de pendientes para Nora» –la sugerencia abonaba mi sospecha.

La cristalización era tan perfecta que se veían y podían contarse los anillos de sus cuerpos, las manchas de las alas semitransparentes, y el morado oscuro, casi negro, de las cabezas se mantenía vivo. Los pelos microscópicos de las patitas revelaban una especie de miedo, el miedo que eriza el cabello de los que se asoman al terror. Al trasluz, parte del cuerpo fijaba líneas suaves, casi como de caoba lustrada, brillante y negra. Líneas tan familiares a nosotros durante aquellos años. La coloratura de los insectos me lanzaba hacia la infancia, al taller de Ñico Mesa, el ebanista que lustraba la caoba con alcoholes y guata[5] dejándola brillante como una joya de madera. Parecían moscas lustradas, la naturaleza imitando al ebanista de mis años infantiles.

---

4    La utilización del "leísmo" en Hispanoamérica indica, por lo general, una "condición de producción culta" del discurso. Cfr. el enfoque sociolingüístico de Inés Fernández-Ordóñez: "Leísmo, laísmo, loísmo", en: Bosque, Ignacio/ Demonte, Violeta (eds): *Gramática descriptiva de la lengua española*. Madrid: Real Academia Española/ Espasa-Calpe, 1999. 1319- 1390 & 21.1- 21.6.

5    *Guata:* Lámina gruesa de algodón en rama, engomada por ambas caras, que sirve para

Encendió un puro de la Aurora[6], y me dijo que había tenido ya el placer de que Gertrudis, su hija mayor, se graduara. Tendré pronto mis propios nietos, me dijo, mirando a mi nieto Augusto Adrián, que asomaba para besarme la mano. Hablamos un poco sobre la vida y sus sorpresas. De cómo Margot abandonó para siempre el interés por la arqueología a partir de su parto de mellizos, en Caracas. Volvimos a tener de ella noticias esporádicas, pero el distanciamiento de aquellos amigos que considerábamos entrañables parecía y parece cosa del destino. Los amigos se difuminan, se disuelven, se licuan y ruedan muchas veces por esas calles que el recuerdo reconstruye a su modo.

—Profesor, la vida manda que pueble estos caminos. ¿Recuerdas el poema de Pedro Mir[7]? Ellos se han alejado, pueblan otros mundos. Para ellos El Soco fue una experiencia que debe haberse esfumado en el trajín diario. Ahora tienes la oportunidad de perennizarlos en una obra, de poblar otros caminos con nuestra experiencia.

—Cómo no –dije, haciéndome el que no había escuchado la propuesta–, es parte de aquel poema titulado «Material de mi aldea». La vida manda que recordemos, que reconstruyamos, eso es lo que quieres decirme. ¿Todavía tienes el mismo gusto por el tafiá[8], por el clerén?[9] Te quedaron en el paladar costumbres que compartimos. Desde la época de Nathaniel Frozen he adoptado el trago fermentado como un ritual. Lo mezclo con agua de coco. ¿Recuerdas aquellos festines ambientados con el rumor del mar y los aguaceros? Me traen ahora el mismo licor desde Haití, y lo gozo porque es un ron clandestino que tiene sabor de luchas y remeda sonido de tambores. Bebida de viejos esclavos inventada, según el cronista y cura francés J. B. Labat[10], por los esclavos de Guadalupe y Martinica. Bebida que estimulaba el placer indudable de nuestro amigo Samuel, lugarú, papá bocó, brujo o hougán[11],

---

6     *La Aurora*: Prominente fábrica de cigarros fundada en 1903 por don Eduardo León Jimenes; la misma está localizada en la provincia de Santiago. Para más información sobre esta industria, consulte http://www.glj.dom.industria_ trabaco.htm

7     *Pedro Mir*: Poeta dominicano (1913- 2000). Pertenece a la generación que se levantó bajo el régimen dictatorial de Trujillo, y que utilizó la poesía no sólo como expresión de angustias y sentimientos propios, sino principalmente como instrumento de lucha contra el despotismo y contra las injusticias sociales (*Historia de la literatura dominicana*, de Joaquín Balaguer; HLDJB).

8     *Tafiá*: Aguardiente fabricado con la caña de azúcar que entraba de contrabando por Haití en el siglo XVIII (*Diccionario de Cultura y Folklore Dominicano*, de A. Paulino y A. Castro; DCFD).

9     *Clerén*: Haitianismo. Nombre con que se designa la bebida alcohólica destilada mediante procedimiento doméstico, a partir de la caña de azúcar (DCFD).

10    *J. B. Labat*: Se trata de Jean Baptiste Labat (1664- 1738), misionero francés de la orden dominicana. Estudió la historia de las antillas mayores y menores y exploró muchas de ellas, incluyendo la Española y las dos que aquí menciona el narrador.

11    *Lugarú, papá bocó, brujo, hougán*: En la tradición mágica dominicana, el hombre capaz de convertirse en animal u objeto inanimado se denomina «galipote». El galipote que se convierte en perro se denomina *lugarú*, del francés *loup-garou*, que designa al legendario hombre lobo de la leyenda licantrópica universal. El Papá Bocó es el dios mayor del vodú haitiano. Es, además, un brujo o curandero que tiene autoridad por encima de los demás en una comunidad; por lo general, se le teme a su poder y a su ira (DCFD). El *hougán* es un sacerdote del vudú.

como quieras llamarle, enemigo final de Feltrudis, la Marimanta[12].

—La trágica Marimanta. ¿Crees, profesor, que se suicidó o que sus oponentes la sacaron del juego?

—Sobre ese particular prefiero no hablar, porque cuando retornamos al lugar todo estaba tan cambiado... y cada quien habló con sus razones y su lengua o idioma pasional. Sin duda también las voces cambian con el tiempo y con los intereses. El escritor Juan Bosch[13] me decía en la intimidad que cada historia tiene fonéticas diferentes, que la historia al entrar en la palabra era diversa para los que narraban un mismo hecho, y a la vez diferente para el que la escuchaba. Estoy convencido de que ningún cuentero narra la misma historia dos veces de manera igual. Los folkloristas llaman «variantes» a las mentiras que se agolpan explicando un hecho originario. Y creo que ninguna Marimanta se derrumba y cae en el mar para suicidarse. Las Marimantas poseen un vuelo propio, nacido de miles de años de experiencias siempre revocables. Las hubo en Galicia y tal vez vinieron a América como respaldo de la historia nueva que debería surgir. Fueron una avanzada esotérica, parte también de la conquista. No es de dudar que Nicolás de Ovando[14] y el propio Colón tuvieran las suyas. Son como las brujas volanderas de la frontera norte, pero «puras», nada mestizas. Trajeron sus fórmulas por posibles órdenes nunca explicadas. Blancas, nada mulatas, las Marimantas son, sin embargo, seres comprensivos y a la vez poco comprendidos. Su lucha continúa, y lo hemos comprobado hace ya años.

La caja con las moscas tenía su leyenda: *1. Hermetia illucens, 2. Hermetia albitarsis*[15].

---

12    *Marimanta*: Para asustar a los niños, en las provincias de Baní y Azua, los adultos invocan a las «marimantas», unos seres de forma indefinida que surgen de la oscuridad de la noche envueltos en una sábana blanca; lentamente se acercan a los niños malcriados para arroparlos y llevárselos (DCFD). Es de origen español, como sugiere el narrador.

13    *Juan Bosch*: (1909- 2001). Profesor, narrador, ensayista, educador, historiador, biógrafo, político, ex presidente de la República Dominicana (1962), se considera uno de los máximos exponentes dominicanos de la narrativa breve. Para más información sobre su vida y obra, visite http://www.literatura.us/juanbosch/index.html.

14    *Nicolás de Ovando*: Gobernante de La Española de 1502 a 1509, fecha en que entrega el mando a Diego Colón, hijo mayor de Cristóbal Colón. Hay historiadores que consideran a Ovando como el prototipo del colonizador, ya que pacificó la isla, la puso a producir riquezas (la industria azucarera, por ejemplo) y la dotó de una administración eficaz. Sin embargo, hay otros que consideran que el progreso económico de la isla durante su administración se basó en una política de matanza indiscriminada de indígenas y el sometimiento a agotadores trabajos a los que sobrevivieron, bajo el sistema de las Encomiendas (*Historia Dominicana*, de Jaime de Jesús Rodríguez;HDJR).

15    *Hermetia illucens. Hermetia albitarsis*: Según la fuente consultada, los dos grupos pertenecen, como sugiere el narrador en la página 104, al género de las moscas *stratiomydaes*, o «mosca soldado», término que explícitamente utiliza el narrador al principio del quinto «capítulo», y que le da el título a la novela. Para ver rasgos específicos sobre las *stratiomydaes* que coinciden con los proveídos en la presente novela, visite http://academic.uprm.edu/dpesante/0000/capitulo-8.PDF

Si hubiéramos comenzado nuestra labor poniendo cierta atención en aquellos insectos en vez de dedicarnos con tanta fruición a los huesos, los fragmentos de vasijas y los restos de alimentación, habríamos resuelto el caso mucho antes, y tal vez hubiésemos hecho nuestras interpretaciones de manera «esotéricamente» correcta desde el primer momento. Qué digo. Sin Solares y las sugerencias de Margot tampoco hubiésemos logrado mucho. Pero nunca pensamos que unas moscas fueran un elemento clave en la investigación del pasado. Además, las moscas que hubiéramos debido investigar no estaban en los restos arqueológicos, eran más bien visitantes alados de los mismos; eran habitantes de aquel ambiente lleno de miasmas[16], porque el manglar[17] al pudrirse genera un lodo, un suculento caldo, que atrae para el desove y la reproducción. Girando sobre nuestras cabezas, dando vueltas como aviones de guerra sobre un objetivo que ni siquiera sospechábamos, aprendimos a identificarlas por su zumbido agresivo y tenaz. Desde luego, un factor que considero fundamental para llegar a la concreción final de lo que hoy parece parte de la leyenda, fue la intromisión de la poesía, algo que a fin de cuentas no pude echar de lado, porque la poesía se impone cuando tiene bases para ello, cuando está implícita en todo cuanto hacemos. Finalmente tuviste que aceptarla, Eduardo[18].

---

16     *Miasma*: Emanación maligna que, según se creía, desprendían cuerpos enfermos, materias corruptas o aguas estancadas (DRAE).

17     *Manglar*: Terreno que en la zona tropical cubren de agua las grandes mareas, lleno de esteros [charcos o riachuelos] que lo cortan formando muchas islas bajas, donde crecen los árboles que viven en el agua salada (DRAE).

18     En este párrafo apreciamos una serie de datos inconclusos relatados *in medias res*, los cuales ponen en evidencia un discurso fragmentado, típico de la narrativa reciente maggioloana. Estos datos se traerán de nuevo a colación, antes de enterarnos, por ejemplo, de la verdadera relevancia de los aludidos insectos y de la aportación científica del enigmático Rafael Solares. Con dicha técnica la novela rechaza, por un lado, la lectura pasiva y, por otro, se crea el suspenso y la intriga en la narración. Esta forma de narrar evoca *Cien años de soledad*, donde el narrador se adelanta a los hechos sin ofrecer detalles importan-

Por estas razones tengo enfrente a mi compadre y amigo Eduardo. No ha escapado del mundo de El Soco y quiere reconstruir algo que me parece tan propio de cada uno que lanzarlo al conocimiento del público alcanzaría los ribetes escandalosos del secreto hecho público. Eduardo dice que somos los últimos cómplices de un universo que se perdería. Cree que la memoria es el último escalón para alcanzar la eternidad. Creo igualmente que la eternidad crece sustentándose en la memoria.

—¿No crees que debemos dejar en el saco del olvido todo aquello?

—Profesor, tienes la magia, el encanto para convencer al mundo de que la ciencia puede dar vida a la imaginación.

Miró entonces la foto ampliada de aquella mujer, último eslabón de mi vida de arqueólogo, y me dijo:

—Hazlo por ella, cumple con lo que la memoria impone. Quién si no tú puede lograrlo. Yo le puse nombre, ponle tú, profesor, carne y vida.

M oscas.

Numerosas veces las vimos girar sobre nuestras cabezas y las espantamos sin siquiera sospechar que ellas poseían parte del secreto de una historia que ahora Eduardo quiere salvar confiando en mi memoria.

—Maestro, tienes una memoria proverbial. Te ayudaría a recordar si fuese necesario. Sabes que la memoria propia se complementa con la ajena. Puedo ser tu sombra, tu vieja sombra. La memoria de tu memoria.

Repitió el trago de clerén, le puso jugo de limón agrio, y de un sorbo se bebió el mismo, medio vaso tan turbio como el de aquellos años, cuando fuimos asiduos al Nathaniel Frozen, y gozábamos de las ocurrencias porcinas y misteriosas de Dulcinda.

Pero no sólo las moscas, porque ellas fueron, finalmente, un punto clave del hallazgo de verdades insospechadas, sino las tantas coincidencias, las extrañas palpitaciones del lugar que ahora comparo con un corazón que latía debajo de nuestros pies y que se sustentaba en la sorpresa. Un territorio montado sobre un farallón calizo con huecos subterráneos al través de los cuales arroyos insomnes se desplazan a decenas de metros bajo el suelo; oquedades en donde el viento marino penetra eructando luego con voz de barítono[19], como si Neptuno hubiese convertido el tridente en guitarra, y ensayase un aria marina acompañada de oleajes con ritmo de bolero.

Pudiera ser que muchos de los que se interesasen por una historia como ésta encontraran que la misma es demasiado imaginería para ser la obra de un científico (o de dos, si es que quieres inscribirte en la memoria conjunta que propones), pero es que al unir todos los cabos, los científicos y los su-

---

19    *Barítono*: Voz media entre la de tenor y la de bajo (DRAE).

puestamente imaginativos tenemos que apreciar las coincidencias, y dejar un poco atrás ese materialismo con el que el investigador social desea explicarlo todo. A veces la propia vida se niega a ser interpretada, porque ella posee sus razones, y no resiste intromisiones humanas.

—¿Cómo es eso de ayudarme a recordar? No necesito ayudas –dije en tono de chanza–, lo recuerdo todo, como Funes, el memorioso de Borges[20].

Eduardo, adivinando mis intenciones, y con cierta sorna muy característica del amigo íntimo, me dijo:

—Excúseme señor genio, pero no olvide que en la memoria de los demás hay parte de la memoria que usted posee. La memoria vicaria que el escritor «interiorista» B. Candelier[21] señala como fundamental para un escritor. La memoria del otro que completa la nuestra. Fusión de tiempos y espacios vividos paralelamente, y que convergen luego azuzados por el intercambio de razones. «Lo vivido», como decía el poeta Vallejo[22], se «empoza» en el alma. La memoria es un charco de vida. Un espacio de remansos silenciosos, que aparentan estar muertos casi y que comienzan a moverse cuando el otro desordena aquellas aguas y permite que el reflejo de unas y otras se unan, fermenten, creando nuevamente el pasado, pero más poético y propicio. Agua destilada, esencia, casi perfume de medianoche.

Me quedé atónito porque Eduardo repetía frases que había yo dicho a la una y cuatro minutos de la tarde del 8 de mayo de aquel año junto al bien armado conjunto de huesos al que luego él mismo le daría un nombre mágico.

—La razón te da la razón.

Eduardo sonrió con malicia. Con esa malicia que a veces me hacía dudar de él injustamente, cuando era apenas el jovenzuelo que se moría por descubrir las formas y verdades de unos esqueletos anclados arqueológicamente en el siglo X. En una de las fotos aéreas que poseo se ven los pozos arqueológicos que realizamos. Desde ese plano perpendicular puedo identificar –sólo yo puedo hacerlo– a los curiosos que miran el trabajo y entre ellos a Cosme y Damián, los mellizos, a Jean, a Jalaquén en su mortal silla de ruedas, y algo más distante a Feltrudis, que imagino con su falda azul azul, porque este mazo de fotos fue tomado en blanco y negro y me cuesta rescatar mental-

---

20    *Funes el memorioso*: Se trata de un personaje borgeano del relato «Funes el memorioso», perteneciente a la colección de cuentos *Ficciones* (1944). La evocación de la prodigiosa memoria de Funes es, en definitiva, significativa pues el profesor y el alumno, al igual que el protagonista borgeano, se obsesionan con el recuerdo de detalles; dicha evocación es, hasta cierto punto, irónica, si se considera que la memoria de Funes lo conduce al caos sicológico, efecto que imposibilitaría los acertados recuerdos del profesor, y la realización de la novela, por tanto.

21    *B. Candelier*: El narrador se refiere a Bruno Rosario Candelier (1941- ), ensayista, filólogo, crítico literario y narrador dominicano. Candelier es fundador y seguidor del «interiorismo», movimiento literario con proyección internacional. El mismo busca la renovación de las letras mediante la mística, la metafísica y la *mitopoiesis*. (http://bc.inter.edu/focus/a1_n1/Robertofin.pdf ).

22    *Vallejo*: César Vallejo (1892- 1938): destacado escritor peruano cuya obra representa una de las más altas expresiones del lenguaje poético escrito en lengua española. El compromiso con la humanidad presente en su lírica esta matizado por la emoción expresiva de una honda angustia (*Voces de Hispanoamérica. Antología literaria*, de R. Chang-Rodríguez y M. E. Filer).

mente los colores. Veo a Jimaquén trepado en aquel cocotero que suplía «cocos de agua» para mezclas con ron y clerén.

—Cuando los insectos osaron introducirse en la tumba de Pandora comprendí, o tal vez comprendimos, que la señal iba más allá de una simple forma de azar.

—Eso es importante, profesor. En realidad las señales iban más allá del azar. Ahora no importa tanto que ignoremos las teorías que ya habíamos abandonado frente a los hechos. Ahora escribirás un texto de gente vieja a la que ya no le importa la crítica. Además fuimos los baluartes de la historia antigua en un país en el que ni siquiera importa la historia moderna. ¿No te parece, profesor? Hemos entregado otros informes clásicos, hemos publicado libros sin alma, porque aterrizan en clasificaciones y cuadros estadísticos que ya nadie lee. Ahora tenemos la oportunidad de poner alma a la vida insólita que se manifestaba desde el fondo de aquellas tumbas, y explicar que toda acción tiene materia y espíritu.

—¿Por qué habíamos anclado en el desencanto, en el aburrimiento, en la falta de interés por el presente?

—Porque habiendo trabajado honestamente nuestro entorno se transformó en un mar de corrupción que alcanzaría a la misma ciencia. Porque nos dimos cuenta de que en nuestro país, pequeño y angustiado, quedaron vigentes antiguas formas de la dictadura. Los «nietos políticos del dictador» siguieron y se hicieron los dueños de la supuesta democracia de pacotilla usando la misma metodología y tuvimos que aceptar que todo se decidiera desde el poder, desde el lado estulto[23] de una vida controlada por sicarios que apostaron a cambiar la cultura por la compra de bonos estatales. Hasta las estampillas de correo fueron satanizadas. Fuimos hasta ingenuos cuando intentamos reproducir a Pandora en una estampilla. Debes recordar que el director de Correos de la época nos llamó ilusos, poetas, ¿a quién carajo se le ocurriría meter en una estampilla de correos la imagen de un esqueleto casi sentado, con un brazo en alto, y una dentadura en la que solamente nosotros veíamos algo así como una sonrisa excepcional? Me asaltaron entonces el sol y la luna revoloteando en la sonrisa mortal de Pandora. La palabra «poeta», usada como un insulto, me pareció irreverente. Vivíamos en un país donde la burocracia había llegado a despoblar de poesía la vida misma y a considerar al pensador y al artista como un signo de vagancia y de miseria humana. Poeta. Nos insultaban con esa palabra que fue magna y sutil desde Homero hasta Séferis, desde Moreno Jimenes hasta Mieses Burgos, desde Evaristo Carriego a Jorge Luis Borges, desde Ercilla a Neruda, desde Garcilaso a Blas de Otero.

—Fue mejor que esos huesos retornaran a su lugar.

—Nunca me arrepentiré.

Nora le entrega a Eduardo el último correo llegado a mi apartado. Au-

---

23 *Estulto*: Del latín *stultus*. Necio, tonto (DRAE).

gusto Adrián enciende el televisor y Nora le explica que abuelito y el «tío Eduardo» están conversando. (Me ensimismo en ella porque Nora sigue siendo elegante, fina; en su rutilante madurez se ve preciosa con su sari color azafrán de ribetes dorados comprado en Agra, muy cerca del Taj Mahal. Su voz melodiosa, de la que siempre ha de hablarse, no ha cambiado. Tiene los efluvios de la flauta, o de un instrumento viejo, secular, perdido en las brumas del pasado. Evoca, y habrá que repetirlo, la flauta de Rocheblav, plateada, tan cara y tan especial, devuelta a los profesores del Conservatorio Nacional de Música luego de la guerra de abril del 1965, cuando el país se estabilizó tras la fatal invasión norteamericana que empeoró la vida dominicana y la nubló de venenos morales que aún se respiran en el aire de la lucha cotidiana. Aquella primera flauta con la que Nora dio sus pasos iniciales en la música y que es como el prólogo de otras.)

Llegamos y creíamos que las lluvias de marzo, adelantadas como nunca, habían pasado. En realidad no llueve mucho en aquella región, o por mejor decir, no llovía. Fue como si nuestra llegada desencadenara un medio ambiente nuevo, como si cambiara, con nuestra sola presencia, el ritmo de las estaciones. Un ámbito nuevo pareció desmontarse de nuestros vehículos conjuntamente con nosotros y hasta instalarse como parte del campamento cuando empezamos a descargar y a definir nuestros aprestos para la posible interpretación de aquel mundo escondido bajo tierra.

—Digo que los aguaceros no eran muy comunes, pero cuando se presentaron con nuestra llegada fueron torrenciales, y ese año, una transformación local cambió el escenario y varió en mucho nuestro trabajo.

—Bien, bien, maestro. Te ayudo un poco. Ello nos dio oportunidad para quedarnos por más tiempo que el requerido normalmente, pero de igual manera para entender poco a poco el ecosistema que conforman las vidas con sus historias particulares, las creencias, ese mundo que pudiera considerarse absurdo en el que se mueven muchas vidas y que está conformado por la mezcla de razones y sinrazones, de trozos de irrealidad y pedazos de realismos puros y palpables hasta alcanzar esa especie de magia en donde predominaron un más acá y más allá revueltos.

—Nos dimos cuenta, o me di cuenta, de que la vida tiene un desván de objetos perdidos que estando en el pasado se manifiestan en cuanto abres una ventana a universos que esperan manifestarse una y otra vez.

Las tierras en esta zona del este de la isla eran más bien pastizales, sabanas, llanuras verdiamarillas en posesión de algunos ganaderos. Hierba de Guinea, alta, filosa, es lo mejor que se produce allí. La caña de azúcar y los ingenios complementan el paisaje. Las vacas y caballos pacen y beben en las lagunas artificiales que los ganaderos hacen aprovechando el terreno duro y en donde una vez hecho el hueco el agua se queda transformada en espeso chocolate que se renueva y aclara con la extracción artificial. Cuando viene la sequía el pasto se marchita, y entonces los molinos de viento impulsan agua desde sus depósitos freáticos aprovechando la fiereza del aire en movimiento. Se los ve girar como cíclopes con aspas circundando aquel ojo ciego y egocéntrico que la mitología ha creado para que aprovechemos de vez en cuando un pasado tuerto y poco explicable.

—Profesor, recuerdo que afirmabas que los molinos podían ser imaginados como girasoles de diverso color. Decías que eran como pequeños soles que hacían de centinelas para evitar que los Noctilius[24] se hicieran dueños de La Conquistada.

—Pudiéramos haber considerado los molinos para extracción y riego como monstruos grandes con cabeza giratoria, como si fuesen brazos locos de un animal antediluviano buscando espantar moscas y aves de las palmeras. Metálicos y acostumbrados a su propio brillo, los molinos me recordaban los pasajes del Quijote y Sancho, sólo que ahora la llanura manchega podría ser una llanura en donde la hierba no presentaba esa imagen de «océano de cuero» que según el poeta Neruda se adivina en la rugosidad de Castilla. Allí se afinaron nuestros sentidos para la tibia percepción de un océano de follaje y mugidos que rodaban sobre sí mismos hasta caer en otro océano: el del mar Caribe, cuyas aguas azuladas contrastan con el pastizal inmenso y cuyos manatíes[25] compiten con la sombra del ganado vacuno que, cubierto por el verdor casi hasta la mitad de su cuerpo, parece navegar a cuatro patas sobre la llanura.

Recuerda, Eduardo. Cosme decía que las vacas marinas mugían debajo del agua. Los manatíes eran vacas marinas, según ellos. Mansos y protegidos por la guardiamarina, venían a veces hasta las orillas, en donde, entre lilas y yerbas submarinas como las talasias, podíamos acariciar su lomo. Damián los besaba. Eran como damiselas del agua, coquetas o coquetos, y dueños de una alegría que parecía ser la única realidad festiva pura en el lugar. Han desaparecido.

Vale pensar en la carretera que se desplazaba a tres kilómetros hacia el oeste, repartiendo caminos vecinales y sendas donde el árbol de guayacán produce sombras que son como nubes verdinegras sobre un territorio salpicado por las pequeñas aldeas. El Soco parecía haber quedado paralizado en un tiempo de goma laca, chicle y gelatina; estirado y sin perspectivas. En las noches sentíamos que el viento ululante tenía consistencia de sábila[26], de miel

---

24    *Noctilius*: Variante del murciélago. Cfr. http://www.univalle.edu.co/~reben/Programa/Coloquio%2002/Programa%2002.pdf

25    *Manatí*: Voz caribe o arahuaca. Mamífero sirenio de hasta cinco metros de longitud, cabeza redonda, cuello corto, cuerpo muy grueso y piel cenicienta, velluda y de tres a cuatro centímetros de espesor. Vive cerca de las costas del Caribe y en los ríos de aquellas regiones (DRAE).

26    *Sábila*: Planta medicinal cuyo nombre técnico es *Aloe vera*. Su penca triturada da un jugo espeso que se aplica en afecciones de la piel (DCFD).

resbaladiza y dulce, de vaselina olorosa de la que se usaba en los campos y bateyes[27] haitianos para alisar el cabello rebelde, de moco transparente que se
mueve dudoso en contra de un viento neonato que aprende a gemir o a llo-
rar. Sus habitantes aún vivían de la pesca; la agricultura era miserable, y los
mosquitos y cínifes[28] del manglar zumbaban a todas horas, adensándose en
nubes oscuras a partir de las tres de la tarde y marcando nuestras carnes con
puntos rojos debido a las picadas.

Me dicen que luego de tantos años el ganado es aún manejado por unos
pocos hombres que heredan la profesión del hatero[29] desde la época colonial,
cuando llegaron los primeros animales desde las Islas Canarias apenas entrado el siglo XVI. Lo demás es caña de azúcar, cañamelares inmensos e ingenios de molienda antiquísimos, viejos algunos y movidos por bueyes, pero
también nuevos y modernos. Son los «centrales» que la industria diseminó
desolando el bosque original para sembrar la caña. De todo tipo los hay. De
esas influencias canarias queda el gofio[30], vendido dentro de cucuruchos de
papel en los ventorrillos[31] del trayecto. Era posible ver la tostadura del maíz
al borde de la carretera. Los granos se tostaban sobre arena fina y caliente
dentro de un caldero grande en el que se revolvían quedando listos para ha-
cerlos harina mezclada con azúcar hasta llegar a los envoltorios artesanales.
Antes gofio y leche se mezclaban, ahora son alimento de paso, dulce del ayer
para niños escuálidos de hoy. Creo que todavía los haitianos de los bateyes en-
dulzan el agua con el melado y el azúcar negro en pastas, el viejo papelón de
los esclavos. Todo eso, Eduardo —y me estás instando a soñar de nuevo—, se
mantiene, casi en difumino[32], en la categoría de un «todavía».

Todavía en los bateyes los cortadores de caña procedentes de Haití cele-
bran sus santorales y el vudú es la religión sudorosa y alcohólica del azúcar.
A principios del siglo XX vinieron al poblado de San Pedro de Macorís, muy
cerca de El Soco, ingleses negros de Nevis y Saint Kitts, Antillas pequeñas
que navegan al sur del arco antillano y que flotan dentro de una tradición que
cambió el tambor guineano por el redoblante inglés. Representan en los car-
navales la lucha entre David y Goliat. Sus instrumentos son la flauta escoce-
sa y el redoblante militar. Su vestimenta habla de mezclas: coronas de plumas, faldas con espejitos, batutas, hibridación de piel negra con tradiciones
blancas. Debido a su representación de la lucha de David contra Goliat, bíblica totalmente, nada africana, la gente ha bautizado su baile escénico como

---

27   *Batey*: El término se refiere a las pequeñas comunidades donde residen las personas que
     trabajan en la parte rural del complejo azucarero, como los picadores de caña, los capa-
     taces, y otros. Esta palabra es de origen indígena; en el período anterior al descubri-
     miento y colonización de la Española, el batey era el sitio donde jugaban los indios a la
     pelota (DCFD).

28   *Cínife*: Del latín *cyniphes*. Variante del mosquito (DRAE).

29   *Hatero*: Encargado de llevar la provisión de víveres a los pastores (DRAE).

30   *Gofio*: Polvo o polvillo hecho a base de maíz tostado molido, al que se le agrega azúcar.
     De origen canario, fue de uso masivo hasta los años sesenta del siglo XX (DCFD).

31   *Ventorrillo*: Lugar donde se venden frutas, pan, víveres y hortalizas (DCFD).

32   *Casi en difumino:* Es decir, que el recuerdo de Eduardo está indefinido o nebuloso.

el de «los guloyas», castellanizando la palabra Goliat. No se mezclaron nunca en sus quehaceres con otros grupos negros. Juan Rosado nos lo decía con cierto orgullo. En principio cortaron la caña en grandes grupos, fueron los creadores de las primeras huelgas, muchos fueron deportados e impedidos de vivir en el país porque representaron un peligro; ya en su originario Saint Kitts habían aprendido el ritual huelguístico desde 1880. Algunos se fueron definitivamente, abandonando los cañaverales e ingenios en 1932, pero muchas familias se quedaron en San Pedro conformando el gheto cocolo[33]. Los mecánicos, los dueños de pequeños negocios, los sacerdotes, los carpinteros aportaron oficios y experiencia a la región este. Muchos eran artesanos de ingenio, portadores de sociedades de ayuda mutua, negros protestantes «de primera», según sus propias creencias.

Los haitianos y sus descendientes, considerados como «negros de segunda», entraron masivamente en el ingenio desde los años 30, con sus viejas tradiciones congas[34] preservadas, mientras que los cocolos de Saint Kitts, Nevis y otras islas inglesas llegaron a la ciudad de San Pedro con un fajo de tradiciones anglo-africanas que hablaban de un urbanismo que trasegaron a otras urbes dominicanas. Los aires de sotavento acompañaron sus dietas de quimbombó con pescado molido, del molondrón[35] mezclado con bacalao llamado «funye con yambó», de té e infusiones, de galletas de jengibre. Quedaron sus órdenes de «oddfellows»[36], logias comunitarias, y su sentido de la hermandad, su religión anglicana y sus jugadas de cricket y bingo, su bebida fermentosa llamada guavaberry, con sabor a guava o guayaba y a raíz espiritosa, a frutillas y especias. De ellos descendía Juan Rosado, en principio John Rosay, guía de campo, hijo de cocolo y dominicana.

Los tambores haitianos, voces del cañaveral, resuenan en las noches, y el tafiá de jugo de caña fermentado corre a raudales, mientras el sudor de los jornaleros empapa las sombras de las viviendas, donde vuelan espíritus de antepasados que buscan entrar en el cuerpo de los papá bocós o sacerdotes de religiones y creencias afroantillanas. Entre los bateyes conocimos a Samuel, lugarú, papá bocó, jefe de ejércitos misteriosos de luás o loás[37], predicador, adivino del cañaveral, a diferencia de las otras «entidades» vivas como Nathaniel y la Dulcinda, y como Feltrudis, para muchos una bruja blanca con capacidad de reproducirse por sí misma, ave fénix de su propia leyenda.

Allí nos encontraríamos con músicas, costumbres y modalidades de vida diferentes a las de la ciudad capital.

---

33  *Cocolo*: Los cocolos son habitantes de las islas adyacentes donde no se habla español. En San Pedro de Macorís se les decía así a finales del siglo XIX a todos los individuos venidos de las Antillas en aquellos años en que surgía la industria azucarera en esa ciudad (DCFD).

34  *Congo*: Alusión a la cultura de la República africana de El Congo.

35  *Quimbombó, molondrón*: El molondrón es una planta grasosa, posiblemente de origen africano, que se utiliza en la ensalada, o añadida a la carne en la cocina criolla. En Cuba se le conoce como *quimbombó* (DCFD). En inglés se le llama *okra*.

36  *Oddfellows*: «Odd Fellow». Miembro de una importante orden benevolente y fraternal.

37  *Luá*: (o *loá*): Voz haitiana, *loa*, que significa espíritu y divinidad propia del vodú (DCFD).

—Nada de eso estaba en nuestros fríos textos universitarios, en nuestros manuales. La arqueología no tenía alma sensible, según los rígidos cánones de la ciencia. Nos maravilló en principio el sonido perenne de los tambores casi mezclado con silbos parecidos a los de las flautas del barroco europeo. Tuvimos un día que aprender a separar los ruidos naturales de los musicales, a aislar la flauta que sonaba en las cercanías del sitio de trabajo del tambor que latía como un corazón en la taquicardia distante y nocturnal de los bateyes. Allí estaba vigente la eterna sofocación rítmica que identifica el tambor del rito gagá[38] conjuntamente con ese rumor diferente, una música nocturna que bregaba, como desde un más allá confuso, con la de los cortadores de caña, cuyos ritmos en la festividad de coronación de la reina conga precedían a las festividades mestizas de la Semana Santa. Un día predominaba la música que se apoya en el timbal y los palos golpeados con afán de resucitar tiempos perdidos —música de balsié[39] y yuca[40]—, otro día el sonido de algún instrumento lejano parecido a una flauta que apaciguaba la respiración de las noches y que luego terminaba como embrujándonos, haciéndonos caer en un limbo de soledad que tenía la forma de la leyenda misma. Así comenzó el encantamiento.

—Y todavía es increíble que dentro del marco de estas dos músicas pudiera acontecer lo que aconteció.

(La música tiene un sentido devoto, siempre es devota: quien la escribe o quien la ejecuta son siempre un hombre o una mujer atrapados por la inspiración. La música es la palabra sonora de la naturaleza misma, por eso en cualquier lugar del mundo la música define lo que ha hecho la gente durante siglos, lo que anhela, lo que está llevando a cabo, lo que goza y lo que sufre. Define lo que el corazón siente, lo que está haciendo el corazón para no dejarse caer muerto todavía, define el alma y la obliga a salirse de los cuerpos. La obliga a vagar y a ver debajo del sueño los cuerpos de los soñantes. Por allí se creía en aquellas realidades e irrealidades.)

Miré a Eduardo y le dije:

—Maestro, usted se me está convirtiendo nuevamente en poeta.

Eduardo me tomó de una mano y me contestó sonriendo: «imitaciones, imitaciones, maestro».

Nora vino con un café «de la loma[41]»; me lo enviaban los amigos de la sierra de Neiba, productores de fina factura. Siempre tuve regalos como ésos. Los puros de la Aurora, el café de los Perelló, el ron de los Brugal[42], el tafiá y el clerén de Ouanamin-the[43], trasegado en galones de plástico que eran casi un delicioso contrabando fronterizo. Ouanaminthe, en la frontera norte, fue antes el poblado de Juana Méndez, cuna del exilio dominicano en un siglo XIX donde huir en barco era quimérico y costoso.

---

38    *Gagá*: Baile de origen afro-antillano practicado en los ingenios azucareros (DCFD).

39    *Balsié*: Tambor tubular cilíndrico de un solo parche que se coloca en las piernas de los tocadores y se sube y baja para modificar el tono (DCFD).

40    *Yuca*: (música) baile de figuras en el que intervienen varias parejas (DCFD).

41    Es decir, del campo.

42    *Brugal*: Bebida alcohólica producida por *Brugal & Compañía*, empresa fundada por el español Andrés Brugal Montaner, en la República Dominica a mediados del siglo XIX.

Metido ya en la rememoración, me acuerdo de que río arriba las garzas poblaban el manglar, y de que en las noches de luna era fácil ver el paso de los abejones que viven dentro de las boñigas vacunas parecidas al lodo y que salen sólo cuando la luz es clara y el viento ha refrescado. Allí estaba, precisamente, la mosca soldado, de la cual se dice que construye casas de barro en las paredes de los bohíos[44] y sella con excremento de buey, como una alfarera alada, los intersticios de las casas de madera de palma. Se las traes a Nora y me obsesiono con la idea de formar parte de una conjura que me incita Eduardo, a escuchar su aleteo dentro de las tumbas aborígenes y primordialmente en aquella que también es la causa de estos recuerdos.

Algunos insectos aprendieron a fabricar cerámica desde el mismo comienzo del tiempo. Para otros la albañilería parece haber sido un oficio diminuto y eficaz. Se diría, si fuésemos tan religiosos como otros, que de Jehová mismo aprendieron la técnica, porque según Gúmer, cuando Dios hizo las cosas y los animales, a cada uno le entregó un oficio y una especialidad como carné de identidad. «Cada criatura del Señor tiene su diploma», decía fray Gumersindo de Sevilla[45], con certidumbre divina envuelta en aliento nicotínico. Los huevos de estas moscas son depositados dentro de las guayabas maduras y podridas que gotean por millares cerca de las orillas lejanas de la corriente fluvial y se reproducen luego cuando la guayaba fermenta. Con la podredumbre el olor del fermento entra en las habitaciones alentando el olfato. Se sabía por experiencia campesina que las moscas soldado nacen por millares y buscan rápidamente la tierra para encuevarse y hacer nidos de barro. Tienen, por tanto, una predilección por lo que se pudre y por la tierra

---

44 *Bohío*:  Los indígenas de Haití o Santo Domingo llamaban a la isla donde habitaban «bohío», que significa en su lengua «Tierra donde hay muchas aldeas y habitaciones». En la actualidad se le dice «bohío» a la vivienda campesina (DCFD).

45    *Fray Gumersindo de Sevilla*: Este sacerdote es un personaje de la obra, no una figura his-

misma, condiciones para explicar ciertas actitudes, aunque otros elementos menos biológicos influyeron en estas historias. Es lo que creo. Es lo que creo, aunque haya quien lo niegue. Ellas, coincidencialmente, forman parte de esta experiencia extraña que sólo la ciencia, los libros, el estudio, pudo darnos y que la imaginación terminaría aclarando.

(Mi compadre Eduardo me obliga a recordar, tarea difícil para un memorioso que es obsesivo con el detalle, con el pormenor.)

—¿Te acuerdas cuándo localizamos a Solares? –me dijo Eduardo–. Era todavía muy joven. Lo he visitado en estos días y su artritis sigue en aumento. No quiere usar medicinas que no sean locales, aceite de tiburón para las fricciones, inhalaciones de menta y albahaca para una pituita que lo agobia y lo hace estornudar. Ha inventado una trampa para cazar lizas[46] cerca del manglar del río Ozama y una carnada vegetal para que las mismas piquen. Ya sabes que las lizas no tragan anzuelo.

Traje entonces aquella foto incólume[47] de Solares, en cierto sentido nuestro benefactor, porque nos mostró que además de en la poesía, la metáfora puede caber en las alas de los insectos, aunque, por cierto, nunca compartió nuestras otras experiencias ni cree en lo que llamamos materialidad intangible. En la foto estaba Solares con su barba de año y medio ya sobre el cinturón, la que a veces colocaba sobre el ombligo y atrapaba con la bragueta de su pantalón corto y arrugado. «Esta barba me llegará a los pies. Es una promesa. Me la dejaré hasta que muera mi único enemigo en la vida», y mencionaba a un político procedente de anteriores dictaduras, viejo, entonces presidente de la República, al que consideraba un malhechor y un enemigo del ser humano. «Quien usa el poder para mentir, prolongar modelos inmorales de gobierno, es un asesino de la moral.» Solares creía en la pureza del ser, era un aficionado al marxismo trotskiano, a las obras de Nietzsche, y a la filosofía oriental. «Hay que escoger lo mejor de cada cosa, porque nadie tiene la razón total», decía.

Encendí un nuevo habano para hacerle competencia a Eduardo, quien aprendió conmigo a fumar en las tierras de El Soco, durante aquella campaña que ahora intentaba rescatar al través de una literatura de ficción, de una novela, que estaría más cerca de la realidad que muchas investigaciones etnológicas y antropológicas. La diferencia habría podido ser que la novela de El Soco se montaría en aventuras reales, y culminaría en aparentes irrealidades.

—¿Has vuelto a saber de Carlos y Margot? –le pregunté.

Fui a la estantería y le mostré un libro firmado por Carlos sobre las puntas de proyectil paleolíticas del estado Falcón, en la costa norte de Venezuela.

—Es lo único que he recibido en los últimos cinco años, y una tarjeta de Navidad, y desde luego aquella foto de Margot con los mellizos graduados de bachilleres. ¡Pamplinas! ¿Recuerdas?

Eduardo revisó el volumen, y me dijo que no lo había leído. Habiendo

---

46   *Liza*: Pez de unos siete decímetros de largo, con cabeza aplastada por encima, hocico corto, dientes muy pequeños y ojos medio cubiertos por una membrana traslúcida (DRAE).

47   *Incólume*: Sano, sin lesión ni menoscabo (DRAE).

abandonado hacía tiempo la arqueología seguíamos recibiendo revistas, libros y datos que ya no me preocupaban. Los resultados de El Soco cambiaron definitivamente nuestras vidas, nos llenaron de un profundo desinterés por los datos típicamente materiales, y yo por lo menos me lancé hacia algunas formas de la vida meditativa. Por un tiempo practiqué el Raja Yoga, un modo de entrar en mí mismo y de encontrar en mi interior respuestas nuevas, aunque a veces llegué a pensar que las respuestas que buscaba deberían hallarse primero en las expresiones de los objetos que contenían el mensaje y de los entornos reales que lo sugerían. Estoy convencido de que el misterio es uno de los envoltorios de la realidad.

Desde luego, mucho antes de aquella cita con el doctor Rafael Solares conocíamos ya la mosca; su cuerpo negro, sus alas rojizas, su zumbido a cualquier hora, su nicho casi suculento en las orillas lodosas y podridas de los charcos, eran parte del entorno en el que trabajaríamos. Serían nuestras compañeras inusitadas, nuestras visitantes súbitas, y poca atención les pusimos en principio hasta que los acontecimientos nos hicieron tomarlas definitivamente en cuenta.

Yo diría que frente a nuestros proyectos el mundo animal de El Soco pareció competir para que le permitiésemos tomar un lugar preponderante. Quizás no sería aconsejable tomar mucho en cuenta esta opinión, pero pudo ser de ese modo. Todos formaron parte de un entorno casi mágico, de un entorno en el que cada quien quiso destacarse de modo excepcional. O tal vez nuestra imaginación, con el paso de los años, le ha dado a la fauna del lugar, a la fauna que pudiera considerarse inteligente, una personalidad mayor de la que tuvo. Recordarás que las copas de los árboles de mangle se cubrían de humedad vaporosa: la del río, que se torna casi nube desde que sale el sol, generando algodones densos consolidados en una niebla tropical a veces tan oscura como el color salvia de las hojas del mangle, niebla fragmentaria en la que las mariposas negras, portadoras de fiebres altas, según aquella mujer llamada doña Feltrudis, se esconden para posarse como diablillos sobre el hombro derecho de los niños menores de un año, dejándoles postrados por días y hasta causándoles la muerte. Es lo que se decía.

Eduardo me miró de reojo y me expresó que ahora más que nunca creía en estos asertos. ¿Sabes por qué las mariposas se posaban sobre el hombro izquierdo de los niños?, pues porque sobre el hombro derecho habita, según

Feltrudis, el ángel de la guarda. Aquello era parte de la leyenda, y Eduardo se hacía el creyente, o tal vez creía que existe, como decía Feltrudis, un espacio en el campo donde las mariposas son dueñas de los sueños que nos visitan en la noche.

—A veces creí en estas irrealidades, si así puede decirse, profesor. Cuando estudiaba en Smithsonian[48] supe de un antropólogo que enloqueció porque creía ver indios armados bailando sobre el cementerio. Douglas, nuestro viejo amigo, mi maestro, confirmaba estas versiones, y aún más, luego de haberse casado con Almira, la guatemalteca que le llenó el corazón y que era la hija de Adrián Adrián, shamán[49] al que conocimos en aquel viaje a La Antigua.

Eduardo hacía referencia a los años 70, cuando iniciamos el primer curso de introducción a la arqueología y viajó, becado, a completar estudios que lo llevaron a Sudamérica como ayudante del doctor Douglas.

Recordamos que dentro de las nieblas de El Soco, ya en el atardecer, volaban aquellos amigables murciélagos verdinegros que chocaban contra los cántaros y las vasijas, como buscando agua de tinaja, o algún pez dentro de los recipientes. Eran los Noctilius, los que, según se decía y comprobamos más que sorprendidos, cuando la mar está pobre de peces, los buscan en los recipientes de boca ancha, y se apelmazan en los cocoteros y palmeras cercanos al mar, desalojando las verdaderas aves y generando paquetes oscuros, envoltorios de piel que se mueven durante el día, aun a plena luz del sol, y se desmadejan en las noches volando a ras de espuma hasta perderse en el infinito, para volver casi chocando con los farallones costeros y las fincas sembradas de coco enano. Los de El Soco, y aquello era parte de lo insólito, podían volar en pleno día. Noctilius llamó el arqueólogo martiniqueño Petit-Jean a su primer hijo. Recordarás aquel congreso en la isla de Guadalupe en el que nos confesó su pasión por el Noctilius. Era uno de los elementos clave de la más temprana decoración de las vasijas de las Antillas Menores. Petit-Jean amaba los dibujos y calcos, y creía ver en aquellas formas un llamado de las divinidades. Era un francés con alma de indio, un extraño perseguidor de leyendas reflejadas en las decoraciones de las vasijas.

Aprendimos a distinguir sus chillidos del de los otros quirópteros, a tal punto que hoy, en mi apartamento, los identifico cuando pasan hacia el mar, que está bien cerca de donde vivo. «Ahí va uno de ellos», le digo a mi nieto Augusto Adrián, y él, científico o poeta en cierne, me mira con asombro y me pide que le traiga dos pichones de murciélago para criarlos con pan y leche condensada, engrudo que utiliza para alimentar su pareja de canarios amarillos.

Venían hasta las excavaciones en cierta época, desde las cavernas cerca-

---

48    *Smithsonian*: El profesor se refiere al *Smithsonian Institute*, el complejo de museos de investigación más grande de los Estados Unidos, y del mundo. Esta institución le otorgó el premio Spinden Medal a Veloz Maggiolo por su labor arqueológica, como ya señalamos.

49    *Shamán*: En las culturas indígenas, el que hace la función de curandero o espiritista. Cfr. (http://www.shamanlinks.net/)

nas a El Soco. Desde la llamada Cueva de las Maravillas[50]. Se los veía a veces cazar algún renacuajo de los que se reproducen en las lagunas de los ganaderos, algún sapo confundido con pez, pero su comida preferida son las sardinas y angulas[51] que extraen lanzándose a ras de mar y atrapándolas con sus garras filosas. Tienen costumbres de gaviota, manías de alcatraz, persistencia de estrella fugaz oscura, con alas y gritos cotejables con los sistemas de radar. Se mueren estrellándose en las aspas de los molinos cuando chocan con su propio ruido, cuando el radar natural se les enturbia, cuando la onda lanzada se enreda en las aspas y no retorna. Los habitantes de la aldea los conocen, son igualmente afines a frutas como el anón, el mamón, la guanábana, el níspero, el mamey y la propia guayaba. Si le colocas una jaula pequeña con frutos o peces dentro la penetran y se quedan atascados entre las varillas emitiendo chillidos de protesta que pueden oírse a buena distancia y que los braceros del corte de la caña interpretan como palabras de Satanás, pero que doña Feltrudis traducía como lamento de muertos en pena, porque debajo de los yerbajos de la aldea estaba el cementerio indígena de hace cientos de años, con tiestos de vasijas reventadas por la insania de los saqueadores, y decoradas muchas de ellas con asas que tienen la faz del murciélago pescador. Un alimento terrestre los mueve igualmente, según los lugareños, de manera tal que como las almas de los muertos del cementerio indígena comen guayaba, sustento de hupias u opias[52], las que según los viejos textos del padre Las Casas[53] y fray Román Pané[54], son espíritus de la noche indígena ya desaparecida. Por eso Feltrudis decía que eran almas de otra época reproduciéndose para siempre. En alguna ocasión, casi dejándome llevar por lo que consideraba un absurdo, pensaba que por eso vuelan en bandadas luego de las lluvias, casi con hábito de tórtola gris, y se asemejan en plena noche a las tropas de palomas de cuello negro que vienen del África a desovar en las frondas del mangle y que pasan zumbando sobre las Antillas haciendo otras escalas no se sabe dónde, completando un periplo que las lleva nuevamente a su lugar de origen en las costas de Cabo Verde, o aun más al sur, en tierras de Guinea Ecuatorial. Refiriéndome al África, les dije una vez a unos cortadores haitianos, de rostro africano y tez brillante, que las leucocéfalas vienen de la tierra de donde eran sus abuelos, y reaccionaron extrañamente, pregun-

---

50    *Cueva de las Maravillas*: Léase la nota 109 para una descripción de esta caverna.

51    *Angula*: Cría de la anguila (pez), de seis a ocho centímetros de largo, muy apreciada en gastronomía.

52    *Hupia: (u opia)*: Espíritu. Según Las Casas, así llamaban los indígenas taínos al alma del hombre (*Breve Diccionario de la Lengua Taína;* BDLT: http://www.jmarcano.com/mipais/historia/terminos/taino_a.html).

53    *Padre Las Casas* (1484- 1566): Filántropo y polemista, célebre por las defensas de la raza indígena que le hicieron en su época acreedor al título «Procurador de los Indios» (HLDJB). Sin embargo, como ha apuntado la historia intelectual, para entender a este personaje histórico hay que considerar su «doble personalidad». Es decir, tomar en cuenta el curioso proceso de *conversión* que lo lleva de colono y amo de indios a ser el gran abogado de los indígenas (*Historia de la literatura hispanoamericana*, de José M. Oviedo).

54    *Fray Román Pané*: Civilizador religioso de la Orden de San Jerónimo que acompañó a Colón en su segundo viaje a la Española. Su gloria consiste en haber sido el primer maestro europeo que tuvieron los indios en el continente americano (HLDJB).

tándome si hablaba del vecino Haití. Son las llamadas «coronitas», leucocéfalas, dice Eduardo, quien sabe de palomas tanto como de esqueletos humanos, y las cazaba en su vieja aldea de Boca de Yuma, cuando era un niño y su padre un navegante solitario que tejía redes para los pescadores de la zona.

«Las palomas, como los antillanos que escapan de su ambiente, aspiran como diría el poeta Aimé Césaire[55], a un "retorno hacia el país natal"», pensé, siempre impulsado por esa onda poética que durante toda la vida me ha acompañado y me hace sentir que la metáfora es como el alma de la realidad. Los tropos literarios siempre me fascinaron, porque antes de haber ido a España para estudiar arqueología, había publicado poemas, novelas históricas, y escrito en los periódicos artículos que se mecían entre la ciencia, las onomatopeyas y los asaltos caribeños llevados a cabo por corsarios y piratas.[56] Todavía los viajes imaginarios promovidos por Salgari[57] viven en mi archivo interior, y creo en Yáñez, en Sandokán y en el Corsario Negro[58], y sueño con ellos. Compré una vez en Madagascar un alfanje que guardo como si fuera realmente el arma letal de Sandokán.

—Eduardo, quiero que sepas que este par de moscas que traes (para mí o para Nora) me llena de placer. Alguna vez te devolveré con un regalo similar —desde ese momento pensaba en las mandíbulas de tiburón aquellas—. Mi sed de venganza se parece a la de Jalaquén —afirmé sabiendo que la broma haría que el antropólogo retornara de golpe a la casa de Jean, con sus colecciones macabras.

Vimos aquella vez las moscas, las vimos cara a cara, pero nunca tan perfectamente conservadas. «Me gustaría mucho ir donde Solares y mostrárselas.»

Dándole una chupada profunda a su tabaco, y destapando ahora una botella de ron Brugal, me contestó que ya Solares no tenía interés en las moscas, y que posiblemente ahora estuviera inventándole una biografía a un nuevo tipo de lagartija dorada aparecida entre las breñas de la provincia de Azua. «Es un animalito escamoso cuya piel parece de oro. Dan ganas de rascarle el lomo y ver si es cierto, como dice Solares, que puede relumbrar como un pedazo de metal nocturno.»

—Ah, pero lo has visto.

—Claro, Solares ha logrado reproducirlo. Tiene una caja con arena a medio sol en donde los huevos alcanzan la temperatura necesaria y, zas, estallan

---

55   *Aimé Césaire*: uno de los grandes poetas de la lengua francesa. Nacido en la Martinica en 1913 y educado en París, amigo de André Bretón, Césaire, junto al senagalés Léopold Sédar Senghor y el guyanés Léon Damas, es el creador del concepto de la negritud, y expresa una voz inconforme con el triste papel que le ha sido asignado al Caribe. Esta información proviene de http://goliath.ecnext.com/coms2/summary_0199-1266744_ITM

56   Véase la nota número dos.

57   *Salgari*: Emilio (1862-1911), escritor italiano, autor de más de ochenta novelas, mayormente de aventuras, ambientadas en distintos lugares: la selva india, Malasia, el oeste de los Estados Unidos, el Mar Caribe, y otros.

58   *Yáñez, Sandokán, el Corsario Negro*: Yáñez y Sandokán son personajes de una novela de aventura de Salgari titulada *Le tigri di Mompracem* (1900). Con «el Corsario Negro» el narrador se refiere a otra novela de aventura del mismo autor: *Il Corsaro Nero* (1898); el protagonista lleva el nombre que aparece en el título.

el día menos pensado. Las lagartijas son rosadas durante las primeras horas, pero luego se van tostando hasta alcanzar el amarillo y más tarde el dorado que fulgura.

—Oh, qué personaje.

Me quedé pensando en la conversación. Puedo afirmar que no fui capaz de conciliar el sueño aquella noche. Hablar de Solares, de Margot, de Carlos, era ponerme reverberos en el cerebro. Sabía que Eduardo volvería a la carga. Quería, por cariño al amigo, sorprenderlo ahora con unas notas que pudiesen ser discutidas, transformadas en literatura. No desechaba la posibilidad de retornar a El Soco, esta vez como narrador. La verdad es que luego de aquellos trabajos arqueológicos y habiendo publicado libros de ficción, nunca se me ocurrió que los acontecimientos de El Soco pudieran definitivamente quedar sellados, a mi modo, en una novela, en un relato, en alguna confesión escrita de esas que ahora ganan premios y se venden como novedades literarias. Las llaman de maneras varias, y son como textos genéricos adaptados a la fórmula del momento con el nombre de «Testimonio», claro está. Pero toda novela tiene testimonios escondidos. Toda literatura es testimonial. Me decidí a redactar ciertos textos rápidamente, a tal punto que cuando Eduardo retornara, pudieran estar iniciados, evitando egoístamente que metiera la primera baza, memoria vicaria, en mis escritos. No lo lograría, porque la memoria conjunta es más rica y pretenciosa que las otras. De modo que así fue planeado, pero las cosas se han desarrollado de otro modo.

Arqueólogos de principios del siglo XX habían hecho las calas o sondeos iniciales. Sabíamos que el cementerio precolombino abarcaba una zona mayor que tres kilómetros cuadrados. El paisaje de hoy, según las fotografías aéreas en nuestras manos, no había cambiado mucho; el río desembocaba en un mar de fondo bajo, y a veces era preciso «destaparlo» apartando los troncos y las raíces acumuladas en su desembocadura para evitar que las aguas corrieran hacia ambos lados inundando las casas de madera y techo de palma ubicadas cerca de la orilla, o que la subida del nivel de agua hiciera que las barcas y botes particulares chocaran con el techo del hangar marino que los protegía. Se recurría entonces al llamado «convite», en el que los habitantes de la aldea, de acuerdo todos, dedicaban un día del mes al destape, trayendo para la jornada comida, bebidas e instrumentos propios.

En lo alto del farallón se extendía un camino labrado entre rocas que bajaba a la orilla, en donde había barcas de pescadores, pequeños yates de potentados –«tutumpotes»[59], rurales–, alguna que otra nasa[60] para atrapar jaibas[61] o cangrejos de río, y a lo lejos las redes que se colocaban en la desembocadura para cuando las aguas subían y «entraba la pesca» atrapar, en cuanto viniera la resaca, todo lo que quedara, todo animal con vida, desde la hicotea[62] de los caños –tortuga fluvial de carnes muy apreciadas–, hasta las pequeñas anguilas, morenas, sábalos, lisas y mojarras que se protegían en las raíces aéreas del mangle. Cuando el nivel del río se encaramaba hacia

---

59    *Tutumpote*: (*Despectivo e irónico. Rep. Dom.*). Persona que desempeña una función de mando (DRAE).

60    *Nasa*: Arte de pesca que consiste en un cilindro de juncos entretejidos, con una especie de embudo dirigido hacia adentro en una de sus bases y cerrado con una tapadera en la otra para poder vaciarlo (DRAE).

61    *Jaiba*: Crustáceo de río de agua dulce, principalmente de la región del Cibao, muy parecido al cangrejo, pero más pequeño y menos común en la cocina dominicana (DCFD).

62    *Hicotea*: Reptil quelonio de la familia de los Emídidos, que se cría en América. Tiene unos 30 cm de longitud, y es comestible (DRAE).

los dos o tres metros recostándose del farallón al que permanentemente desgastaba, no faltaban los tiburones, muertos luego a garrotazos por los pescadores y destripados allí mismo bajo la creencia de que el tiburón no se come su propia carne y se aleja de los lugares cuando percibe el olor a sangre de sus compañeros.

Pero Siño Jalaquén, el padre de Jean, no lo creía así. Pensaba que ese olor a sangre los atraía. Nunca tuvo evidencia de que los tiburones odiaran la sangre de otro tiburón, y si no que se lo preguntaran a su pierna derecha supuestamente enterrada en el mismo cementerio indígena, junto al tronco de una palmera real a la que llamaban La Conquistada, porque en su copa hubo por largo tiempo cientos de nidos de ciguas mamoneras[63], cuyo alimento era los anones y chirimoyas[64], y aunque parte de la comunidad mataba estos pájaros y capaba los nidos, las ciguas, autóctonas y especie única en el mundo según Eduardo, seguían reproduciéndose y aportando carne, la única carne avícola que El Soco consumió, porque la otra era fundamentalmente la de los cerdos y la del pescado que venía en las redes al atardecer, cuando el chinchorro[65] reventaba, y los compradores entraban por el viejo camino en sus camionetas a negociar lotes para vender en el cercano mercado de San Pedro de Macorís.

Que lo diga Siño Jalaquén, quien había ya arponeado y sangrado aquel tiburón cuando perdió el equilibrio y cayó al mar mientras el animal mordisqueaba y coleteaba. Para Jalaquén también la sangre de tiburón atraía tiburones, porque cuando hirió con su cuchillo al que lo agredió, muchos escualos vinieron a defender a su igual.

Cuando los racimos de fruto de palma eran derribados para alimento de cerdos, Dulcinda venía desde el bar de Nathaniel y se hartaba. Todos creían que era un animal poseído por un espíritu del mismo cementerio. Luego de sus borracheras se orinaba al pie de La Conquistada, como si allí la supuesta pierna de Jalaquén necesitase de algún líquido ácido para florecer. La manía le duró por mucho tiempo, hasta que un buen día dejó de hacerlo, sin que nadie se arriesgara a señalar la causa.

Fue precisamente la época en la que fuimos testigos de la expulsión de las ciguas por los Noctilius, que se apropiaron de La Conquistada y que en cuanto se iniciaron las excavaciones arqueológicas empezaron a llegar por parejas y terminaron cayendo a veces dentro de nuestras carpas y caminando, como animales inteligentes y domésticos, entre los cuadernos y lápices, como quienes buscaran la manera de escribir algo, de dejar algún mensaje o testimonio de lo que había acontecido hacía siglos.

---

63     *Cigua mamonera*: Probablemente se trata de la «cigua palmera», ave de aproximadamente diez pulgadas, de color gris olivo y marrón olivo y plumas blancas en las alas que habita en el árbol de anón. Para más detalles, consulte http://www.geocities.com/cuyaya/misaves.html

64     *Chirimoya*: Fruto del chirimoyo. Es una baya verdosa con pepitas negras y pulpa blanca de sabor muy agradable. Su tamaño varía desde el de una manzana al de un melón (DRAE).

65     *Chinchorro*: Red a modo de barredera (DRAE). Es un arte de pesca que arrastra a todas las especies marinas que encuentra. (http://www.marcano.freeservers.com/prensa/may

Eduardo, te he dicho siempre que he tenido la impresión de que así como en los documentos escritos hallamos memorias ajenas, en los genes de cierta fauna se inscriben historias que se van desde un animal a otro y se expresan sólo en movimientos y chillidos, en formas extrañas de una fonética, de un idioma que repite, sin que lo entendamos, el pasado que ha navegado durante todo el trayecto vital de esas especies. Señalabas entonces que la evolución recapitula sus cambios en cada especie, y que es necesario pensar que esa historia está dentro de nosotros, los humanos, porque ningún mensaje genético se pierde, sino que se acumula. Algo de dinosaurio tenemos dentro, te dije en cierta ocasión, y pensaste seriamente en mi afirmación, pero nunca me dijiste si acertaba en mis razones.

Nuestra imaginación, con lo sucedido luego, pudo haber dado argumento a eso y algo más.

Mi nieto Augusto Adrián, de apenas cuatro años y medio, se me acerca y pregunta «qué cosa es ésa, abuelito». Tiene la mirada inteligente de sus padres, de Francisco, mi hijo, el cual aun siendo un niño de la edad de Augusto me acompañaba con Pedro y con Pacho, sus hermanos, a los trabajos de campo. Uno es veterinario y el otro se maneja en la electrónica, pero Augusto Adrián tiene una cara de científico que me encanta. Lo pregunta todo. Al ver las moscas corrió donde Nora y le gritó: ¡abuelita, trae pronto la bomba para tumbar los insectos! Dicho así, en un idioma inocente e infantil, aquello me pareció fantástico, pero me dio un giro el corazón. Lo recordarás, Eduardo.

—No, no –le dije–, esas moscas no se matan. No están vivas. Están ya muertas y se han quedado así para que Augusto Adrián las vea. Son un regalo para abuelita, un regalo del tío Eduardo.

Dio un zapatazo como de protesta y me dijo:

—Nunca me dejan matar moscas.

Me había despreocupado un poco a pesar de las notas iniciales que te enviara impulsado por los comentarios surgidos en aquellas conversaciones, pero cuando me llamaste por teléfono diciéndome que lo que había escrito te parecía excelente, me entraron de nuevo las ganas.

**Nota:**

«A ambos lados del río, el lodo acumulaba una fauna compuesta por cangrejos y todo tipo

de aves. Los camarones grises, los más grandes de la isla, conocidos como *Macrobrachium*, casi serpenteaban coleteando debajo de los pedruscos. Las raíces del manglar estaban llenas de racimos de ostiones negros, grises, verdes y filamentosos, cubiertos de liquen y lama[66]. Las ostras colgantes se reproducían permanentemente como ristras o racimos de algún fruto verdecido bajo el rumor salitroso de aquellas aguas.

En ese recorrido del manglar varios kilómetros río arriba, las gallaretas y gallinuelas eran comunes, con su cresta y pico rojo, y lo mismo se zambullían casi en la zona marina los alcatraces, las yaguasas y saramagullones, estos últimos palmípedos silvestres, habitantes silenciosos que apenas se dejaban sentir cuando alguna lancha abría una herida profunda entre las aguas y el mangle rojo y negro. Los bancos de garzas grises cubrían igualmente el follaje luego de las siete de la tarde y su mancha gris y blanca se proyectaba sobre las orillas creando una especie de encaje bicolor que se perdía en un infinito oscuro ya a las ocho de la noche, inventando reflejos en el agua, cuya corriente se transformaba en un espejo oleaginoso».

Así fue durante años. Desde mucho antes de que llegáramos con picos, palas, azadas, brochas, brújulas, bolsas y planos. El Soco era nombre indígena; fue lugar de habitación de tribus desaparecidas que ahora, por obra y gracia de una labor arqueológica, deberíamos estudiar. Nos basábamos en la teoría de que los restos de basura eran, al fin y al cabo, documentos y de que en los mismos podríamos leer los modos de vida, así como en las formas de enterrar muertos y de ofrendar se leen las creencias de lo que entonces los antropólogos marxistas considerábamos como «la superestructura». Nos encantaba esa palabra. Éramos guardianes de una arqueología social que intentaba demostrar que no existía la prehistoria, sino una historia continuada y leída con diversos métodos, porque pensar en «prehistoria» de un modo tradicional había sido siempre creer que antes de la escritura la gen-

---

66    *Lama*: Lodo blando, suelto y pegajoso, de color oscuro, que se halla en algunos lugares del fondo del mar o de los ríos, y en el de los recipientes o lugares en donde hay o ha habido agua largo tiempo (DRAE).

te había sido diferente. Era como pensar que sólo las letras podían justificar la vida humana. Pero los hallazgos de El Soco, para mí por lo menos, vinieron a demostrar que la historia de ayer y la de hoy son las mismas. Se repiten de modo diverso, y lo que es más, sus personajes parecen retornar de modo cíclico, volver y quedarse para repetirse en un espacio y en un tiempo sin cronologías posibles: historias que se completan a sí mismas. Comprendimos que el presente tiene rasgos y vidas que se manifiestan con un mensaje claro que a veces no sabemos descifrar. Ese mensaje puede estar en un pedazo de vasija, en una mosca necia que insiste, en un sonido musical, en tantas cosas. Comprendimos, por lo menos yo lo comprendí, que el papel garabateado no es la única fuente para entender el mundo, que la escritura es una parte de millones de historias nunca llevadas al alfabeto y que por tanto los restos arqueológicos son documentos que pueden completarse con otros altamente intangibles, hasta el punto de que pudieran no ser calificados de ese modo. ¿Cómo calificarlos si completan, sin embargo, la materialidad y la inmaterialidad de la historia? ¿Cómo dar categoría de documento a una intuición, a un presentimiento que se hace corpóreo? El pasado no impreso, no llevado a las letras, puede flotar como una nube que descarga luego su chubasco sobre nuestro mundo cerrado y nos empapa de realidades nuevas. Las historias intangibles vuelan en derredor nuestro, pasan, y debido a ese modo de pensar tomista y lógico que heredamos sólo ponemos atención a lo que la mano puede asir. El acertijo histórico es también la historia… o viceversa.

El poblado se yergue sobre los restos arqueológicos de lo que serían los primeros asentamientos. Los pisos de las actuales viviendas, si se perforan, permiten la extracción de ceniza, restos de conchas marinas de numerosas especies, osamentas humanas, instrumentos tales como hachas en forma de pétalo, cinceles para trabajar la madera, adornos tales como colgantes, collares, platos para cocer el casabe[67], pesas para redes de pesca, agujas de hueso, restos de lagartos, perros y bodoques[68] y perforadores para orejas y narices. Un universo diferente al nuestro, pero conectado a nosotros, sin duda. El hombre suplanta al hombre, la vida suplanta la vida. Viejas leyendas parecen tomar forma real, parecen salir de alguna botella cerrada o de aquellas lámparas mágicas, aladínicas[69], en las cuales habitan los genios de los cuentos orientales. Porque así sucedió, y así tengo que manifestarlo para ser honesto conmigo y con algunos de mis compañeros, y ahora con mis nietos, con mis descendientes. Es válido preparar a los demás para que la intangibilidad de lo real no los sorprenda.

Escribo así, querido Eduardo, en voz alta y en tiempo presente a pesar de los años, para poder tomar posesión del pasado.

---

67    *Casabe*: o «cazabe», del taíno *caçabi*, un pan de harina de mandioca [yuca]. (*Diccionario Crítico y Etimológico Castellano e Hispánico* de Joan Corominas).

68    *Bodoque*: Pelota o bola de barro hecha en turquesa y endurecida al aire, como una bala de mosquete, la cual servía para tirar con ballesta de bodoques (DRAE).

69    *Aladínico*: de «Aladino», protagonista de «Aladino y la lámpara maravillosa», relato que forma parte de *Las mil y una noches*. El protagonista, quien era inútil y pobre, se apode-

No fuimos a buscar leyendas, no fuimos a cazar albatros verdes como los de Alicia en el país de las maravillas, no fuimos a escuchar ocarinas[70] perdidas en un tiempo de amabilidades y tragedias, no fuimos a la búsqueda de biografías coincidentes ni a entender cómo las almas de los cortadores de caña muertos bajo el rigor del trabajo vuelven y repican el tambor en los rituales africanos. Si todo aquello sucedió se debió sin duda al destino. No fuimos a hacer estudios de moscas relampagueantes vividoras del fermento y la hez vacuna. Quien no cree en el destino está perdido. El destino es algo palpable, se repite muchas veces en diversas épocas, puede comprobarse, puede seguirse, interpretarse, escucharse, verse, olerse. Puede esconderse en alguna tienda de objetos antiguos, como el contenido en aquel mosquete que se disparó matando al anticuario, en aquella película de terror en la que se descubre que el abuelo del anticuario había asesinado al dueño del mosquete. El destino tiene la piel de tonalidades diferentes, como las lagartijas escamosas que cambian sus brillos según sea la noche en la que se estira el cuello de los camaleones llamados «saltacocotes», los que vistiéndose de color con sólo reordenar la melanina que recorre el interior de su piel estrenan un traje mimético en una sensible respuesta al temor. El destino es como una flor con aromas diversos que tienes que descifrar como un buen olorista egipcio, de esos que venden perfumes falsificados en las calles de El Cairo. El destino puede estar en una pala de arqueólogo o en un café de putas, y se une, se mezcla con otros destinos, porque el destino es híbrido. El destino tiene pasados y presentes simultáneos, no hay dudas. Existe, y así lo creo, lo que podría ser una sub-historia, una historia en do menor, la octava baja del que canta en un dúo con la historia mayor como historia prima. El

---

70    *Ocarina*: Instrumento musical utilizado por los indígenas de La Española antes del descubrimiento de la isla por España. Era hecha de arcilla cocida, de finas paredes y buen temple y cochura. Presenta un orificio para la entrada del aire, dos hoyuelos laterales y uno inferior, de salida, que producen los sonidos modulares al ser tapados con las yemas

destino no tiene tiempos, y la palabra «caramba» no lo afecta, como no lo afecta el gesto con el que rechazamos algo que nos parece imposible. El «no lo creo» no preocupa para nada al destino. El destino es autónomo, y no se lleva de nadie, a nadie hace caso porque está ahí, fuera de toda memoria, fuera de toda posibilidad. Intangible, pasadista y futurista el destino se mueve en su hamaca llena de vaivenes. El destino no tiene pasado ni futuro fijos. Si alguien puede predecirlo es cosa diferente, coincidencia nada explicable, pero sigue estando, sigue siendo un gerundio, continúa siendo algo ya denso y hasta sólido que se mueve hacia lo posible y lo imposible, pero que nunca se detiene. El destino es una forma del movimiento perpetuo que muchos buscan entre fórmulas físicas y matemáticas inexpugnables.

Ahora, mentalmente, estamos allí y comprobamos que en la margen occidental del río se levantan los farallones de piedra caliza constituyendo una especie de escalón gigantesco que hace las veces de mirador. Decían los ocupantes de El Soco que la Marimanta, una bruja que viste de azul y vive en los fondos marinos, silba con sonido de ruiseñor y que los habitantes deben esconderse porque al tercer viaje puede ser peligrosa, habiéndose llevado a la tumba a muchos moradores que trataron de verla.

Imitadora de la mariposa negra de las nieblas, transmite enfermedades, pero puede ser invocada y convertirse en ayuda para quienes no sientan el temor de su presencia. Doña Feltrudis, flaca, pelo lacio y blanco, labios carnosos y ojos galanos[71], decía ser su representante, lo que aceleraba entre los moradores del poblado un respeto miedoso por ella. Por eso los niños tienen escapularios con imágenes de la virgen santísima, o con mierdita de murciélago. Por eso la boñiga de vaca quemada y convertida en ceniza se coloca en la frente de los infantes marcándolos con una cruz hasta cumplir el año. Por eso el llamado «miércoles de ceniza»[72] es el día de recato, reposo y rezo más importante. La Marimanta, cuando viste con su traje azul marino, se puede neutralizar, aunque con frecuencia en los bateyes y en las poblaciones de las orillas del este de la isla se escuchan las quejas, y se perciben los lamentos que produce su visita, porque la Marimanta, de piel blanca, como doña Feltrudis, deja detrás de las puertas un retazo de su vestido, y entonces las mujeres tienen que vestirse durante dos meses con ese color, y se sabe, por la vestimenta de los pueblos costeros, a quién ha visitado la malvada Marimanta, y se sabe de los niños que corren peligro. Y se dice que los niños negros son sus víctimas favoritas. Por eso

---

71  *Galano*: Dicho de una producción del ingenio: Elegante y gallarda (DRAE).

72  *Miércoles de ceniza*: Es el miércoles después del domingo quincuagésimo, primer día del ayuno cuaresmal. Este día todos los fieles, de acuerdo a la costumbre antigua, están exhortados a acercarse al altar antes del comienzo de la misa, y allí el sacerdote, sumergiendo su dedo pulgar en cenizas previamente bendecidas, marca la cruz en la frente de

en los bateyes haitianos se la espanta con invocaciones a San Miguel, vencedor de los males, quien encarnado en Belié Belcán[73], o en Ogún Saint Jacques[74], representación de San Santiago, espera con su espada en alto cualquier engendro de ese tipo y lo empuja hasta lanzarlo al mar, descuartizándolo antes de que aparezca cualquier grupo de tiburones. Belié Belcán y Ogún Saint Jacques entonces sonríen, y se les hace una fiesta de maní, con tafiá, clerén, o ron Macorís, y se les presentan las necesidades de protección, y el papá bocó Samuel, con su paño rojo en la cabeza, marca el piso con tiza o cal lo mismo que con cenizas y dibuja el camino de los seres, llamado «vevé». Pero ni aún así la Marimanta deja de actuar y hasta de reproducirse por sí misma. La Marimanta y el ave fénix se parecen en aquello de resurgir desde su propia carne. Se dice que son muchas, y que cuando alguna termina derrotada, otra la sustituye. Nacen de su propia muerte fermentada, como la mosca soldado.

Corrientemente venía el padre Gúmer, sevillano aposentado en la iglesia de San Pedro de Macorís, para tratar de expulsar con oraciones que se mueven entre dientes los espíritus que la Marimanta acarrea tras de sí. El padre Gúmer, siempre tan chistoso, hablaba de «la oración del por si acaso». Era él quien afirmaba con ahínco y hasta pasión que las Marimantas eran gallegas. Como sevillano, echaba pestes contra los gallegos y sus brujas medievales.

Una capa de tierra rojioscura sobre el terraplén de calizas, no mayor de medio metro de profundidad, explica por qué hoy, como ayer, nadie cultiva. La riqueza del manglar, entre cuyas raíces se esconden tantas faunas marítimas y terrestres, justifica que el lugar fuera un sitio privilegiado para quienes deseaban vivir de lo que proporciona la propia naturaleza. Los primeros habitantes del lugar prefirieron desde el pasado más remoto «ordeñar» el manglar, que es como un depósito de vida, pescar en la desembocadura e intercambiar lo producido por alimentos de otra procedencia. Parecería que la historia se repitiera empujada por el medio ambiente mismo.

> No sé, querido Eduardo, si en lo escrito hasta este momento mi memoria y la tuya concuerdan del todo. Pretendo que la mía sea tan vicaria como la tuya. Si bien tus datos completan mis recuerdos, mis textos animan tus datos. La chispa de las memorias confrontadas es siempre alucinante. Pero además lo es el modo en que cada quien ha visto un mismo hecho y lo narra de modo diferente. Las memorias hibridazas, mezcladas, complementándose, son generadoras de una energía universal que se mete por la sangre y ayuda al corazón a latir mejor. En la sociedad indígena que los españoles encontraron en estos predios, el areíto, memoria danzaria, se completaba cada vez con las nuevas experiencias, tal y como pasaba con los Cánticos del poeta Jorge Guillén, que se acumularon para seguir rastreando la poesía hasta la muerte misma.

---

73    *Belié Belcan*: En el vodú haitiano se identifica con el San Miguel Arcángel católico (DCFD).

74    *Ogún Saint Jacques*: St. Jacques es la personificación católica del espíritu africano Ogún. Es un espíritu guerrero, y está asociado con el fuego, el hierro, el rayo, y la política. Para más detalles sobre el trasfondo histórico de esta figura, léase «The vodou ceremony» en http://www.pbs.org/frontlineworld/fellows/haiti/vodouceremony.html

Cerca de la desembocadura del río Soco los tiburones se tragaron un brazo y parte de una pierna del padre de Jean, en cuya casa de madera de palma con techo de cartón vimos colgando aquella insólita colección de mandíbulas de tiburones, muestra clara de que Jean se había convertido en un especialista en atraparlos y de que se vengaba de los escualos, mientras el viejo Siño Jalaquén, en una silla de ruedas donada por el doctor José Hazim, esperaba una venganza definitiva. «He matado cientos, pero creo que estas mandíbulas son de los que agredieron a mi padre», decía Jean de manera insistente, como para sacarle a Siño Jalaquén la idea de una venganza diferente y que lo corroía. El viejo Jalaquén negaba con la cabeza, siempre negaba, porque decía que entre tantas mandíbulas no estaba la culpable, y re-soñaba noche a noche viéndose debajo del agua, zarandeado por varios peces grandes que sonreían y le hacían gestos burlones, entre los cuales había uno con los ojos verdes, como el color de las profundidades mismas en donde Siño Jalaquén pataleaba tratando de zafarse de aquella dentadura, viendo de vez en cuando, desde debajo de las aguas, el vientre de la yola o embarcación y escuchando igualmente los gritos —o más bien imaginándolos— de los que trataban de rescatarlo durante aquel día de mar superficialmente suave y de cardúmenes azules en los que arponeó a la víctima que lo victimó: día en el que la sangre corrió río arriba en vez de río abajo, día en el que las talasias que ondulan como pasto debajo de las aguas se tiñeron de rojo fuego y los manatíes se alejaron como para no enterarse de la tragedia.

La tenebrosa decoración se completaba con la historia de que hasta la misma playa del poblado fue arrastrado un día un tiburón de cuatro metros de largo al que le encontraron dentro la pierna perdida del anciano pescador, pero igualmente le hallaron un reloj con su leontina, unas gafas de oro y una estilográfica marca Parker, que no podían justificar la autenticidad de la pierna, ya que jamás el viejo había aprendido a ver la hora, ni a escribir, ni a usar espejuelos, puesto que no sabía leer. A la pierna se le dio cristiana sepultura con permiso de aquel cura inolvidable llamado Gúmer. Jalaquén decía que un hueso sin carne no significaba nada, y que hubiera querido ver el pie completo para identificarse a sí mismo, deseo, naturalmente, inconcluso. El brazo no apareció nunca, y nadie nunca habló del mismo. A la pierna original de Jalaquén le faltaban dos dedos del pie desaparecido con la misma, y cuando encontraron aquella que declararon auténtica y luego fuera enterrada al pie de La Conquistada, no estaba acompañada de pie alguno, y menos aún de dedos identificadores. Nadie, por el momento, lo convencería de las afirmaciones de su hijo Jean.

Romilia aprobaba las teorías del abuelo y señalando hacia la pared decorada decía: «Según dice el abuelo el pez no es ese de la boca grande y las tantas andanas, porque Siño Jalaquén lo vio cara a cara y se aprendió los dientes de memoria. Y esos más pequeños son como hijos de otros tiburones, y el papá bocó Samuel dice que ninguno de ellos comió carne de nuestra familia». Entonces lloraba y con una escoba golpeaba rudamente las fauces ya secas, en algunas de las cuales podían contarse cuarenta carreras de dientes afilados, por lo que según ella había allí animales que tenían hasta cuarenta años. «Ese pedazo de pierna sin pie no creo que sea el original.» Jean prefería el silencio, porque al fin y al cabo creyó siempre en la autenticidad de la pierna de Jalaquén, lo mismo que Nathaniel. Pero no deseaba establecer ni pleitos, ni pugilatos con su mujer, puesto que él se preocupaba, quizás llevado por la venganza que en silencio rumiaba dando aliento a la corazonada que le había hecho creer que en definitiva la pierna de Jalaquén, sepultada al pie de la palmera, era la original.

Mientras Romilia narraba sus penas, Cosme y Damián, los mellizos, se arrinconaban asustados, principalmente el llamado Damián, esquelético, débil, con pocas fuerzas para la vida y con muchas para la música, porque debido a lo acontecido con él comenzó por desencadenarse un torrente de creencias y evidencias que ahora, al pasar de los años y viejo como estoy, doy por totalmente ciertas, como las supones tú, querido Eduardo.

> (Escribo estas notas a mano porque me resulta más fácil pensar con la estilográfica como instrumento. Por cierto, la que uso es aquella encontrada entre las entrañas del tiburón de Jalaquén. Me la regaló y debo hacer honor a la misma, pues desde entonces la reparé y la tenía detrás de mis libros de arqueología como un objeto arqueológico, casi submarino, que ahora me permite narrar parte de su propia aventura.)

Querido Eduardo, aunque no seas un vejestorio, como yo, permíteme incluirte en la lista de mis ancianidades. Eres uno de mis pocos recuerdos materiales. Lo demás se ha ya esfumado. Has venido a remover cenizas misteriosas y ello me proporciona el derecho de considerarte un joven alumno aventajado, aunque tu jubilación universitaria esté en trámites. Lo que temo es que, como yo, te vayas a dedicar a la literatura y entonces me suplantes y hagas en este campo las maravillas de ingenio e imaginación que hiciste en El Soco, cuando eras un muchacho genial.

Vale agradecerte las dos cintas grabadas que me entregaras. Me están sirviendo. La memoria vicaria puede ahora transmitirse de voz en cuello, y apunta a que muchos escritores tengan que revisar sus viejas fórmulas «prehistóricas». Pero hay otra cosa maravillosa, las cintas, las grabaciones, permiten que una voz se quede con nosotros. Las dos cintas me han hecho recordar la que poseo con la voz de mi padre narrándome viejos recuerdos de su barrio natal, pero igualmente aquellas voces como las de Feltrudis, Samuel, Nathaniel, y el sonido de la ocarina manejada por aquel niño. Al través del oído igualmente se llega al pasado, porque el misterio de un sonido articulado basta a veces para reconstruir el fantasma de una fonética musical, de un tono de hablar. ¡Maravilla! Por tales razones ahora mi entusiasmo crece. Me doy cuenta de que el pasado se arrincona en muchos lugares, lo buscas, juega a las escondidas, la memoria lo trae, enganchado como los tiburones que pescaba Jean. La memoria lo arrastra como un buey de carreta arrastra la carga de caña de azúcar.

Nora ha enviado tus moscas cristalizadas a la tienda Joyeros Internacionales, creo que va a lograr que las monten como pendientes. Para mí será como retornar a El Soco cada vez que vea esos zarcillos brillando en el lóbulo de su oreja. Hasta me imagino que algo parecido pudo haber acontecido con Pandora y Selene. La mosca pudo ser el adorno de una cara sin tiempo.

Deberíamos armar las tiendas, y escoger los trabajadores. La gente de El Soco, mucha sin trabajo, hacía filas para incluirse en la lista de obreros. Seleccionamos por lo menos veinte personas. En la casa de Jean, la más cercana al lugar arqueológico, su mujer, Romilia, se encargaría de preparar las comidas. Traíamos algunos alimentos enlatados, pero no los suficientes para nutrir un contingente de comilones, obreros hambrientos y muchachos de diligencias. De modo que se organizó un fondo de caja chica para el sustento diario, en el cual el salchichón de carne de burro, tan común en esos años, las sardinas picantes o pica-pica y el arenque seco comprado por cajas completaban una dieta de plátanos verdes y víveres para salcochar[75], material básico para competir con el pan y otros alimentos sin consistencia suficiente para satisfacer los estómagos exigentes de trabajadores que tendrían que usar del pico y la pala y del cedazo bajo un ámbito caliente, abrasador. Desde luego, llegaron varias cargas de casabe y leche condensada obtenida en la Casa Pérez, de la capital, en donde las compras por conjunto hacían más baratos los alimentos. Margot, vale recordarlo, cuando llegaron las tortas de casabe, silbó parte del himno nacional, como sugiriendo que el pan de los indios seguía siendo un símbolo del país. Ocurrencia que nos hizo reír, como se dice, a mandíbula batiente.

El levantamiento topográfico sería el primer paso. Nuestro topógrafo inició el proceso de nivelación y de trazado. Nosotros comenzamos las primeras calas para establecer las zonas más profundas de habitación.

El farallón, a lo largo de la margen occidental del río, miraba hacia una zona de lodazales y pantanos cubierta por restos de alfarería producto del saqueo continuo del lugar. Podíamos también identificar fragmentos de hue-

---

75   *Salcochar*: Cocer carnes, pescados, legumbres u otros alimentos solo con agua y sal (DRAE).

sos humanos dispersos, vasijas deshechas por los intrusos, pero lo más impresionante era el enorme despliegue de conchas y ceniza provenientes de la capa superior de este farallón en parte artificial.

Se trataba, sin dudas, de un piso extenso con restos de alimentación producidos cuando el lugar estuvo cubierto de viviendas, casas comunales, bohíos, en los cuales se desarrollaba una intensa vida familiar. En algunas partes del destrozado borde del farallón también era posible ver la mezcla de la ceniza y los trozos de vasijas todavía en orden de deposición. La evidencia de pisos aplanados por los constructores de los bohíos y de huecos redondos en la parte más dura del terreno revelaba que en un mismo lugar se habían levantado sucesivamente varias viviendas.

La secuencia en las zonas destruidas por los saqueadores nos informaba desde un principio que el lugar había sido ocupado por largo tiempo, y que los cientos y cientos de fragmentos de utensilios no eran otra cosa que la muestra de una febril actividad vital en la que tomaron parte casi todos los habitantes del poblado. Parecía como si durante cientos de años el poblado fuera construido y reconstruido sobre sí mismo, sustituyéndose, cambiando de rostro, conformándose como quien renace de sus propias cenizas, de sus propias muertes, siempre dentro de un entorno cuyos cambios eran secuenciales.

Recordarás que sin embargo estas afirmaciones quedaban aún dentro de las hipótesis de trabajo. Luego de armadas las tiendas decidimos esperar el día siguiente para hacer los trazados de excavación.

Como experto en antropología física, sugeriste que abriésemos la tienda mayor en el centro del redondel, que parecía ser el núcleo del antiguo poblado. «En el centro hay pocos restos, debió de ser el sitio de reunión», dijiste. No molestaremos más esqueletos que los necesarios, apuntaste con cierto dejo de burla. En ese centro estaríamos protegidos en parte, puesto que la vegetación era mayor y altas palmeras y árboles de coco cubrían el ámbito moviendo un denso aire terral que en las tardes espantaba, de algún modo, y débilmente, la ola de cínifes y mosquitos blanquinegros, para ti «mestizos». Los jejenes[76] hacían su entrada en los momentos de mayor sudoración de la tropa. No zumban como la hembra del mosquito que llama a su amante con una música pegajosa y molesta como de flautín desafinado, sino que se te meten en los oídos, las narices, la boca y te producen estornudos, picores e irritaciones cuando menos lo esperas.

Usaríamos catres en vez de hamacas. Mantendríamos una parte de la tienda abierta para que escapase el humo breve de las yerbas resecas que usábamos con la finalidad de espantar el denso ejército de chupadores. La cáscara seca de naranja, el anamú[77], hediondo y desagradable, fueron importantes repelentes. Los mosquitos acabarían por acostumbrarse a nosotros. En verdad, al tercer o cuarto día de trabajo, cuando se habían ya tomado todas las referencias topográficas, notamos que el ataque de los zancudos había dis-

---

76  *Jején*: Insecto díptero, más pequeño que el mosquito y de picadura más irritante. Abunda en las playas del mar de las Antillas y en otras regiones de América (DRAE).

77  *Anamú*: Planta medicinal. Es de olor fuerte e ingrato parecido al del ajo. Se utiliza contra el tétano (pasmo) y afecciones de origen nervioso (DCFD).

minuido, aunque no su cantidad. Jean, el guardián, y dueño de casa, nos informaba que Romilia usaba con ellos ensalmos para espantarlos, pero que además el mosquito cuando pica varias veces deja en la sangre una señal que termina siendo como una especie de repelente para sus congéneres. «Un aviso genético», dijo Carlos. Pensé mucho en los estudios que sobre la abeja se han hecho, y en que toda abeja, donde se ha recabado miel o polen, deposita una feromona que avisa a su compañera que en aquel sitio no hay nada que buscar. La imagen literaria y científica a la vez de Maurice Maeterlinck me asediaba con sus ideas sobre «la vida de las abejas». Ciertamente con feromona o sin ella estábamos mejor. Todavía no se había producido el fenómeno de las moscas soldado «asaltando», de alguna manera un tanto imaginaria para nosotros, una tumba atractiva para ellas. Siempre pensé que Pandora tenía aún entre los huesos algún perfume especial. Su foto del siglo XX me remite al perfume de azucenas que en mi barrio se desprendía de los floreros que acompañaban a los muertos pobres. Como si ciertas muertes atravesaran, con una misma máscara y un mismo perfume, los siglos. Los muertos pobres de mi barrio. Colocados sobre una cama con sábanas blancas y rodeados de azucenas. Debajo de la cama el bloque de hielo para evitar una rápida descomposición. Detrás, en uno de los rincones de la casa mugrienta, el brindis del café, y ya entrada la noche los tragos de ron y los cuentos que espantaban las penas y resucitaban la alegría de algún borracho al que había que taparle la boca o sacarlo por la parte trasera de la casa. La última Pandora ni siquiera llegó a tener esos «privilegios». No tuvo dolientes y ningún ritual le vino a dar tranquilidad luego de su muerte.

Nuestros tres ayudantes universitarios, José, Margot y Carlos, hoy están dispersos por el mundo, cada uno en profesiones o modelos de vida diferentes. No son los mismos, como nosotros, Eduardo. La vida cambia. Los viejos amigos pueden ser un día tus enemigos. Las envidias cuajan envidias. Los desamores separan y la amistad se derrite con el calor de los años que el trópico provee. Se derrite como aquellas velas o candiles de cera de abeja que las abuelas fabricaban o que podías comprar en los colmados[78]. El olor del cirio biológico, nacido de las flores y del tiempo primaveral, se metía por las rejillas de la madera y los asistentes al velorio aspiraban, con el de las azucenas, aquel otro perfume tan agradable y a la vez, para nosotros, tan cercano a la muerte.

En nuestra primera reunión nocturna nos acompañó una luna nueva formidable. Sobre una mesa de trabajo improvisada, y junto a una pizarra, encendida la lámpara de keroseno a presión, trazamos un plan de acción típicamente arqueológico. Teníamos en las manos alguna documentación inicial. La recolección de restos de superficie, ya procesada, daba como resultado un poblado indígena prehistórico con dos posibles ocupaciones, ambas en un marco de tiempo que desconocíamos. Teníamos a simple vista la impresión

---

78   *Colmado*: Tienda de comestibles.

de que en principio gentes con conocimientos de agricultura habían arribado al sitio en busca de mejores tierras, sufriendo un gran chasco. Creíamos esto porque la roca calcárea era superficial en casi toda la zona. Supusimos, además, que más tardíamente estas primeras gentes habían fundido su actividad con inmigrantes nuevos, grupos humanos que aceptaron un poco el sistema del grupo anterior, y que abandonaron lentamente muchas de sus formas agrícolas tradicionales para explotar intensivamente el manglar y su fauna. Entre nuestras suposiciones preliminares establecimos que el poblado era más grande de cuanto pudiera parecer, y que la orientación marina debería considerarse un factor primordial, porque la aceptación del sitio, pobre en recursos agrícolas, sólo se explicaba por una variación en la meta de la ocupación y esa variación no podía ser otra que el incremento de la pesca y la recolección de mariscos como sustituta de una disminución del cultivo. Siguiendo nuestras propuestas para una arqueología social, estábamos arribando a entender lo que muchos arqueólogos llaman «modos de trabajo». Los modos de trabajo determinan una adaptación que hace más fácil la supervivencia, y son una adaptación obligada cuando los medios de producción obligan a aceptar nuevas maneras de trabajo porque el ambiente es diferente. En ese momento sólo pusimos la atención en el hecho hipotético de que posibles cultivadores de yuca para fabricar el pan casabe, casi se convirtieran en recolectores que intercambiaron sus productos marinos con otros grupos. Sabíamos que el casabe, pan hecho de yuca rallada a la cual se le ha de extraer el veneno, era el segundo cultivo más importante de América luego del maíz, y que toda la Amazonia lo adoptó como pan fundamental y los propios conquistadores, hasta 1517, lo usaron en vez del pan bizcocho europeo porque éste se llenaba de hongos y de lama.

Vale, Eduardo, que me hayas recordado a Nathaniel, porque merece un gran espacio en un relato de este tipo. ¡Cómo olvidarlo!

Durante los primeros días de experiencia, rodeados por aquel manglar inmenso y aquellas casas de techo de yagua[79] y paredes de madera de palma, hicimos buenas amistades. Descendíamos hacia la parte más alejada de la desembocadura del río, por aquel camino tallado entre las rocas que partía del farallón, y entrábamos en contacto con otro mundo en el cual la cerveza y el ron fueron parte de lo que aquel presidente imperialista norteamericano de apellido Monroe llamó «el destino manifiesto». El destino manifiesto en los trópicos es en gran parte la política discutida a ritmo de tambora y bailada, al son de acordeones que la nublan de alegría y creencias que terminan dejando de ser supersticiones para transformarse en realidades. Sabes a lo que me refiero, y es parte del argumento que me sugieres. Cuando el presidente Monroe —lo he leído u oído alguna vez— manifestó que las islas del Caribe eran el Mediterráneo obligado de Norteamérica, uno de sus consejeros le señaló que los buques cañoneros tendrían que enfrentarse, alguna vez, con los espíritus que protegen a sus habitantes. Dicen que Monroe, con su sonrisa bárbara, muy parecida a la de un posterior gobernante llamado Teddy Roosevelt, contestó que habría que crear cañones capaces de destrozar cualquier espíritu. Suponía, con razón, que en estos trópicos descritos una vez por el imperialista inglés William Walton las supersticiones son de carne y hueso.

¿Qué hacer en un lugar apartado, en donde sólo había un bar, que era a la vez que bar, colmado, y a la vez que colmado, patio para bailar merengues y bachatas, y a la vez que patio, dormitorio para putas y viandantes, y aparte

---

79 *Yagua*: Parte de la hoja de la palmera. Se usa para techar casas en los campos y para envolver las hojas del tabaco llamado «andullo». Servía a los indígenas para cubrirse de la lluvia y para cubrir sus chozas (DCFD).

de dormitorio fonda para comer buen tasajo salado, pescado frito y albóndigas de carne de tortuga marina, y aun con todo eso, sitio para jugar dominó y tablero, y aparte de sitio para aquellos juegos ideados para matar el tiempo, centro de creencias con cuadros como los de La Niña de la Espinita, Santa Bárbara vestida de hombre, y Santa Clara rodeada de botellas con refrescos rojos, cintas coloridas y banderitas dominicanas, que daban categoría superterrenal al cuadro del Gran Poder de Dios con sus cinco dedos hacia arriba, en donde flotan nubes digitales sobre las que se asientan, como imágenes nacidas de la nebulosa nada, las gracias y potencias del espíritu santo?

El bar de Nathaniel (Nathaniel Frozen Bar and Restaurante of Mariscos Frescos, tal era el complicado nombre) era como una parroquia del sabor y la religión, del putismo y la noche serena, del misterio y la mejor melancolía. De todo para todos. Días dedicados para cada cosa. Días en los que gozamos de la presencia de Dulcinda –oh, Dulcinda–, una puerca entrenada por Nathaniel para que se sentara con los clientes, transeúntes y visitantes a beber cerveza, y que se emborrachaba al tercer litro haciéndonos desternillar de risa. Dulcinda revolcándose entre la arena era casi un espectáculo de circo, cosa para verse. ¡Dulcinda! Oh, Dulcinda: era chistoso y sorprendente verla empujando con el hocico húmedo los vellones que hacían funcionar el aparato musical y marcando, además, los discos que amargaban a Nathaniel, quien jamás olvidó sus tres últimas mujeres, todas oriundas del batey. Dulcinda parecía ser una ayudante ideal. La imagen primaveral de la Prieta, aquella haitiana de nalgas muy grandes y olor a sobaquina, era tema de Nathaniel en cuanto la cerveza fermentaba en sus noches de bolero.

El Soco ya no es hoy igual. No he vuelto a penetrar por aquel camino, pero desde la carretera se avistan los cambios. Las nuevas vías y los repartos de viviendas de cemento dentro del cañaveral cambiaron su fisonomía. Nathaniel nos dijo muchas veces que Dulcinda era «un ser» y que cuando se hacían las reuniones del vudú dominicano en la zona, venía corriendo desde cualquier punto a integrarse, aun sin que la llamasen, y que a veces en vez de ron o cerveza, renunciando al alcohol que tanto la animaba, comía arroz con pollo, ensalada, mango en lonjas, es decir, alimentos humanos preparados para los visitantes, y en las sesiones espirituales había que detenerla porque era aficionada al maní, comida sagrada clave en el servicio a los luá, o dioses intermediarios, cosa que Nathaniel rechazaba porque ofender a los seres intermediarios podía ser peligroso. «Si sigues con esas vainas te quedarás fuera de la gracia de los seres», le decía Nathaniel, según él mismo narraba, y entonces el animal como que se encogía y se acomodaba como un perro faldero debajo de las sillas pintadas de azul, blanco y rojo, como la bandera dominicana, símbolos de la nacionalidad del sitio. Cuando gruñía dormida bajo las mesas, Nathaniel decía con toda normalidad: «ahora está soñando, sueña más que cualquiera».

Nathaniel, mulato retinto, hijo de Aminta Pie y José Antonio Aparicio, era sacerdote, maipiolo o proxeneta[80], dueño del saloncito de baile, y según se decía, posible amante de Dulcinda, a la que enseñó a gozar de las reuniones festivas y a participar en cuestiones del más allá. «Ella tiene sus capacidades espirituales», decía, como afirmando la mediumnidad[81] del animal. «Las puercas son muy inteligentes, lo dice la ciencia.» (Eduardo, confirmabas que aquello era rigurosamente cierto. En tu hoy vetusta escala animal la secuencia era cuervo, puerco, foca, chimpancé y perro. Nadie te lo discutía. Siempre tenías en la carpeta de plástico transparente azul recortes de periódicos aparecidos en las últimas semanas. «Aquí está la última noticia, la buscaremos luego en *Scientific American*», apuntabas.)

Qué alegría siento ahora, y te la agradezco, cuando me das la oportunidad de respirar sombras pasadas que me retornan a la juventud.

El «bachiller» Nathaniel quiso ponernos en guardia.

—En ese sitio donde ustedes trabajan hay muchos misterios. De ahí vienen espíritus que se manifiestan llorando. Espíritus de indios que se me montan[82], y cuando uno está montado no se da cuenta, pero los asistentes a mis sesiones me dicen lo que han dicho. Ustedes van a revolver un mundo que nadie sabe lo que guarda. Aquí, en estos sitios, todo anda reburujado. Samuel invoca los luá, los intermediarios negros, pero Feltrudis tiene pasión por los blancos y odia a todo negro. A los mulatos nos acepta porque tiene que hacerlo, somos lo criollo, somos lo que sirve en este país de mierda. Somos sangre con sangre mezclada. Tengan cuidado. Este mundo de El Soco está en guerra con los blancos y algunos de ustedes lo son. Muchos blancos son dueños aquí, mucha gente blanca, sin mezcla, es dueña, y la miseria del cañaveral sigue. Ningún luá es amigo del blanco, aunque se pueda llegar a acuerdos con los lugarús, que, como Samuel, aman a todo el mundo. Ahí en ese cementerio de indios predominan seres que están enemistados con las Marimantas. Ustedes pertenecen al partido de Feltrudis, obligadamente, ustedes significan el dominio, y con Feltrudis y las Marimantas no se quiere relación. A Feltrudis se la respeta, pero no se la quiere. Hace tiempo que tratamos de echarla. Samuel ha trabajado mucho para esto, pero no ha podido. Las Marimantas se reproducen. Creen en los mismos santos que el lugarú, sólo que ellas quieren el santo puro, sin nombre haitiano. El santo blanco que llegó con los españoles, y eso ya no es posible. No. No es posible.

En el fondo Nathaniel era un filósofo. Lo que explicaba era para mí correcto. Las Marimantas eran en la leyenda del lugar las fuerzas blancas que conquistaron aquellos predios, serían descendientes de los españoles que sembraron la primera caña de azúcar y criaron por aquellos lugares el primer ganado. Se entendía que la esclavitud había adoptado las imágenes religiosas de

---

80    *Proxeneta*: Comúnmente también, «celestino(a)».

81    *Mediumnidad*: Es una práctica antigua y universal que se realiza con el fin de comulgar con lo divino, profetizar, comunicarse con los espíritus de los muertos, ejecutar hazañas paranormales y canalizar la fuerza vital universal con el objeto de curar (http://www.losenigmas.com.ar/parapsic/medium.htm).

82    *Montarse*: Ser poseído por un loa (*luá*) o espíritu. En la creencia popular supersticiosa, la

los blancos, pero dándoles otro contenido. Los dioses congos y de origen yoruba pasaron a formar parte de un catolicismo rural en el que San Miguel era la representación de otro dios en África, lo mismo que San Santiago o Santa Marta. Fundidos en la religión del batey, las Marimantas intentaban desatarlos y volverlos a su forma original. En esta lucha la creencia era fundamental, y el mulato Nathaniel, dueño de un negocio que los dominicanos llaman «Contó», es decir, «con todo», por su variedad, se asimilaba ambas fuentes porque también era negocio penetrar y vivir de y en ambos mundos. Así lo interpreté, pero puedo asegurar que me quedé un poco en las dudas sobre la posible operatividad de un mundo que según el dueño del bar podía ser negativo para nosotros. Unos éramos de piel más o menos blanca, como Margot, Carlos y yo mismo, los otros de piel más oscura, como tú, José, Ciabaíto y Juan Rosado. El propio Jean y su mujer eran casi cobrizos, aunque sus mellizos tendían al color de los indígenas de hacía casi cinco siglos. Si las Marimantas eran blancas y los blancos exterminaron la población indígena, la opinión de Nathaniel me parecía justa, clara. «Vacuencias»[83], dijiste, y te contesté, confuso, ¿vacuencias?

No entendí las amenazas de Nathaniel, pero, como te digo, quiso ponernos en guardia.

—Si alguno de ustedes tiene poderes ocultos, aquí lo sabrá.

Dulcinda se había bebido su última cerveza de la noche. La borrachera era evidente. Debes recordar, querido Eduardo, cómo nos miraba con sus ojos entornados, galantes y vidriados, como reclamando amor. Era una puerca criolla, de pelo duro, y de hocico sonrosado. Olfateaba nuestros pies por debajo de la mesa, y nuestro sexo, al punto de que mientras bebíamos cerveza y nos comíamos unos fritos de batata tan calientes que incendiaban nuestro gaznate, teníamos que cerrar las piernas. Entonces Nathaniel le daba una bofetada y el animal, calmado, movía nuevamente el hocico y volvía a la cerveza derramada en el piso, y aun en la tierra exterior del recinto, donde se revolcaba como quien protesta. Terminada su faena corría hacia el patio interior de la enramada, en donde estaban los cuadros de San Carlos Borromeo y de la Metré Silí, espíritu puro de la noche estrellada y los fandangos, que hacen del amor la patria del sexo y de la música. La imagen curativa de San Lázaro, en una cromolitografía ampliada, observaba el recinto. La imagen lo presentaba rodeado de perros, con llagas purulentas y vendas manchadas, apoyándose en muletas que hablaban de su dificultad para caminar. San Lázaro, el patrón de los leprosos. Otros decían que entre sus milagros estaba el desalojar espíritus de los poseídos a muletazo limpio.

Para ti, Eduardo, lo de la Dulcinda era puro negocio. Según tu criterio Nathaniel usaba la puerca para vender más cervezas, atraer más público y hacer popular su antro. No lo puse en dudas, pero tampoco acepté del todo tu teoría. En aquellos días, por mi formación, yo era más proclive a creer en mis-

---

83 *Vacuencia*: Dominicanismo que significa expresar tonterías o cosas sin sentido.

terios y cosas inexplicables, a pesar de mis asomos de «materialismo dialéctico». Los antillanos poseemos dicotomías extrañas, creemos en la materialidad y las contradicciones de la tierra y del más allá. Si el marxismo funciona, debería funcionar en todos los planos. Siempre he sido ecléctico. Recuerdo aquella entrevista al director de cine italiano Federico Fellini en la que declaró que era precisamente eso, y que no podía negar nada de lo que se pudiera afirmar aun sin datos clave, precisos. No somos quiénes para encarcelar la vida, para encerrarla, ponerle barrotes y decir ahí está la vida prisionera y nadie puede hacerla aparecer de otro modo. No, no creí mucho ni creo en esa manía de asegurarnos a nosotros mismos creyendo que lo que no vemos es irreal, que lo que no comprendemos es inexistente. Y todo esto, como supondrás, me llega como una conclusión definitiva con los años, porque las experiencias en El Soco fueron el inicio de una nueva visión de mi concepto como ser humano, y de la tuya. Si no fuese de ese modo no estarías ahora leyendo mis notas y colándome recuerdos que completarían lo que pudiera ser, si así lo sugieres, una novela. No me cierro ni a la realidad ni a las irrealidades. Creo en lo tangible y en lo intangible. Mucho de lo que se ve ha dejado de verse durante largo tiempo, y por el contrario, mucho de lo que no hemos visto se verá y existe sin que los sentidos puedan captarlo.

En estos días mi nieto, Augusto Adrián, me preguntaba que si existían los hombres-murciélago. Está afectado por las tiras cómicas de la televisión que presentan hombres alados, personajes que, como Batman, nunca pasan de moda. Le impresiona mucho la tira cómica del hombre-araña soltando cables desde no se sabe qué zona de su interior. En una de las últimas tiras cómicas Batman, Supermán y la Mujer Maravilla forman, como nosotros en El Soco, un «equipo de trabajo». «Cómo han progresado los Noctilius», le dije chistosamente a Nora, quien estalló en una risa fresca. Tuve que hablarle a Augusto Adrián un poco acerca de los murciélagos de El Soco, le mostré aquellas fotos con los animales apelmazados. Las fotos de la caverna. El niño insiste en que quiere una pareja. «Los criaremos en una jaulita especial para ellos que venden en la avenida Mella», le dije, y se quedó deslumbrado pensando en que es posible tener murciélagos en el apartamento de sus padres. Pero con las preguntas inocentes de Augusto Adrián me ha surgido la idea maliciosa de sorprenderte, y sabrás de mis planes pronto, en cuanto te acabe de enviar las notas que me comentas de vez en cuando al través del correo electrónico. Ya he confirmado mi regalo vengativo, no me quedaré atrás luego de tu obsequio a Nora.

Los arqueólogos siempre nos proponemos hipótesis. Debemos partir de datos ya conocidos y posibles, para modificarlos luego, según podamos abrir la caja de Pandora que es toda investigación arqueológica. Los arqueólogos somos, al fin y al cabo, poetas, narradores de unas historias que no hemos vivido y que nos llegan de manera extraña: usando estadísticas, analizando el material con el que está hecho una vasija, identificando la procedencia de los tipos de barro, desentrañando de los restos de taller dejados en los sitios las maneras de hacer una punta de proyectil y el modo en el que una piedra de sílex ha podido ser transformada en cuchillo, en navaja para trabajar madera o pieles, o el sistema mediante el cual una lasca fina de esa misma piedra puede ser afinada para deshilar raíces con la finalidad de hacer cestas nacidas de lianas que a veces tenemos que imaginar. Somos poetas, poetas con miedo de que el otro científico nos critique y nos llame la atención porque nos pasamos de la realidad a lo imaginario.

Aquélla, podría afirmar, fue una «época de transición», y lo sabes. Y es que quien brega con la vida de ayer está obligado a domesticar los acontecimientos que sugieren los artefactos, de otro modo es imposible encontrar los desniveles de la vida misma. Los artefactos reunidos, estudiados, son como un libro con páginas escritas, pero igualmente con páginas en blanco. Las escritas pueden decirte lo que sugieren las en blanco, las en blanco tienes que llenarlas, y si te descuidas, se te transforman en novela.

Entre nuestros objetivos, y por la vez primera, estaba el estudio de aspectos relevantes tales como el tipo de polen identificable en cada estrato, el cual nos daría muestras claras del nivel del cultivo y de los tipos de frutos cultivados, de las plantas silvestres y del boscaje. El polen envuelto en la quitina[84] que

---

84    *Quitina*: Hidrato de carbono que se encuentra en las membranas celulares de muchos hongos y bacterias (DRAE).

lo preserva durante siglos permite leer viejas vegetaciones y reconstruir usos y ambientes naturales o modificados por el ser humano. Si usas el método de radiocarbono para fechar, puedes reconstruir cómo cambió la vegetación de los sitios y con ella el clima de un tiempo a otro, pero igualmente puedes conocer sobre cultivos en el mismo orden, lo que te lleva a entender la transformación de las dietas y desde luego, con ello, el nivel de la alimentación. La hambruna y la abundancia. Reconstruir el medio es descubrir al hombre que lo modifica constantemente. El hombre y su medio, eso, como bien sabes, me apasiona. Pensábamos en que un estudio preciso de las patologías en los esqueletos nos permitiría establecer importantes datos sobre mensajes biológicos que tienen sus improntas o marcas sobre los huesos. El hombre y sus limitaciones biológicas, eso te apasionaba. Sexo, edad, enfermedades, estatura, deformaciones craneanas, modificaciones artificiales, fracturas, falta de recursos alimenticios, en fin, esa biología humana que manejas y que sería capaz de explicar medias de vida, esperanza vital y relación de hombres y mujeres con su entorno natural o artificial, es decir, con su medio ambiente. Por las huellas en el hueso determinarías, como parte tuya de aquel proyecto, la frecuencia de la vida sexual en una mujer y en un hombre. Los posibles oficios. Las cargas sobre la espalda, que modifican la columna vertebral, el porte de los niños, que deforman sus piernitas cuando la madre los lleva a horcajadas colgando sobre el costado. Nuestros especialistas en fauna, con R. Rímoli a la cabeza, harían un recuento por estratos y cortes arqueológicos del tipo de fauna, su procedencia, su estadística, y aún más, las posibles edades de las especies, necesarias para saber si estas poblaciones cazaban ciertos mamíferos, o si, realmente, los criaban, los domesticaban. Los restos de animales, como los roedores y los peces, nos hablarían de los nichos en los que la fauna era alcanzada para la subsistencia. La fauna marina hablaría de la pesca de alta mar, de la de los farallones, de la pequeña pesca con redes y nasas, y la fauna terrestre, ofídica, nos llevaría a dietas tales como la de las iguanas y lagartos, las culebras y boas antillanas, muy importantes porque eran animales de alto rango entre los caciques según las crónicas, en las cuales se señala que las iguanas eran carne de «la nobleza indígena», alimentos en principio rechazados por los europeos debido al aspecto feo y repugnante de aquellos animales.

Desde el punto de vista antropológico deberíamos saber cuál sería el proceso ideológico; qué pensaban estas gentes, qué símbolos y formas religiosas manifestaban. Al través de los enterramientos humanos, de los objetos simples, de la decoración en su cerámica, de posibles ofrendas rituales, de la edad y posible familiaridad entre los restos humanos relacionables, trataríamos de encontrar la conexión tribal, o sea, el modelo para saber cuáles de estos habitantes enterrados en un pueblo que vivió hace cientos de años eran familiares, estaban emparentados, puesto que el parentesco es siempre un nivel de la tribalidad o tribalismo que influye y hasta determina el tipo o modo de trabajo, y cada parentesco tiene importantes modelos de organización y mando cuando en la sociedad cacical se asigna a las líneas de descendencia un tipo de función en el proceso de la subsistencia grupal.

Lamentablemente toda esta información sigue en archivo. No sé cuándo publicaremos estos resultados. Luego de las crisis económicas de los años 70, las ciencias humanas retrocedieron, y los arqueólogos fuimos vistos como descendientes del vergonzoso Indiana Jones.

No se trataba de un simple proceso arqueológico para contar piezas y clasificar estilos. Para determinar formas de arte apasionantes para los coleccionistas de siempre. Deseábamos establecer el fondo de una historia que sería interesante desempolvar, y más que ello, reconstruir el pasado para demostrar hasta dónde el arqueólogo era un historiador y no sólo el portador de una ciencia auxiliar secundaria, como quieren los historiadores tradicionales, para los cuales la vida de los «héroes» es más importante que la vida anónima de los pueblos. Nuestra historia, creíamos, sobrepasaría esa materialidad que los científicos exigen para dar como cierta su prueba. Recuerdo aquella frase de Carlos, «caguémonos en Carlyle[85], compañeros». En un momento en el que creíamos en la historia colectiva, fue como un grito de batalla. Para nosotros el mensaje de un cementerio y del entorno, y aun de las gentes que viven su actualidad en ese ámbito, puede mezclarse, convertirse en algo novedoso, en que lo ya estudiado demuestre ser sólo parte de un contexto a veces lleno de una espiritualidad inexplicable, coincidente, como si la historia del pasado estuviese viva, vigente, reproduciéndose y expresándose en un presente sumergido que pugna por salir a flote. De ahí la importancia inicial de Pandora. Contribuiste notablemente a que fuera de ese modo, y no sólo eso, fuimos más lejos que lo que proponíamos como analistas de lo material.

---

85    *Carlyle*: Dado el contexto, puede tratarse del historiador y pensador escocés Thomas Carlyle (1795- 1881).

Muchas realidades del pasado se repiten en el hoy. Existe, y ahora lo creo, una historia vieja que se prolonga y continúa solapadamente en el presente. Debajo de cualquier presente hay un presente paralelo. Un sub-presente. Todo presente tiene una copia paralela, como la que se queda debajo del papel carbón cuando escribimos una carta, sólo que la copia ya no es el original exacto. El propio movimiento del lápiz con el que escribes deja huellas imaginarias en el aire. La imaginación, aunque nos digan locos, es importante para comenzar a entender lo que no hemos estado buscando y aparece de pronto, tan súbitamente como ese pez que salta en un dorado arco y se vuelve a las aguas dejando un mensaje de escamas brillantes en «su aire», escamas que concuerdan con la metáfora de la mejor poesía. No podemos obligar, como historiadores, a que la historia sea como la suponemos y la reconstruimos. Sobre esto hablamos largamente y he pensado que no sería extraño que por fuerza del destino usaras para aquel esqueleto femenino un nombre aportado por la casualidad, un nombre que perseguimos en el tiempo hasta darnos de bruces con una realidad repetida. Iterativa. Estuvimos entonces frente a algo que llamé «el dato súbito», el pez en el aire con su arco marcado por escamas brillantes, ese dato que no está planificado y que se impone por encima de la materialidad de la historia. El dato que se presenta por cuenta propia y que jodidamente modifica todo lo que la teoría ha venido pergeñando, justificando mediante un sistema de negación de lo intangible. Eso es también, en buena óptica marxista, o hegeliana, si quieres, «la negación de la negación», madre de las contradicciones copiadas por los políticos desde Lenin hasta Mao.

«Mi madre cree mucho en estas cosas, y realmente las coincidencias en este caso son algo innegable. Me aturde pensar que puedan pasar cosas como éstas.» Te referías a Pandora cuando aún no habíamos «atado» todos los cabos.

Recuerdo esta conversación porque a pesar de tu sólida formación científica habías sido igualmente un creyente dubitativo en las coincidencias, en el azar, y considerabas el azar como una de las partes fundamentales de todo proceso científico. Por aquellos años ya estaba en venta el libro de Monod. «Durante siglos alguien ha estado creyendo que puede acontecer algo, pero hasta que no se presenta eso que los marxistas llaman "coyuntura histórica", no comprendemos que la realidad ha estado esperando una cierta dosis de azar para explicarse.» Teorías que comparto ahora plenamente. ¿Será cierto que azar y necesidad se muerden la maldita cola?

Ya hecho el trazado, iniciamos los cortes. Utilizaríamos cedazos de un octavo de pulgada para no perder nada de lo que pudiese ser mínimo. La picada se haría por niveles de tres a cinco centímetros, y donde apareciese el más ínfimo fragmento de resto humano se procedería a un brochado, es decir, a una limpieza lenta con pinceles que permitieran descubrir las formas en su perfección, las posiciones y las ofrendas, así como la posible indumentaria y restos de decoración no perecederos presentes en cualquier esqueleto. Entonces ni siquiera podíamos imaginar que Pandora nos esperaba conservando aquel gesto que nos llenara de sorpresa. Que con aquel gesto, un verdadero poema óseo, se desparramara la ola de misterio que vuelve a perseguirme cuando me pides que escriba, que rescate, que resucite ese pasado. ¿Acaso tu afán de retomar aquellos «accidentes» no es volver, traer a este presente una historia que fermentará como aquélla de las moscas? ¿Acaso no es revolver cenizas, las cenizas de la casa de la calle Seybo, el recuerdo de doña Amancia, a quien le debo, y ahora le debemos, el cierre de esta historia?

Como la tierra de El Soco era «territorio de manifestación cultural», como decimos los arqueólogos, toda su superficie es producto de una deposición del hombre. Ha sido el resultado de una acción humana centenaria. Por lo tanto recordarás que fue difícil entrenar durante los primeros días a los obreros (muchos de ellos saqueadores de tumbas y celosos opositores de nuestro trabajo) para que aprendiesen el valor de lo que estábamos tratando de rescatar.

Jean, el guardián y dueño de casa, cuya profesión era la pesca, nos trajo esa mañana un desayuno hecho por Romilia que nos dejó plenamente satisfechos. Mientras un pájaro carpintero golpeaba el corazón de un árbol de javilla[86], engullimos un filete de tiburón secado al sol, «a ritmo de bongó», dijo Carlos, porque el Inriri Cahuvial[87] indígena, al golpear tan rítmicamente la madera, parecía imitar los tambores haitianos y dominicanos del ritual gagá. El tiburón servido por Romilia era esa especie de carne blanca que habíamos visto colgando en días anteriores en un cordel junto a la pequeña enramada que Jean usaba para tejer las redes.

—Parece bacalao, parece bacalao —nos dijo la mujer, y esperó nuestra respuesta.

Te veo saboreando maliciosamente la carne seca y contestando:

—Pero es tiburón, Romilia.

La risotada del grupo no se hizo esperar. Explicaste que la carne de tiburón, cuando fermenta un poco, alcanza un agrio sabor a orín, un fuerte olor a amoníaco que conocíamos y que yo comparo con el perfume de la agresión, con uno de los olores de la tragedia. Sólo el jugo de limón agrio neutraliza esa característica cuando el animal es ya salado y colgado al sol por varios días.

---

86    *Javilla*: Árbol alto de copa redonda y raíces muy desarrolladas cuyo fruto es tóxico (http://www.adn.gov.do/Arbol.asp?ArbolID=75 ).
87    *Inriri Cahuvial*: Nombre indígena dado al pájaro carpintero.

En los colmados de los bateyes, llamados bodegas, el tiburón se vende como un sustituto fácil del bacalao noruego, el que viene de la capital con precio mayor y sabor algo diferente.

Algunos obreros comían en torno a nosotros. Otros prefirieron ir a sus casas cercanas, pero los que como Gavilán habían venido desde nuestras oficinas en el museo, compartían con nosotros el alimento, y siendo ya veteranos en excavaciones anteriores, también habían ganado una moral que ayudaba a los demás. Ellos, buenos sabuesos para leyendas y creencias campesinas, nos hablaron por vez primera de la princesa de El Soco. Nathaniel había sido el propagador de lo que entonces considerábamos leyendas, cuentos de camino. Era pues el informante clave: desde que llegamos había hecho correr la noticia de que veníamos a sacar de su lugar a la princesa, y de que la pierna del abuelo era un guardián importante para que aquello no se produjera. Doña Feltrudis, muy aplicada a los remedios caseros y a los sueños interpretables en los que habría visto a la princesa levantarse y caminar hacia la orilla del mar, también había estado de acuerdo en que la pierna de Jalaquén sería arrastrada por un animal, prediciendo que las ciguas de La Conquistada, palmera llena de nidos, dejarían su espacio a miles de murciélagos en cuanto aparecieran los restos de la princesa.

Me reí para mis adentros. Yo, aquella noche y algo borracho, en el bartienda de Nathaniel me le acerqué y le pregunté:

—Nathaniel, ¿y qué es eso de una princesa?

—Todos sabemos que ella era una mujer hermosa, y tenía entre sus dedos un signo que es el signo de esta comunidad. La pierna de Jalaquén se manifiesta entre nosotros y tiene su propio espíritu. Jalaquén la perdió y sabe que parte de su ser vive en ella, y que hay un más allá para los huesos, los pedazos desprendidos de los cuerpos, y que su pierna alimenta la palma y la palma es el signo de la libertad. Pero niega hipócritamente que ésa sea su pierna. Hasta Dulcinda se da cuenta de cuándo la princesa llega mientras yo presiento que un día morirá otra vez.

—Pero Romilia no cree que la pierna sea la de su suegro.

—Romilia no sabe mucho de esto, porque con el hijo que tiene y al que se le suben espíritus llenos de música, no tiene tiempo de otra cosa que de rezar. Feltrudis la anima, pero el muchacho se va gastando. Feltrudis pertenece a un mundo blanco, y ni ellos, ni nosotros, somos blancos, aunque tampoco somos negros. Estamos mezclados, profesor. Una bruja blanca no funciona entre mulatos.

—Cuál de los muchachos –le pregunté.

—Damián. Le dicen el «pitador», el ruiseñor. ¿No lo ha oído usted silbar? Lo hace en las noches, dormido, y su música llena todo este camino y sube hacia otros sitios. En algunos pueblos cercanos se oye lo que silba, lo que pita, es un «pitador». Hasta en campos distantes a veinte y treinta kilómetros

se ha escuchado en noche que sea serena, sin ruidos, y que sea, además, transparente, de luna.

—¿Y qué es lo que pita?

No sé si en ese momento entraste en la onda de una realidad nueva. Como siempre fuiste hasta cierto punto analítico y te agradaban las leyendas, no encontré en tu mirada novedad que me hiciera percibir tu asombro o tu incredulidad. Me dirás si no fue durante aquel instante cuando te corrompió definitivamente el ángel de las dudas. Como dice el poeta, siempre hay un ángel que nos corrompe. Así como un ángel nos salva en los momentos bíblicos, también nos corrompe. El poeta Alexis Gómez ha hablado del ángel de la corrupción, tan poderoso y divino como cualquiera de las mejores huestes celestiales.

Cuando Juan Rosado, capataz y jefe de los obreros, me dijo que existía la leyenda, y que casi todos la compartían, me reí. Sinceramente no pude contener una especie de risa fresca. Carlos y José, con esa incontrolable audacia de la juventud, dijeron que necesitaban una princesita para desahogarse. Margot los miró entre ruborizada e inquieta. Si esa idea se les hubiese ocurrido días después, las relaciones conmigo se hubieran tornado agrias y dificultosas. Noté que entonces tu mirada fue bien diferente de aquella anterior en casa de Nathaniel. Te había atrapado la superstición, el ángel corruptor te visitaba.

Los gemelos de Romilia y Jean, Damián y Cosme, cuyos nombres provenían de espíritus santorales transformados en seres del vudú por los haitianos, fueron a ver los primeros pozos o calas. Según las creencias los mellizos o marassa[88] son seres dotados de poderes extraordinarios. Fueron santos católicos que practicaron la medicina, y encarnan ubicuamente en cada pareja de mellizos dotándolos de sorprendentes poderes. El más debilucho, Damián (tenían 11 años entonces), fue traído a la tienda para «atestiguar». La lengua se le enredaba, hablaba mal y había sufrido de meningitis, según su madre Romilia. Vestía con pantalones cortos de rayas azules comprados para él por Feltrudis, e iba desnudo de la cintura hacia arriba. Mulato, con el pelo ensortijado y suave, decía que por esas tierras de El Soco, y desde hace tiempo, se oía un canto, y que tal canción no era otra cosa que una voz de princesa. Las influencias de Nathaniel parecían haber calado hasta en los más jóvenes. Sin embargo, de improviso, le preguntaste a Romilia:

—¿Y éste es el silbador, el que pita?

—Sí –dijo la madre, mientras Jean, el padre, algo perturbado contestaba:

---

88    *Marassa*: Los *marassa* son gemelos divinos del vudú haitiano.

—Sólo que cuando no quiere, pues pita en sueños.

Ahora, obligado por tu visita y por tu afán de que esto salga un día al público, me voy a los diarios de campo, a las copias, y empiezo a rescatar algunos pormenores del trabajo usando mi propia letra y la tuya como acicate, también como memoria vicaria. Oigo aquella grabación hecha en la tienda de campaña y se me erizan los pelos, «me engranojo», como se dice en nuestros campos.

La mañana del día 11 del mes, según consta en mi diario, aparecieron los primeros enterramientos completos. Estaban en la parte alta del barranco. Una limpieza lenta, con brocha y agua a presión, revelaba que varias personas habían sido enterradas casi al mismo tiempo. Una de ellas, mujer, tenía sobre la cabeza una gran vasija redonda decorada con incisiones que semejaban hojas en forma de abanico y círculos concéntricos; mientras que en otro recipiente, cerca de sus pies pequeños, se descubrían los restos de lo que pudiera haber sido un neonato. Estaban bien conservados, descansaban cubiertos por un collar de dientes de tiburón, cuentas de caracolillos como las neritas y las neritinas, y una espátula, artefacto para provocar vómitos al ser introducido hasta la epiglotis en las sesiones religiosas de la selva. Artefacto divino, sin dudas. La decoración en la parte plana de la espátula era la misma de la vasija. Recuerdo que con un gesto nervioso detuviste la acción de los obreros y nos llamaste, mientras Carlos y José dibujaban los restos en papel cuadriculado. Se oyeron las primeras hipótesis, tan cambiantes luego como indecisas.

—Me parece que estamos ante una persona que falleció en el parto. Son posiblemente y a simple vista los del niño, podrían ser restos de un neonato, pero no se puede asegurar, podría ser más viejo –dijiste, examinando los huesillos. La mujer era bastante joven, apreciaste que podría tener entre quince y diecisiete años.

Nunca las primeras apreciaciones se pueden tomar como certeras, pero Carlos apuntó en su diario que debajo de los restos de ambos esqueletos había una especie de «cama de piedra». Las supuestas piedras fueron usadas antes de depositar los cadáveres y eran todas restos de corales planos, trabajados casi como mosaicos alisados y colocados posiblemente uno junto al otro antes de hacer descender a la mujer. Otro elemento etnológico de interés era que con la «madre», se había colocado como ofrenda una ocarina, una especie de flauta ventosa, globular, hecha de barro, cuyos sonidos melodiosos aprendimos luego.

Revisamos las colecciones de fragmentos de cerámica recogidos en otros pozos de excavación y notamos que ninguno tenía una decoración similar. La vasija presentaba incisiones decorativas que tenían semejanza con un tipo de planta que pudiera ser una palma, una palmácea. Desde la base al borde las líneas iban abriéndose como se abre el penacho de la penca de palma hasta transformarse en un abanico que baten los vientos. Hasta el momento el tipo decorativo de las vasijas y del collar se podría considerar como «intrusivo», palabra que los arqueólogos usamos para designar objetos que no «encajan» dentro de un contexto cultural dado. Collares completos con dientes de tiburón sólo habían aparecido en grupos tempranos, desconocedores de la agricultura, pero muy pocas veces entre sociedades con cierto desarrollo tribal.

Me hiciste notar que la mujer tenía la boca abierta; sus mandíbulas, casi desencajadas, parecían sugerir un terrible grito; estaban casi articuladas, y la impresión de la foto que tengo ahora en la mano es la de un ser que se asfixia. Junto al collar que se encontró en la vasija que contenía los restos del niño, se recuperaron también fragmentos de una ocarina, evidentemente rota antes de ser utilizada como ofrenda. Cerca del quinto espacio intercostal derecho del esqueleto de la mujer la ocarina completa dejaba ver su embocadura. El pincel la puso en evidencia, y el lugar en el que se encontró señalaba claramente que el objeto se le había colocado sobre el vientre, posiblemente colgando desde el cuello, como si fuese un amuleto, pero se había desplazado quedando casi a un lado del cuerpo.

Las ofrendas son elementos definitorios en las interpretaciones de las ideas que el hombre tiene sobre la vida de ultratumba, pero igualmente una huella de la vida terrenal, de las creencias, los oficios y las costumbres. Para nosotros las ocarinas tenían un profundo significado: tanto la mujer, como el «hijo», estarían ligados a la música. Formarían parte de un sistema de creencias en el cual la música sería uno de los principales cultos para ellos. El niño, acompañado del gran collar y de la espátula, debería ser una especie de personaje privilegiado e ido a destiempo, como se dice hoy. Nunca damos una primera versión de lo que interpretamos como versión definitiva. Pero tampoco se puede evitar, como sucedió siempre en mi caso, que la imaginación corra delante de la ciencia misma. La imaginación nos permite construir aquello que no podemos dar como claramente científico. Cuando la ciencia falla y se detiene, es necesario que la imaginación la releve, y creo que fue lo que hice durante un largo tiempo, envuelto en la magia de El Soco, donde la temporalidad tiene dimensiones extrañísimas y hay puercas como Dulcinda que viven una vida de cabaret, y dirigentes dominicanos de un vudú casi fronterizo en el cual las divisiones de luá, o seres intermediarios, tienen igualmente héroes nacionales transformados en dioses negros.

Cuando lavamos la espátula vomitiva, cubierta de cenizas consolidadas, quedamos sorprendidos, puesto que el tope tallado del instrumento, hecho en hueso de costilla de manatí, remataba en la cabeza de un murciélago de narices anchas, boca muy bien definida y colmillos estilizados. Se trataba de la imagen de la especie pescadora llamada Noctilius, la misma que había comenzado a invadir las hojas de La Conquistada, hogar de las ciguas mamoneras.

Discutimos el caso en la noche. Carlos aseveraba que era muy extemporánea y precipitada nuestra opinión. Rubio, con los ojos azules y saltones, y un gran bigote casi rojo, se manifestaba como el más crítico y silencioso de los investigadores. Prefería una buena cerveza Presidente a dar una opinión definitiva. Como era asiduo cliente en el bar de Nathaniel, nos dijo: «voy a darme unas cervezas, a saludar a Dulcinda y tal vez a invocar la leyenda de vuestra princesa». Su tono burlón me pareció agresivo, irrespetuoso, ya que al fin y al cabo yo era el jefe de misión y, además de profesor, el más viejo del grupo.

Mientras Carlos compartía cervezas en el antro de Nathaniel, ahora adornado con globos de colores y papel crepé por cuanto se acercaban las festividades de la Semana Santa, tú, José, Margot y yo permanecíamos atrapados por la magia de un conjunto de huesos que nos llenaba de sorpresa por su conservación y la perfección de su porte; un conjunto de huesos que nos permitía suponer que existían entre esos grupos humanos ciertos especialismos, como sería el de la música, puesto que la utilización de ocarinas, su compleja construcción y su presencia repetida en «madre e hijo», revelaban un conocimiento del instrumento y una indudable y profunda relación con éste. Desde ese momento pensé en otros hechos que el arqueólogo no toma en cuenta. Te comuniqué mis inquietudes. Ocarinas y un niño que silba por las noches, espátulas vómicas y representaciones en ellas del murciélago de El Soco, dientes de tiburón hechos collar y una pierna cercenada por los dientes de un escualo enterrada al pie de una palmera llamada La Conquistada, y ahora un esqueleto de mujer joven y una princesa que vagaba en las noches en un lugar cerrado aún a la civilización estando tan cercano a la misma. Chupando mi tabaco en la pipa llena de andullo[89] campesino, casi con gesto de shamán, o mejor de buhitío[90], sentí como si la onda del misterio comenzara a perturbarme, descargando en mi interior una inquietud creciente, porque el mismo día en que encontramos el primer enterramiento un Noctilius había entrado en la tienda, llevándose, como si estuviera pescando, un trozo de arenque ahumado de los comprados en la Casa Pérez, mientras que otro había cruzado rozando sobre tu marcador de tinta indeleble para desaparecer chillando como un diablillo negro en medio de la tarde.

Margot pidió permiso para ir a su catre. Nosotros quedamos en plena luz de keroseno palmoteando mosquitos, y elaborando hipótesis.

Había bastante evidencia, en investigaciones que se iniciaron en los años veinte o antes, de que los habitantes de las Antillas precolombinas en esta época de agricultores de raíces –yuca, batata, yautía[91]– y granos como el maíz provenían de la costa noreste de Sudamérica. El sistema decorativo de las alfarerías era similar desde el Bajo Orinoco hasta Cuba. Cambiaban las llamadas «secuencias decorativas», pero no las formas de vasija, ni los motivos bá-

---

89    *Andullo*: Hoja de tabaco para fuma, o pasta de esta hoja para mascar o fumar. En la zona rural dominicana el andullo es cortado en ruedas de menos de una pulgada y vendido a los fumadores en las pulperías y ventorrillos, quienes pican el tabaco en hojas muy finas y lo introducen en la pipa (DCFD).

90    *Buhitío*: El augur curandero indo-antillano ( BDLT).

91    *Batata. Yautía*: La batata es más conocida como «patata» que, como la yautía, es un tubérculo comestible.

sicos y sus combinaciones. Del mismo modo la yuca, los instrumentos de labor, las zonas escogidas para la edificación de poblados, los restos humanos y las formas de enterramiento, proporcionaban una estrecha relación con las costumbres «arqueológicas» detectadas en esa parte de Sudamérica, y con ciertas tribus de lengua arawak comunes a esta zona del área del Caribe antes de la llegada de los europeos. Nunca, sin embargo, habíamos encontrado vasijas con decoraciones como las que poseían las colocadas como ofrenda a esta joven muerta casi en la pubertad.

Durante esa noche, mientras José también se despedía y ocupaba su lecho, rumiamos aquella información. Te comenté mi creencia de que estábamos frente a un grupo humano que enterraba a sus muertos en el piso de las viviendas. Se trataba de una costumbre amazónica indudable. Completaste diciéndome que te parecía un grupo humano con un grave sentido de la maternidad, hasta el punto de que posiblemente cuando moría «la madre» enterraban con ésta la criatura cuyo parto había sido la posible causa de su muerte. No obstante, esta apreciación no nos ocupó por mucho tiempo. Filosofamos sobre este concepto de la vida de una sociedad que no se hace cargo de los pequeñuelos cuando la madre muere. Cruel respuesta. Sin embargo, como decía Carlos, aún era temprano para hacer conclusiones. Regresó muy pasada la medianoche del antro de Nathaniel, y alisándose el bigote, borracho a medias, tiró de mi barba blanquinegra para decirme:

—Profesor, usted seguirá teniendo fama como novelista, y su ayudante también parece contagiado.

Se refería a una parte de mi obra, aquella dedicada a la ficción y al relato; primera vocación de mis años mozos que esperaba fuera la última vocación de mis años mayores. Siempre dije que se podía vivir de la arqueología pero que era casi seguro que muriera de la literatura. Ahora vivo de la literatura y la que ha muerto es la arqueología. Jubilado, confío más en lo que invento e intuyo que en lo que dice la sociedad de afuera, llena de letreros, automóviles de último modelo y chicas con prendedores en el ombligo y en salvas sean las partes.

—La imaginación es la madre de la ciencia, Carlos. No puedes ni siquiera comprender un número algebraico si no tienes imaginación. Menos siete es una bella abstracción, como lo es el que una estrella apagada hace milenios siga alumbrando porque aun luego de muerta su luz esté en camino. Las distancias propagan la vida. Sin los nuevos telescopios tendríamos que suponer que existe un tiempo simultáneo y creeríamos que lo que ya pasó no es el presente que sugiere la estrella. Te darías cuenta de que hay pasados que son presentes sólo porque las tecnologías los descubren.

Risueño y malicioso, te llenabas de gozo con mis «disparos filosóficos», a veces ininteligibles hasta para mí mismo. Era mi forma de desarmar a los que tenían una información general menor que la mía.

Entonces me dijiste que te gustaría revisar con cuidado los huesos. «Para mí el enterramiento resulta inquietante. La boca abierta podría hacernos suponer que ambos, niño y madre, fuesen enterrados vivos; tendríamos que esbozar nuevas teorías. Creo como usted que las estrellas muertas, mientras su luz llega, son igualmente reales.» Ésas fueron tus palabras, y sentí un pataleo del corazón, un pataleo cardíaco, pálpito emotivo, porque parecías atrapado, como bien me apuntaras años después, por un primer golpe de duda, como si lo aprendido en la universidad se quedara a la orilla del camino, ropa vieja y sudada, y estrenaras un traje hecho a la medida de mis imaginaciones aún no externadas.

La frase golpeó mis primeras «evidencias» y me hizo pensar en un sacrificio humano, en que el niño no fuese el hijo de la muchacha y en que la misma hubiese sido parte de otro ritual, ahora emergiendo como una nueva forma de ver la realidad.

El antropólogo había hablado como tal. Tu especialidad no permitía discusiones por encima de cuanto decías. Ahora, sin embargo, el gusano de la superstición te caminaba por dentro. Nos caminaba, quiero decir. Habías hecho tu especialidad en uno de los mejores museos de la tierra, el Museo Nacional de Historia Natural de los Estados Unidos. Me incliné ante la afirmación del que siendo mi alumno era ahora mi «profesor». Pudieron haber sido enterrados vivos, sí, pensé.

Discutimos sobre la única información acerca de enterramientos de seres vivos informada para las Antillas precolombinas. El ritual indígena denominado Athebeanenequen[92], descrito por la crónica y común al mismo tiempo a otros grupos selváticos de Venezuela, a ciertas zonas del territorio tairona de Colombia y al del Coclé[93] precolombino en el istmo de Panamá. Recordaba haber leído una de las investigaciones del sitio de Coclé, sobre el hallazgo de un cacique sepultado con por lo menos quince de sus esposas. Era una ley, era una realidad, un ritual aceptado y presente en la crónica, visto y comprobado. Había sido ya detectado por nosotros en por lo menos un sitio del este de la isla de Santo Domingo, La Cucama. Sin embargo el reciente caso de El Soco se salía de los cánones. No había cacique, sólo un niño. ¿Quién era entonces la ofrenda, el niño en aras de la india o la india en aras del infante? La presencia de la espátula vómica, instrumento de shamanes, hechiceros, buhitíos y jefes cacicales, hablaba de un niño que pudiera haber sido acompañado de la madre, pero igualmente de una mujer misteriosa que pudiera haber sido heredera de poderes y enterrada como una representación de la futura esposa, o en último caso de alguien que pudiera cuidarle en el más allá, que los taínos antillanos concebían como un lugar de misterios y ánimas insomnes en los guayabales del este de la isla, en donde las opias o hupias, identificables como tales por su falta de ombligo, vivían una vida solazada y ajena al mundo de la muerte material.

---

92   *Athebeanenequen. Athebeanequen*: según Oviedo, llamaban así los aborígenes de la Española a la india que, viva, se enterraba con el cadáver del cacique (BDLT).

93   *Coclé*: Provincia central de Panamá. Investigaciones arqueológicas han demostrado que el lugar tiene unos 600 años de prehistoria.

V ayamos al guayabal.

El bosquecillo de guayabas de pulpa roja y agria se extendía a sólo un kilómetro al este del río. Caminamos entre el lodazal, cuyo olor de vegetación podrida se hacía cada vez menos insistente. Íbamos sin plan preconcebido y recogimos del suelo los frutos maduros, todos larvados por las moscas y otros insectos. Nos sentamos sobre aquella piedra buscando sombras, sonidos. Tratando, quizás inconscientemente, de identificar las opias. Pasarían rozando nuestras cabezas, se reirían de nosotros, pobres mortales, y no nos daríamos cuenta. Estarían allí presentes por millares, porque los espíritus no forman parte de la materia. Se confundirían unas con otras sin perder la personalidad. Se materializarían a voluntad para mostrarnos sus rostros y sus cinturas carentes de ombligo. Harían sonar sus anillos de caracoles colocados en los tobillos y muñecas. Bailarían y cantarían para sí mismas las historias de sus progenitores, allí presentes igualmente.

La imaginación es más rica que un trozo de cerámica y que una decoración. Te pregunté que si sentías en el entorno un misterio de pisadas y en la distancia una luz de cocuyos[94] sobre los cañaverales y quedaste en silencio. Nuestra complicidad se consolidó en ese momento, porque era absurdo que dos investigadores sociales, supuestamente marxistas, se hubieran puesto de acuerdo para entrar en un mundo al que sólo entraban los ignorantes, los ingenuos, los crédulos. Me dio la impresión de que allí sentados esperábamos que el tiempo, como aquellos frutos dispersos que de vez en cuando los murciélagos hacían desaparecer en vuelo rasante, madurara. «El tiempo madura», te dije, «tiene sus semillas, sus gusanos, y sus perfumes». La poesía nun-

---

94  *Cocuyo*: *Voz caribe*. Insecto de América tropical, de unos tres centímetros de longitud, oblongo, pardo y con dos manchas amarillentas a los lados del tórax, por las cuales despide de noche una luz azulada bastante viva (DRAE).

ca me abandonaría y pasaría a ser parte de ti, por lo que no me extraña que ahora, luego de tantos años, hayas resucitado en busca de una memoria que a muchos nada importa, pero que de alguna manera a nosotros nos completa. Sé que también Nora tiene mucho que ver en esto. En ese aspecto somos como los marassa. Nos debemos el uno al otro. Nuestra memoria compartible es ubicua. El misterio mutuo nos acorrala y nos hace sentir parte de una misma masa de materia prima emocional.

Al día siguiente examinamos con mayor detenimiento ambos esqueletos. La evidencia de que la mujer había sido enterrada viva parecía indiscutible. Al limpiar con el brochado la parte lateral de los brazos, confirmamos que uno estaba suelto, casi colocado al nivel del vientre, mientras que el otro permaneció atrás, en posición perpendicular, posiblemente atado con una cuerda que, desde luego, los años hicieron desaparecer. Para ti la mujer había intentado y logrado zafarse de su atadura cuando fue cubierta de tierra. Llegó a mover el brazo derecho, pero el izquierdo quedó inmovilizado cuando ya no soportó más la falta de oxígeno y fue aplastada por el peso del material vertido sobre ella. El niño, dentro de la vasija, había sido colocado aparte. Lo revelaba el hecho de que los estratos de ceniza que cubrían la vasija eran superficiales en relación con la profundidad del cuerpo adulto.

Querría decirte que la memoria vicaria es infinita. Si viajara ahora a El Soco y me entrevistara con los pocos supervivientes de aquella época, tendría informaciones que, sin dudas, serían importantes para enriquecer estas notas. Tendría, de seguro, que lidiar con las versiones del presente, porque el pasado se habría ido transformando según transcurrieron los años. En la medida en que hayamos escrito esta historia, la convertimos en una estatua de sal, y evitamos que siga reproduciéndose de manera natural. La historia alcanza al presente y ya ves cómo entra en la descendencia más joven. Por ejemplo, luego de que mi nieto Augusto Adrián viera las moscas, mi pensamiento corre a la búsqueda de Solares. Las inquietudes de mi nietito me hacen pensar en Solares, quien me ha dicho telefónicamente que la artritis lo ha atacado con violencia de nuevo luego de tu última visita. Está casi inválido, pero sigue siendo el mismo elemento rebelde e inquieto. Ya sabes que Augusto Adrián quiere conocer de cerca los murciélagos. Le he traído una revistilla en la cual se ven los esqueletos y cómo las alas no son alas sino un forro que, como dice el niño, es de tela, pero le faltan los colores y las plumas. «Abuelito, los murciélagos pueden volar como los papalotes, son chichiguas[95].» «Sí, sin dudas, puedes atarles la cuerda y dominarlos desde abajo con tu bollo de hilo», le digo. Ahora quiere un libro de murciélagos para colorear. Le digo que los insectos son mejores porque las mariposas, las moscas y los ciempiés tienen más colores. Pero insiste. Me ha hecho buscarle en la pantalla de las páginas web datos. Conoce la diferencia entre un vampiro y un quiróptero pequeño. Le enseñé ya la palabra «frugívoro»[96], y me ha contestado: «sí, que come frutitas, pero frutitas dulces, abuelo». Eduardo, creo

---

95    *Chichigua:.* Con ella se practica un juego popular. Se confecciona de un pedazo de papel (finales del siglo XIX), poniéndole en un extremo un pedazo de hilo, mientras que en el otro extremos se le pone un colita de trapo o de papel. Se conoce como «cometa» o «papalote» en otros países (DCFD).

96    *Frugívoro*: Compuesto del latín *flux* «fruto» y *vorare*, de comer, devorar. Es, como ex-

que este carajito[97] va a ser un científico. Se reirá cuando lea mis notas en años posteriores, y dirá que estos dos viejos estaban locos de remate. Yo, realmente, prefiero regalarle una pareja de ciguas mamoneras de esas que venden ya enjauladas en las esquinas de Santo Domingo, descendientes, quizás, de las de La Conquistada, o un grupo de la cigua africana llamada Madam Sará, o madamsagá. Tienen el pecho amarillo y son atractivas. «Sí, abuelito, pero no cantan.» «Los murciélagos tampoco, Augusto.» «Sí, abuelito, pero los murciélagos son misteriosos.» Nada que hacer, Eduardo, nada que hacer.

---

97    *Carajito*: Término coloquial/afectivo. Persona que está en la niñez (DRAE).

El Soco, en las noches, grita; el viento entre las ramas del manglar bufa como un buey desesperado, como la rana toro introducida en la isla por los marines norteamericanos durante las invasiones de 1914 y 1916, sapo que croa con voz de barítono fracasado. Los campesinos oyen voces, sienten gemidos, recomponen discursos, palabras que el viento inventa y que la gente traduce con el despertar. En el cementerio moderno doña Feltrudis hace cada sábado la «hora santa» de los misterios, mientras que Samuel, el papá bocó, el mismo día y a la misma hora, hace el llamado a los luá a ritmo de música y gestos de pañuelos cargados de color.

El paso lento pero fangoso y permanente de los cangrejos en el lodazal es el mismo desde hace milenios. Cuando truena, millones de cangrejos morados se lanzan hacia las orillas del río, y otros, los nacidos en los farallones, cruzan por los pastizales como un ejército medieval que anduviera lateralmente hacia alguna tierra prometida, hacia alguna Jerusalén «ladeada» aún no conquistada. El pequeño cangrejo violinista, con tenazas alzadas más grandes que su cuerpo, se desplaza con rapidez de hormiga, mueve sus ojos salientes y dirige una orquesta de sonidos que él considera parte de su propia vida. Millones de ellos cruzan hacia los demás raizales. Los automóviles y carretas de bueyes los hacen papilla, y en la mañana, en cuanto el sol emerge, un terrible olor a marisco putrefacto se monta sobre el viento pastoso llenando las cabañas y ordeñaderos con un perfume ingrato que se mezcla con el de la boñiga de las reses. Son olores, perfumes únicos, sólo identificables en aquel lugar en donde el mito y la realidad se evaporan diariamente. Aquella peste amoniacal obliga a sacar el pañuelo o a mojarse el rostro para espantar el vaho. En la noche, el murciélago pescador de El Soco, de nariz ancha y dientes filosos, pasa rozando sobre las palmeras y es posible escuchar su chapoteo cuando golpea el agua y sigue hacia los cielos con su espejeante presa. A poca distancia, el mar besa la boca salobre del río, sumergiéndose, sumiso, bajo las aguas dulces. Dentro de la corriente salada que navega debajo de la corriente dulce vienen los animales pequeños que buscan refugio en los manglares. El mestizaje de las aguas protege la vida. La naturaleza es mestiza, se cuaja de mezclas que la preservan. El milagro de ese beso hace que la desembocadura, hasta varios kilómetros río arriba, sea salobre, y ese beso es el que condiciona las posibilidades de que el mangle, los animales, el hombre y el entorno tengan vida.

Juan Rosado viene a proponernos un posible partido de béisbol entre el grupo que encabezamos los arqueólogos y algunos obreros contra el equipo del poblado. Juan Rosado había sido saqueador de tumbas indígenas, vendedor de objetos antiguos. Lo habíamos «regenerado» con salario digno. No hubo en el país quien tuviera mayor información sobre sitios arqueológicos, porque durante años vivió de ese tipo de explotación. Hacemos algunos chistes. Mañana será otro día. Apagamos la lámpara.

—Se llamará Pandora –dices, súbitamente, ya en plena oscuridad. Me sorprendes, porque nunca pensé en nombre alguno.

—Bautizaremos en algún momento el carajito –dice Carlos, refiriéndose al infante contenido en la vasija. Lo dice de manera burlona, es su estilo. Acaso comenzábamos a delirar. Acaso, sin darse cuenta, Carlos había sido mordido por la extraña mosca de la imaginación, por alguna tarántula precolombina.

—A Carlos le gustan los chistes baratos.

—No, no es chiste. En Quibor[98] es un ritual bautizar el primer niño que aparece en un cementerio trabajado por los arqueólogos. Eduardo lo sabe porque estuvo con nosotros allí.

—Es una vaina[99] extraña, pero cierta –dices.

—Hagan lo que les parezca. No me opongo. Además, todo este ambiente quejumbroso y lleno de leyendas, puercas y murciélagos es como parte de un sueño que me llena el espíritu de experiencias confusas. Me agobio con todo esto: para mí aún no tiene un sentido claro, pero presiento que caminamos hacia resultados que no buscamos –dije. Me sepulté bajo la sábana y durante un momento me sentí flotar en la corriente del río. A veces llego a suponer que existimos porque alguien nos piensa. Somos un sueño que produce sueños.

Con la noche encima, pienso en mi primer hijo, y en vez de dormir, acicateado por el insomnio de Carlos y Eduardo, rememoro aquel parto de Nora. Me imagino al niño asfixiándose en este lugar, rodeado de gentes que le adoran, le colocan ofrendas, le bañan y le envuelven en cintas blancas. En algunos de los dibujos encontrados en diversas cavernas existe la imagen del

---

98    *Quibor*: Lugar de gran herencia indígena precolombina, es actualmente la capital del municipio de Jiménez en Venezuela.

99    *Vaina*: Contrariedad o molestia.

llamado «niño envuelto», una especie de infante atado con tiras de tela de algodón que le dan aspecto de momia. La imagen es repetitiva en toda la isla, e incluso en Puerto Rico, Cuba y las llamadas Antillas Menores y la propia Amazonia. Es un infante que al parecer tenía ciertos poderes. Un signo de la muerte joven. El hecho de que siempre apareciese completo y bien dibujado, como las pictografías más sofisticadas, me hacía pensar ahora en que los «niños envueltos» pudieran haber sido «personalidades simbólicas» dedicadas a ser ofrendadas, o a participar en rituales de este tipo. No podríamos, sin embargo, saber si el pequeño de El Soco vino envuelto en tiras de algodón, y aunque así fuese, no sabríamos nunca si todos los niños recibían el mismo trato sin que ello fuera un aspecto relevante de la ritualidad.

—¿Sabes una cosa, Eduardo? –te dije cuando ya iniciabas tus espantosos ronquidos–, este esqueletito me recuerda mucho lo sucedido con el parto de Nora.

—Mejor no hablar de eso, profesor –dijiste, dándote vueltas en el catre con el disgusto del que es despertado cuando ya el sueño ha llegado.

—El niño se enredó en el cordón umbilical. Estabas allí. Viste su rostro morado. Quizás las tiras que cubren al «niño envuelto» representado en tantas grutas no sean otra cosa que un simbólico cordón umbilical asfixiante.

—No debe emocionarse.

—Las emociones no me hacen daño. Lo que sucede es que cada vez más entramos en una zona sin respuesta, en un espacio del pasado que nos va marcando el presente. Cuando entra en juego la vida y la muerte es un factor definitorio, presente y pasado son la misma cosa.

—La luna está muy alta esta noche, y se ve como cubierta de un velo por la lluvia que amenaza otra vez. Mire cómo atraviesa la tela de la carpa.

—Eso mismo. La lluvia que amenaza en un lugar donde casi no llueve. Feltrudis cree que trajimos lluvia y que la misma es un signo de desgracia.

–Duerma tranquilo, profesor, mañana será otro día.

–Ahora Margot y José roncan, pero serán los padrinos –digo yo saliendo un poco de mi ensueño, y volviendo a la propuesta de Carlos.

Claro, hubo bautizos, Margot y Carlos participaron, pero los bautizados fueron más.

Durante el amanecer escuchamos nuevamente el sonido de fotutos[100] y de tambores. Fotutos hechos de caracoles grandes, como el lambí, trompeta de las carnicerías de pueblo, también flautas sordas y monótonas usadas en los rituales y hechas, a diferencia de las ocarinas, con bambú verticalmente perforado. Se daba inicio a las fiestas de los cortadores de caña, haitianos que bailan y cantan para celebrar la llegada de la Semana Santa. El sonido distante repercutía en mí llenándome de una sensación nueva. «Allá la vida que se expresa en sonidos y alegría; aquí, debajo de nuestros pies, la muerte, la ceniza, el sonido de una historia que no puede "palparse" con el oído, y que podría ser algo así como la desconocida memoria de nuestro pasado fermentando.» Dichas estas palabras mentalmente, comencé a escuchar un trino como de flauta distante. Desde luego, el ruiseñor de El Soco canta cuando el sol aparece y cuando se acuesta. Me levanté sobresaltado, pero el tam-tam de los haitianos se había tragado la melódica sombra de una música nacida entre el sueño y el pensamiento. Me movía entre la vigilia y el sueño, cabeceaba mis dudas. Así, en un principio, no supe si esa música suave había sido un invento de mi alma cansada o bien una sonoridad creada momentáneamente por la naturaleza para confundirme.

Entrada la mañana llovió. Rara vez llueve tan torrencialmente en El Soco. Hubimos de cubrir los pozos arqueológicos con lona dura, y aun con ramajes. Las estratigrafías hubiesen podido perderse a no ser por la precaución tomada desde las seis del amanecer cuando Damián, el más débil de los mellizos, pronosticó que llovería. Eso habrás de recordarlo con bastante precisión, querido Eduardo, pues se iniciaba el momento en el que comenzamos a darle un sentido nuevo al proyecto. Desenrollamos también telas plásticas desde

---

100   *Fotuto*: Instrumento musical indígena hecho de conchas de caracol marino que fue utilizado por los aborígenes de La Española hasta las primeras décadas del siglo XVI. Es utilizado en el gagá en base al caracol del lambí. Es el mismo instrumento utilizado por los esclavos en Haití para llamar a la rebelión (DCFD).

los bordes hasta el fondo de cada zona excavada. La Conquistada, en donde la cigua mamonera y algunos Noctilius pernoctaran[101], se quedó vacía. Los murciélagos volaron hacia la llamada «Cueva de las Maravillas», a pocos kilómetros de distancia. Aprovechando el día de asueto decidimos usar los mulos para transitar sobre el yerbajo hacia el este hasta dar con la cueva, muy conocida. Pero en el mismo momento de la partida, casi iniciado el trayecto, nos persiguió la voz diminuta de Damián, quien nos siguió sin ser visto:

—¿No oyeron la flauta anoche? –dijo.

Y explicó que cuando la flauta sonaba «a pedazos» entre las brumas de El Soco, el aguacero al día siguiente era inminente. Entiendo que «a pedazos» quería decir entrecortadamente. Corrió hacia la casa empapado. Romilia le gritó, porque no debía mojarse de ese modo, pero presentí que algo le había llevado hasta nosotros. El corazón me latió endemoniadamente porque ya no supe si era verdaderamente mi imaginación la que había creado el sonido de la madrugada, ese suave silbo de flauta nocturna que los tambores haitianos se habían tragado casi de inmediato, o era en verdad la flauta de la que hablaba el niño. Entonces me acerqué a Jean, y me dijo que ciertamente el niño tenía razón. La nublazón se colocó en el este del litoral a las siete de la mañana, y ya a las diez el aguacero fuerte y ventoso, caracterizado por el chubasco de gotas gruesas, hacía de las suyas. Gotas como granizos penetraban el yerbajo y saltaban como pelotas de cristal. Un bombardeo de colores y sueños de vidrio transparente, cristal de roca y de murano que se derretía cayendo como una cortina que creaba arco iris a ras de suelo. Por lo menos era lo que me parecía todo aquello. Una melcocha[102] vítrea que amenazaba con convertirnos en estatuas de sal bajo la lluvia.

El rugido del mar se hacía cada vez más fuerte. No había narrado a nadie mi experiencia de la madrugada. Se hubiesen reído. Sólo a ti te confié lo que había pasado. Ahora, reconstruyendo el recuerdo, me atrevo a escribir sobre un tema tan poco científico y tan poco creíble para quienes acostumbran a medir la vida al través del corazón de los ordenadores. Cumplo contigo, Eduardo. Eres como el residuo de esa historia, no diría residuo, sino el testigo final.

Damián había venido a darme la razón de lo que escuchaba. «Es la flauta de la princesa», me dije, pero me lo dije desde dentro, con la propia voz de Damián, como si aquélla fuese la mía. Yo entraba en nuevos misterios al través de la música, como entrarías en lo inexplicable al través de unos huesos portadores de un mensaje que aún continúa. La princesa. Me habías mirado con los ojos enrojecidos por tu permanente alergia al polen, pero durante aquellas primeras excavaciones fuiste también en principio alérgico a lo que no fuera comprobable por la ciencia, aunque tu madre hubiese creído, tal y como apuntabas, en muchas «pendejadas de ésas». No habías escuchado la música, pero Damián y Jean venían a confirmarnos que sí, que un silbo sa-

---

101    *Pernoctaran*: Del latín *pernoctare*, pasar la noche en un lugar determinado (DRAE).

102    *Melcocha*: Miel que, estando muy concentrada y caliente, se echa en agua fría, y sobándola después, queda muy correosa (DRAE).

turado de notas mezclado con música de atabales[103] había caminado en medio de las soledades vegetales del lugar. Me fui al borde del barranco y, mareado, y bajo la lluvia, vomité. Lo recordarás. Pedí un alcanforado[104] y me quedé durante un buen rato debajo de los nuevos chubascos, esperando el trueno, el eco encantador de las tronadas, y mirando los millares de jaibas que saliendo de sus cuevas seguían la misma ruta de los cangrejos, como si esperasen que los mismos marcaran un camino de siglos conocido. Iban en ringleras húmedas, como aquellos que van hacia el combate ya preconcebido. Iban guiadas por ese instinto milenario que reside en cada célula de todo lo creado y sin crear. Impulsado por un gozo infantil, terminé de desnudarme y quedándome en calzoncillos, con la llegada inminente del nuevo chubasco, caminé hacia el poblado y me coloqué bajo los chorros de agua que soltaban los tejados para sentir el golpe de los caños sobre mis espaldas. Retornaba casi ritualmente a mi barrio de Villa Francisca, en donde el aguacero era una festividad urbana y los muchachos corríamos desnudos por los callejones en un Santo Domingo entonces llamado Ciudad Trujillo, en donde la miseria obligaba muchas veces a la desnudez. No podíamos bañarnos bajo la lluvia con nuestras ropitas de ir a la escuela, o de ir al cine los domingos. Los más grandes usaban taparrabos como los indios, los pequeños, sin sexo ofensivo, simplemente metíamos el cuerpecito bajo el chorro de las edificaciones altas, soportando estoicamente el peso amorfo del agua que nos daba en la cabeza y que nos aturdía.

Recordarás que entonces todos en El Soco, incluyéndote, hicieron lo mismo. Nos bañamos en el aguacero de El Soco. Los mulos gozaron de la lluvia rebuznando, lanzando patadas alegres para defenderse del húmedo látigo imaginario. «El areíto[105] de la lluvia», dijiste. «Hemos inventado un areíto en el siglo XX», me apuntaste. «Sólo nos falta llenarlo con la historia, y que todos lo aprendan y lo sigan cantando.» Salí entonces del ensueño que producen las aguas celestes, y cuando detuve lo que era casi un baile bajo las mismas, los demás se detuvieron, como si mi gesto marcase el final de una ceremonia tan antigua como la vida y el hombre mismo.

---

103  *Atabales*: Instrumentos musical de origen africano que, de acuerdo a la descripción errada de los cronistas, utilizaban los indígenas en sus bailes. Son tambores cilíndricos de un solo parche de más de un metro de alto y unos cincuenta centímetros de diámetro (DCFD).

104 *Alcanforado*: Se dice del líquido al que se ha añadido alcanfor, utilizado, entre otras cosas, como estimulante cardíaco (DRAE).

105  *Areíto*: Era la danza practicada en la isla de Haití o Santo Domingo por los indígenas antes de la llegada de los españoles. Había areítos de victoria, de casamiento de rey o cacique, de placer y funeraria. Los indígenas danzaban al son de sus caracoles y fututos; cantaban juntamente algunas canciones o versos en los que referían sucesos o presentes (DCFD).

Tienes razón. Tus notas me ayudan mucho, porque fue en cuanto amainaron los aguaceros, tal y como lo recuerdas, cuando nos volvimos a montar en las mulas, no sin resbalar varias veces sobre el lomo ensillado parcamente con una estera atada por debajo del vientre de los animales usando cinchas de cabuya[106]. Recordé entonces aquel viaje a lomos de mula hacia la sierra de Neiba, cima casi fronteriza, en donde existe el cielo estrellado más poblado de la tierra y donde millones de grillos agitan el nervio de la noche haciéndola temblar, mientras la luz del universo cala el sueño y lo convierte en un espectacular asedio de luceros atados a la poesía que llevamos dentro, y de la que nadie escapa.

Nuevamente mulos, pero esta vez a nivel del mar, con sonido de la compañía de flautas o de ocarinas en vez de estrellas; mulos y brisa ventosa en vez de perfume de tejamaní[107] hecho de cal y canto aldeano; perfume de pachulí[108] pateado por las bestias. Mulos con misterioso tranco que atravesaba el ruido mojado por un mar distante y cercano, en donde flotaba la presencia de una historia labrada en hueso capaz de convertirse luego en leyenda configurada en carne ya en un siglo que, como el XX, trajo sorpresas al mundo y compartió el mensaje de los astros vistos en la sierra de Neiba, haciendo llegar sus sonidos e imágenes sonoras al través de telescopios cibernéticos. Mulos que trasladándonos a las aventuras del pasado, obligaban a recapitular viejas experiencias, de las cuales ésta, bajo la lluvia, sería luego parte del botín emocional que ahora casi se transforma en relato.

---

106   *Cabuya*: Planta utilizada por los indígenas taínos en las actividades textiles. Su fibra es de gran resistencia y es empleada por los campesinos para fabricar sogas (DCFD).

107   *Tejamaní*: Es una construcción utilizada como viviendas en los campos dominicanos de la región sur, que consiste en el uso de madera entrecruzada con la cual se tejen las paredes (DCFD).

108   *Pachuli*: Gramínea oriunda de las Indias Orientales. Se usa en perfumería y para preservar las pieles de la destrucción causada por los insectos (DCFD).

Llegamos a la Cueva de las Maravillas[109]. Su boca desmesuradamente abierta era como la de una mujer que se asfixia. Alrededor y dentro de su dentadura de estalactitas y estalagmitas[110], se ven huellas y trozos de materiales plásticos, latas vacías de refrescos y cervezas, cartones de jugo de naranja, fogones[111] en donde visitantes sin conciencia cocinan pernoctando[112] y haciendo fiestas ajenas a la naturaleza misma, dándoles razones a los que en vez de protegerla, aspiran a convertirla en un lugar para turistas, transformando sus pisos y paredes, en vez de limpiarla, preservarla y hacerla digna del pasado original que representa. Condones coloridos cuelgan en las estalactitas y estalagmitas como banderolas de un sexo de ocasión. Las galerías interiores, en donde abundaban las pictografías, eran húmedas. Había sido audaz aprovechar un día de lluvia para este paseo que en realidad tenía poco de arqueológico y algo de espeleológico. Sin embargo a partir del hallazgo de Pandora la vida comenzó a tener otro sentido y, desde luego, ahora todo lo enfocábamos desde una perspectiva mágica, casi mágica, ligada a un entorno que como el de El Soco tenía relaciones profundas con una especie de «más allá» que se expresaba poco a poco, sin que en ningún momento quisiéramos hacer otra cosa que una investigación científica, mientras nos dejábamos arrastrar por el suave vapor de la leyenda.

Desde dentro de la caverna, la que caminamos dejando fuera un bollo de soga que nos permitiría retornar siguiendo la cuerda en el camino, vimos la boca por la que habíamos penetrado. Estábamos como Jonás, en el vientre de una ballena cien, mil veces más grande que la del personaje bíblico. Por un hueco del techo entraba una luz tenue que comparé con el techo de Jonás, sólo que el agua respiraba desde afuera hacia adentro, al revés. Comenzamos a ver las figuras pintadas con trazos negros, confeccionadas con excremento de Noctilius mezclado con cal molida producto de las estalagmitas machacadas y de piedras tintóreas como el ocre, que al oxidarse perdieron sus tonalidades rojizas y amarillas, sus colores originales, ennegreciéndose.

Las botas llenas de lodo no permitían que avanzáramos con facilidad. El foco de cuatro baterías era lo suficientemente potente como para alumbrar las imágenes. La más impresionante era la de un muñeco sin cabeza que «enfrentaba» toda la sala mayor desde casi el techo de la caverna. Encima de una gigantesca figura humana el muñeco parecía cabalgar sobre los hombros de la misma, dando la impresión de ser un espíritu infantil «montado» sobre un shamán, sobre un buhitío.

---

109 *Cueva de las Maravillas*: En el contexto de la ficción podríamos deducir que se trata de un lugar inventado, especialmente si consideramos la descripción que el narrador hará del mismo. No obstante, se trata de un lugar real de la República Dominicana: la caverna está enclavada en los ríos Soco y Cumayasa, en la carretera San Pedro de Macorís - La Romana. Este lugar es un atractivo cultural impresionante debido a las reminiscencias históricas dejadas por los aborígenes, y porque sus formaciones rocosas se asocian con imágenes sagradas de la religión católica y de la mitología clásica. Para más información sobre este enigmático lugar, visite http://www.dajao.com/cuevadelasmaravillas.html

110 *Estalactita. Estalagmita*: Ambas son rocas calcáreas (DRAE), o sea, que poseen cal.

111 *Fogón*: Palabra de origen indígena. Lugar adecuado en la cocina para cocer los alimentos; por lo general, se hace con tres piedras que sirven de base para la olla (DCFD).

Los cortadores de caña venían con frecuencia al lugar y dejaban velas y velones, afirmaban que era la figura de Ogún Badagrí, el San Jorge católico, con un luá sobre la espalda. No obstante el niño descabezado nada tenía que ver con los ritos africanos o mestizos del gagá o con las expresiones del vudú. Las figuras de la caverna estaban allí desde mucho antes de la llegada de los españoles. Recogimos un paño azul de los que se ofrendan a las Marimantas, pero también dos cromolitografías que representaban a San Damián y San Cosme, los mellizos o marassa, médicos medievales transformados ahora en dioses del vudú, así como varias cintas de colores rojo, azul y blanco, con las que los loás criollos confirman su nacionalidad cuando se «montan» sobre su «caballo», nombre que se da al papá *bocó* de turno o a aquel a quien el «ser» selecciona para dar sus mensajes. Una mezcla de todo. Por el amontonamiento de espinas de pescados pequeños, identificamos el nicho de los Noctilius. Evacuan y sus heces contienen a veces hasta la piel de los peces más grandes, pero comen también jobos, uvas de playa de la especie Cocoloba y nísperos pequeños de carne jugosa.

Los Noctilius se habían acurrucado por centenares en el techo más alto y oscuro de la caverna. Negros tirando a color caoba, sus garras pescadoras se veían claramente. Con un golpe de linterna los inquietamos, pasaban allí el temporal. Sacaste de la mochila aquella cámara Agfa 120 que te regalara el arqueólogo Clifford Evans[113] y disparaste varias veces. Giraron sobre nosotros y uno me tocó el hombro en su paso hacia otro punto más seguro. Flash tras flash tomamos fotos de un sitio ya fotografiado mil veces. La novedad del misterio era ahora más importante que la fotografía misma, aunque esas fotos servirían para la «documentación» que debería acompañar las excavaciones. Entonces usando un telefoto armé mi cámara de 35 milímetros y tomé las diapositivas que ayer le he mostrado a Augusto Adrián en un aparatito de visor pequeño, pero magnífico, en donde se ven los hocicos casi de cerdo, las garras, y las orejitas que captan el sonido de la naturaleza. Augusto Adrián me ha dicho que son como diablitos, y que las orejitas son cachos, cuernos. «Abuelito, cuando esos cuernos sean más grandes los podremos torear.» Tengo que explicarle que algún día los veremos «en persona» y que no crecen tanto como un toro de lidia.

Vimos, casi percibimos, que en otros nichos oscuros, algunos murcielaguines colgaban del pecho de las madres, y los observé con detenimiento. Me llegó entonces una pregunta estúpida:

—Eduardo, ¿crees posible que la murciélaga permita que su hijo muera y sea dispersado, llevado a otro lugar sin que ella proteste?

—Creo lo contrario, profesor. Si la murciélaga ve que puede salvar a su hijo, prefiere morir en lugar de él o morir con él, o morir por él. Es una ley. Desmond Morris[114] lo explica, y la biología lo confirma. La extinción de una especie es un fallo de la naturaleza, y sólo cuando la naturaleza falla la madre abandona al hijo.

---

113 *Clifford Evans* (1920- 81): Arqueólogo estadounidense quien, junto a su esposa Bettey Meggers, sentó las bases de la arqueología amazónica, estableciendo una importante secuencia y cronología histórico-cultural. Afiliados con el *Smithsonian Institute*, realizaron investigaciones en Ecuador, Venezuela, Guyana Británica y Brasil.

114 *Desmond Morris* (1928 - ): Conocido zoólogo, antropólogo y escritor británico. El autor

—¿Y habrá fallado la naturaleza en el caso de Pandora?

—Se está obsesionando y sé en lo que piensa. Recuerde que las evidencias de incendio nos llevan a construir una imagen que pudiera ser la siguiente: si el niño fue drogado y ella fue la ofrenda, o viceversa, la vivienda fue quemada ritualmente, como sucedía entre los grupos amazónicos cuando el cadáver era enterrado bajo el piso de la vivienda. El concepto de que sólo se vive una vez en un mismo lugar ha sido descrito muchas veces para estos grupos. Creo que Pandora sufrió el mismo tratamiento. La costumbre era común entre los indios venezolanos hasta hace muy pocos años.

Sin embargo, ante las palabras de Eduardo, me quedaba dentro la duda de si el bohío fue quemado inmediatamente después del entierro o si, por el contrario, se esperó el tiempo suficiente como para tener la seguridad de que la muerte era cierta, y el fuego serviría de colofón a la historia.

Cuando decidimos salir de la Cueva de las Maravillas había casi escampado diría que provisionalmente, pero el agua corría dentro de la cueva haciendo arroyos de excremento negro de Noctilius. Al borde de la entrada notamos que una línea de las palmerillas llamadas guáyigas[115] «decoraba», por así decirlo, parte de la zona de acceso al interior. Me dio un salto el corazón. Había que pensar en que era la misma planta que se representaba en la vasija que apareciera en el enterramiento de Pandora. Las pencas brotaban desde casi el suelo, y emergían desde un bulbo que era un tronco subterráneo. La mayoría mostraba una especie de flor o fruto fino, alargado y rojizo como el ladrillo, en el centro del follaje, uno solo, otras tenían el mismo fruto o flor pero en forma de barril, cilíndrico y más grueso. Eran las plantas de guáyiga. La florescencia diferente anunciaba también la diferencia de sexos.

Llegamos empapados porque los chubascos duros, cortos y de gotas casi como balas de fusil, nos atacaron tres o cuatro veces más. La cabeza me daba vueltas. Como un sabueso olfateaba un final novedoso, extraño, y la excavación arqueológica me parecía un espacio policíaco en el cual tendría que determinar las causas de una muerte y los argumentos de sus oficiantes. Volví a mis gustos literarios y pensé en Simenon, en Green, en la vieja Agatha, y en esas lecturas de adolescencia encabezadas por las novelas de Conan Doyle. Fue mucho después, estando prácticamente en retiro, cuando leí un libro sobre las cicadáceas, género al que pertenecen las guáyigas, en el que cierta comunidad de Oceanía había perdido la visión de los colores y sólo podía distinguir el mundo en blanco y negro. La guáyiga era una planta importante, una especie vegetal del período cretácico que seguía viviendo millones de años después, quizás negándose a desaparecer para contribuir al logro de leyendas en momentos en los que un arqueólogo del siglo XX las usaría definitivamente, como lo haríamos, en el ordenamiento de un mundo que pudiera parecer a muchos pura poesía.

---

115 *Guáyiga*: Planta silvestre (*Zamia debilis*) de cuyo tallo se obtiene un almidón (BDLT). Más adelante el narrador empleará el término «guállaga» para referirse a la misma planta, mostrándose así cómo Las Casas escribe el término.

Con los chubascos y fuertes vientos, la cañada que aislaba el yacimiento arqueológico acrecentó su caudal, desplomándose en el mar desde el peñasco. Nathaniel subió las sillas de su antro sobre las mesas de hierro, y ató a Dulcinda por si el agua, corriendo hacia los despeñaderos, pudiera arrastrarla, porque como la puerca era dada al baño y a veces a la natación, el torrente podría ahogarla y llevarla al fondeadero, donde los tiburones, cuando había pesca y limpieza de peces, cuyas heces se arrojaban al mar, remataban los residuos de lo que traía la marea y lo que el hombre iba dejando en el camino.

Siendo imposible la continuación de los trabajos deberíamos esperar algunos días. Mi mente, mi pensamiento fluctuaba ahora silencioso entre los datos arqueológicos, el sonido de la medianoche y éste como pronóstico de Damián, cuyas palabras balbucientes, entrecortadas y para algunos poco inteligibles, daban en el centro del blanco, por casualidad o por cualquier otro tipo de coincidencia.

El partido de béisbol fue pospuesto. Algunos viajamos a la capital con la finalidad de ver a nuestros familiares. Carlos y José prefirieron quedarse en el lugar, bajo la tienda, atentos a los obreros, varios de los cuales habían sido viejos saqueadores de tumbas. Temíamos que algunas piezas desapareciesen, que algunos objetos valiosos cronológica y estéticamente fuesen a parar a manos de coleccionistas.

Recordarás que viajamos con Margot a la capital en el jeep Land Rover.

Teníamos sumo interés en revisar parte de antiguos archivos correspondientes a los años 40. Entre los documentos dejados en el viejo Museo Nacional existían fotografías de dos ocarinas que, según Margot, tenían las mismas características que las encontradas en El Soco. Ella no recordaba bien dónde había visto los negativos o las fotos.

Nos detuvimos durante una hora en un pequeño restaurante del camino llamado *La gotera de Juana*; tomamos un trago de ron, y comimos rápidamente un plato de mondongo con ají montesino picante, mientras el viejo Land del museo se enfriaba, porque era un vehículo mañoso, de medio uso, que a veces tosía y se rebelaba a veces estornudando y otras pateando como una mula. «Es la gasolina mezclada con keroseno que venden ahora», me decías. Te replicaba: «cuando tengamos más años, nosotros, los de ahora, estornudaremos y patearemos. El tiempo corrompe la vejiga, pone arrugas y nos hace ser mañosos». En fin, que tomábamos precauciones frente a un viejo ayudante mecánico ya conocido de sobra.

Dibujaste en la mesa del restaurante la posición de los esqueletos. El niño estaba a los pies de Pandora, pero ella a su vez estaba colocada con sus pies hacia los del niño. Casi como si las plantas de los pies de ambos cuerpos pudieran, en el momento del enterramiento, estar destinadas a tocarse. Sólo que las del niño no rebasaban el redondel de la olla y se apoyaban casi en el borde.

—¿Y si fuera un sacrificio mutuo? ¿Y si ambos hubiesen sido sacrificados uno para el otro?

—Será difícil de demostrar.

—Uno no sabe nunca cómo han sido estas cosas –dijo Margot, desplegando aquella juvenil sonrisa casi adolescente que nos encantaba a todos y que Carlos elogió cada vez que tuvo oportunidad de ello, buscando acercarla cada vez más a su vida.

La dejé en su casa y continuamos hacia la mía. Recuerdo que preferiste pasar aquella primera noche en el sofá de la sala e irte en la mañana. Me preguntaste mi opinión sobre las simpatías mutuas entre Carlos y Margot. Te pregunté que si sentías celos. No contestaste, pero advertí para mis adentros que te habías hecho ilusiones. «Él se marchará y ella se queda», dijiste entre dientes. Pero no ocurrió así. Quedamos citados para visitar el nuevo museo y revisar los archivos de Émile de Boyrie, quien tenía entre sus papeles, ahora en la institución, aquella información sobre las ocarinas.

Cuando me acerqué al museo temprano en la mañana Margot había localizado el expediente. No había sido difícil. Formaba parte de una colección de documentos no publicados. Había dos fotos de ocarinas: una pequeña, con sólo un par de hoyos, y una mayor, decorada con rayas que imitaban hojas de alguna palmera; había sido modelada representando un rostro de murciélago, o sea, adornada con los mismos motivos presentes en la vasija que acompañaba a Pandora y en la espátula del niño enterrado conjuntamente con ella. Eduardo, recuerdo tu cara de sorpresa.

La coincidencia fue asombrosa, decidimos entonces llamar a Bernardo Boyrie, arqueólogo y sobrino del viejo dueño de las ocarinas, quien tenía otra información del caso. La ocarina decorada había sido localizada junto al enterramiento E-12, de Juandolio, un sitio estudiado a medias por su tío en 1948. No sería difícil encontrar el paquete completo, puesto que pasó a formar parte del viejo Museo Nacional poco tiempo luego de la excavación y desde allí a los archivos del actual museo.

Bajamos a los depósitos del nuevo museo, revisamos las colecciones de esqueletos, y en unas tres horas localizamos una caja de la colección Boyrie que tenía la sigla E-12. Se trataba de un esqueleto femenino, también de unos diecisiete años de edad. Entre los restos que acompañaban al mismo había huesos pequeños, infantiles, una espátula hecha con un fragmento de costilla de manatí así como una ocarina de tres hoyos.

Para nosotros, consagrados a este tipo de trabajo, la presencia de otra espátula era un elemento totalmente significativo. Lo mejor era tomar prestada la caja y llevarla al sitio de la excavación, en donde considerábamos que podrías hacer un análisis comparativo y preciso de cuanto para nosotros eran datos en bruto en forma de misterio.

La arqueología no se repite tan fácilmente. Y para los que miran el mundo al través de los datos materiales, no suele ser tan misteriosa como la gente piensa, y todo ello porque se cree que los arqueólogos siempre tienen a mano las respuestas, pero de improviso otro dato u otros datos golpean la realidad científica y obligan al recuento de un tiempo y unas formas vitales que son como el gerundio de todo. Es algo impredecible, Eduardo. ¡Cuánto tiempo puede durar un gerundio! Ahora, desde 1973 hasta hoy, lo que hemos vivido es un gerundio, me doy cuenta de ello cuando me dices que deseas que reconstruya la historia. Es como el ando yendo gramatical. La luz de la estrella muerta nos sigue incitando con su brillo aún vivo gracias a un tiempo tan relativo como la memoria.

No sólo la vida es un gerundio permanente, sino el pasado que se transforma ante los ojos de quienes lo estudian, y el presente que abandonando detalles, y seleccionando la raspa en el fondo de la vasija, pugna por presentarse resumiéndose. En todo eso hay un ir y venir que parecía apagado y que se enciende con sólo evocar unas imágenes. Existe lo que he llamado durante estos años de vejez machacona «el gerundio de lo intangible». Como dijera el poeta, sólo «lo fugitivo permanece y dura». No está bien mezclar la poesía con la ciencia y mucho menos con la arqueología científica, pero es así. Lo que le sobra al arqueólogo, aquello que no le sirve, es útil para el novelista, y te has dado cuenta de ello, por lo que a partir de estas líneas te narraré ya como si fueras un personaje imaginario. Me referiré a ti en tercera persona. Y mis notas comenzarán a tener personalidad de novela. Me dirás si lo aceptas. La vida es bergsoniana, es el río que pasando no deja de pasar, y que pasado se ha transformado y sigue siendo el río. Los eleáticos[116] nos socorran. Heráclito[117] nos auxilie.

---

116    *Eleático*: El término proviene de una ciudad griega en Italia llamada Elea, de donde es oriundo Zenón de Elea (490 AC- 430), a quien el texto alude para reforzar las reflexiones dialécticas que el narrador hace en esta misma página. Zenón es uno de los fundadores del materialismo dialéctico, que explica el mundo material, el universo, a través

Cuando retornamos a la excavación todavía las lluvias esporádicas continuaban. Se había perdido mucho tiempo. Tendríamos que combatir el mal tiempo con la buena cara que proclaman los refraneros.

Hicimos una mesa redonda para establecer si era preciso suspender la investigación por un mes, hasta tanto el tiempo se normalizara. Pregunté por Damián, y éste salió cojeando de su casa. Había pisado unas espinas de cambrón[118] y Feltrudis le había hecho una untura o cataplasma de caca de vaca con lodo del manglar. Había mejorado. No obstante Eduardo sacó de su eterno maletín de médico unas pastillas de penicilina compuesta y le dio las instrucciones a Romilia para el uso. Ampicilina, una cada seis horas.

—Si el lodo tiene penicilina y tal vez la caca, ésta es de la que Fleming sacó del lodo –dijo con una sonrisa.

Romilia nos informó que Siño Jalaquén se había estado «apretando» del pecho[119] con las lluvias y que habían tenido que llevarlo al hospital San Antonio, donde permaneció un día. La pesca había disminuido con el temporal, y Jean necesitaba de algún dinero. Acudimos a la caja chica y le dejamos una suma que completaríamos con la mesada del museo y con algunos de los fondos que National Geographic había asignado para el trabajo.

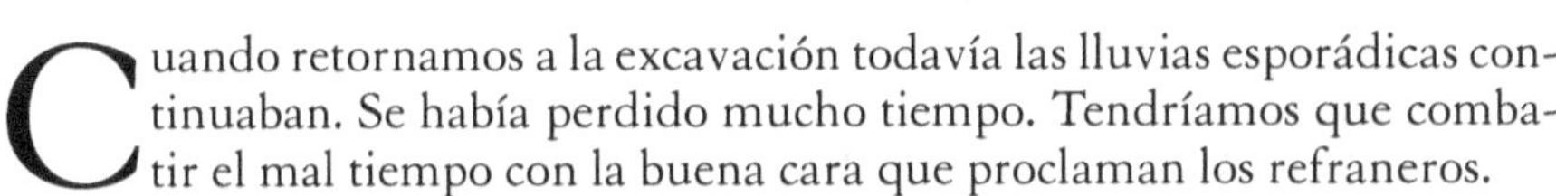

que la ciencia de las leyes generales del movimiento y la evolución de la naturaleza, de la sociedad humana y del pensamiento». Para conocer el desarrollo de esta filosofía, léase «Introducción al materialismo dialéctico» (*Cuadernos de Formación Marxista*) en http://www.engels.org/cuader/1_Materialismo/mate.htm

117 *Heráclito*: Heráclito de Éfeso (544- 484 AC). También filósofo presocrático considerado como el padre de la dialéctica. Para Heráclito, «todas las cosas son y no son, porque todo fluye, está cambiando constantemente, naciendo y muriendo» (cita del estudio mencionado en la nota previa). Así, en ese «ir y venir», en la concepción de la vida como un «gerundio», al que se refiere la obra en cuestión, podemos llegar a saber quiénes somos, y a conocer las realidades históricas concernientes al mundo de Pandora.

118 *Cambrón*: Arbusto de unos dos metros de altura, con ramas divergentes, torcidas, enmarañadas y espinosas, hojas pequeñas y glaucas, flores solitarias blanquecinas y bayas casi redondas (DRAE).

—Traigo una caja con huesos, quiero que la vean.

Todos me miraron sorprendidos cuando tomando de un bracito a Damián lo coloqué frente a la misma. Bajé la mirada entre avergonzado y seguro, entendiendo que me estaba dejando arrastrar por las supersticiones. Sin embargo me sonaba la música mezclada de tambor y flauta aun cuando dormía en la capital durante aquel asueto obligado. Margot puso la caja sobre la improvisada mesa de trabajo, y mientras Eduardo recordaba ensimismado los pormenores de este hallazgo, Damián resueltamente tomaba la ocarina de la caja y comenzaba a silbar melodiosamente. Nos quedamos paralizados. A Margot le dio un ataque de risa que luego se transformó en un llanto profundo. Le untamos alcoholado, y pese al impacto que aquello nos produjo y pese al casi desmayo de Margot, el niño siguió como encantado sacándole notas milenarias al instrumento. Comencé por suponer que la ocarina escuchada en noches pasadas no era otra cosa que un concierto preparado por Jean para impresionarnos. Las notas de la ocarina que ahora se esparcían eran similares a las escuchadas por mí hacía unos días. Deseché la idea, y el misterio se hizo denso como las nubes de ese mes, porque la única pregunta posible era la de ¿quién pudo enseñarle a este chico lisiado y semi-paralítico el arte de sonar un instrumento tan difícil, tan lleno de medias notas y monotonías melódicas?... ¿Quién pudo haber sonado música igual en la noche sin que aún hubiese aparecido este instrumento? El sonido de la ocarina y el del silbo del «pitador» eran similares. (Nathaniel tenía razón.)

Para mí, que había escuchado el silbo de noches anteriores, no existían diferencias entre lo que tocaba Damián y lo que se mezclaba con los tambores del gagá, los pitos similares a los de la policía usados en la ceremonia haitiana y el sonido de los cataliés[120] y los fotutos de bambú.

Eduardo fue el primero en interrogarle.

Jean, el padre, sudoroso, tartamudeando, lleno de un miedo tremendo, expresó que Damián tocaba flauta, y otros instrumentos. Que nunca lo habían podido inscribir en la Escuela Elemental de Música en la ciudad de San Pedro porque estaba lejos, pero que un día de los Santos Reyes vino Jalaquén, el abuelo, con una flautita hecha de tallo de lechosa o papaya que un frutero le cambió por dos pescados grandes y todos se sorprendieron de que Damián la usara de inmediato y tocara cosas tan bellas. Cosme quiso imitarlo, pero como decía Jean, Cosme era bueno para la pesca, no para la música. Feltrudis había ya señalado que Damián tenía «facultades», porque el niño, en sueños, silbaba como un ruiseñor, maravillosamente, y que la muestra era que sin conocer una ocarina —«una cosa como ésa», dijo— la podía utilizar sacándole melodía. Feltrudis había llegado atraída por la música. Entendí que el silbo escuchado por mí era el silbo nocturno del sueño de Damián, que ahora se aclaraba. Si tenía facultades para tocar su flauta de tallo de lechosa con plena conciencia, en la noche no era esa flauta la que sonaba, sino un silbo biológico, nacido de sus entrañas y similar al de una ocarina.

---

120   *Catalié*: Es un membranófono. Es el más pequeño de dos palos que acompañan la ceremonia de los Gagá. El instrumento es de doble parche y se toca con uno o dos palitos (DCFD).

La ocarina quedó sobre la mesa de trabajo, junto a los huesos. Con rostro supersticioso Eduardo dijo sorprendido que sería difícil encontrar explicación al fenómeno. Entre los obreros corrió la voz de que Damián, «el mellizo» hermano de Cosme e hijo de Jean el pescador, «se había vuelto a montar». Juan Rosado recogió informaciones por las que luego nos enteramos de que Damián tenía «dones», que se «montaba», y que «espíritus de indios» lo habían visitado. Pamplinas, dijo el incrédulo de Carlos. Pamplinas.

Conocedor de las supersticiones populares dejé que el hilo de los acontecimientos se desarrollara. No me opondría a esta línea de hechos. Damián comenzaba a ser una especie de altoparlante de los presentimientos de muchos de nosotros. Aunque no creyésemos en seres y en espíritus, una especie de sopor nos invadía con sólo pensar en el prodigio de sonido que era una ocarina sonando maravillosamente 1.000 años después de haber sido usada quién sabe por quién. Ocarinas y niños entrelazados tanto en la vida como en la muerte. Las ocarinas encontradas junto a Pandora y el niño fueron de inmediato consolidadas. La fragmentada fue reparada con plástico líquido transparente y funcionó perfectamente. ¡Las ocarinas milenarias sonando en la boca de un niño casi paralítico de once años que jamás había tocado un instrumento de este tipo!

—Nada de avisar a los periodistas, porque transforman en leyenda la realidad.

Eduardo, al escuchar mis palabras, lanzó una risotada.

—¿De qué realidad hablas? —me dijo tuteándome por vez primera en la vida.

El misterio había quebrado la vieja barrera entre el profesor y el alumno, y me sentí bien con el tuteo. Hicimos entonces aquel gracioso acuerdo. Le diría usted a cada uno de mis alumnos y ellos me tratarían de tú condenándome a un afecto que en parte mínima, la correspondiente a Eduardo, alcanza hasta nuestros días. Acaso dábamos cabida a un nuevo ritual. No lo sé. Acaso repetíamos el «guatiao» taíno, signo indígena de amistad que el cacique Guacanagarix[121] estrenara con el navegante Colón en las costas del norte de la isla en 1492. Sangres mezcladas de vena a vena, transfusión de creencias, ajustes de pensamientos fluyendo de un ser a otro para quedar plasmados como siameses menesterosos y dependientes de lo que nos ocurriese en cualquier entorno.

Deshicimos a nuestro modo la reunión. Sobre la mesa aún estaban los huesos del Enterramiento 12 de Juandolio.

Carlos se acercó a los restos humanos y recogió seis cuentas de collar pequeñas, cuatro hechas con hueso de tortuga y dos con dientes de tiburón. Tomó entre sus dedos la espátula vómica, y comprobó que era realmente un elemento votivo, una ofrenda, puesto que su tamaño no era del de las utilizadas en aquellos tiempos por los caciques o jefes tribales para inducir el vó-

---

121 *Guacanagarix*: A la llegada de los españoles a Santo Domingo, la isla estaba dividida en cinco cacicazgos, cada uno con su respectivo gobernador: Guacanagarix gobernaba en el cacicazgo de Marién, Guarionex en el de Maguá, Canoabo en Maguana, Behechío en Jaragua, y Cayacoa en Higüey. Se ha señalado que Guacanagarix acogió cortésmente a Co-

mito introduciéndolas en su garganta. La crónica revelaba que el vómito entre los caciques era un símbolo de limpieza, de profunda reverencia a los dioses. El ritual, llamado de «la cohoba», se completaba con la inhalación de polvos alucinógenos y la predicción de bienes y males al través del cacique o del jefe religioso. La pequeña espátula, ¿era, pues, un símbolo? Una espátula pequeña para un niño con destino grande. Pero a mí se me ocurría una interrogante. Si el niño era un aspirante o estaba destinado al shamanismo, ¿por qué no podía tener una espátula normal, destinada en sus años tempranos a la práctica del acto vomitivo? Dentro de este contexto un niño shamán o un niño cacique pudieran haber existido. Ni se puede afirmar ni se puede negar con certidumbre.

Sin embargo la espátula encontrada junto al infante de Pandora tenía un tamaño normal, mientras que ésta del E-12 parecía un juguete, una copia diminuta de la otra. ¿Era acaso simbólica?

Eduardo, aún sin salir de su asombro, propuso que discutiésemos lo de Damián luego, porque ahora analizaría un poco el material óseo. Para él era fácil ver que allí, en el E-12 de Juandolio, había dos personas: una mujer joven, de edad oscilante entre los quince y los diecisiete años, y un niño de un año aproximadamente. No era tan «neonato». Aunque en principio no existía una vasija, como en el caso de Pandora, sí existían una ocarina y una espátula vómica que revestían gran importancia. Pero pensé, llevado por el hallazgo de Pandora, que debió haber existido en el E-12 una vasija. La idea de un enterramiento ritual con características similares al entierro de El Soco debería alargar la línea cultural de un proceso que en principio parecía simplemente local. Nunca hubiera pensado que este modelo se repetiría casi ante mis ojos en el siglo XX, y más allá de las mismas excavaciones. Otro hecho de notable interés era el de la decoración similar entre la vasija de El Soco y los objetos del E-12 de Juandolio. El cuadro se completaba con un hecho inexplicable: el de un niño lisiado que oía músicas lejanas, voces de princesas, que silbaba en sueños, por lo que le apodaban «el pitador», y que era capaz de hacer sonar, como en su época, un instrumento milenario jamás visto por él.

En este momento me pareció que la realidad era Damián, y que la arqueología era algo así como una fantasía. Un complemento. Damián era una especie de Casandra que escuchaba gritos, pronosticaba lluvias, y entendía el corazón de una música olvidada en el fondo de viejas ocarinas. Feltrudis decía que Damián podía conversar con Dulcinda y que la puerca era buena consejera, pero igualmente señalaba que un día aparecería, se llevaría la pierna para que Jalaquén muriera inseguro y confundido, sin esperanzas de completar con la muerte misma su anatomía fragmentada. Cosme, el hermano, según Feltrudis, era un ángel guardián que cuidaba de los poderes de su compañero. Varias veces le salvó la vida entre los cuatro y los seis años, cuando Damián, sonámbulo, se levantaba y se iba a la orilla del río Soco metiéndose en las aguas, en el lodo movedizo, o colocándose a veces en la parte alta del cementerio ahora en estudio, desde donde, durmiendo, miraba hacia el mar sin más, y pudo caerse y hasta morir en varias ocasiones si Cosme no lo hubiera rescatado. Las primeras evidencias de «poderes» en Damián se manifestaron cuando tenía sólo cuatro años y medio, edad que tiene ahora mi nieto Augusto Adrián. La única vez que Cosme no pudo rescatar a alguien, según supe luego, fue aquella en la que trató de salvar a su abuelo mucho tiempo luego del término de nuestras investigaciones.

Creí que todas aquellas fantasmagorías, si así pueden llamarse, iban a la par con nuestra ya fantástica arqueología. Terminé pensando en nuestras tantas teorías sociales y hasta me incomodé cuando Carlos en tono de burla me dijo: «profesor, confirmando lo que luego será conocido como el marxismo fantástico». Asimilé el golpe. Era una alusión directa a lo que en la literatura de esos días comenzaba a llamarse «realismo fantástico», que dio pie a lo que los editores, sabedores del comercio librero, llamaran «boom literario». «O el marxismo mágico», pensé para mí. Entonces maduré la idea de seguir un paralelismo entre lo que el trabajo de campo aportaba y lo que Damián, con su voz tartamudeante, decía conocer y a veces sugería.

Nuestra amistad se hizo estrecha en muy poco tiempo. De manera chusca y a la vez maliciosa, lo nombramos «arqueólogo musical honorario». Me hice la idea de que necesitaba de aquel gemelo aparentemente torpe. Si yo buscaba la verdad de gentes perdidas entre cenizas y pasado, y si esa verdad podía enriquecerse con la imaginación de un niño, me interesaba notablemente la misma. Amo la inocencia, y me parece ahora una especie de canal al través del cual pueden expresarse todas las divinidades. Dueño de un mundo intangible, para mí cierto aunque los demás lo negaran, Damián era un guía de lo extraño e inmaterial, de lo incontaminado. Cuando le entregué su camiseta y su gorra de arqueólogo corrió como si no estuviese tan enfermo, trajo hasta nosotros a Romilia, quien dijo que Jalaquén nos invitaba a un sancocho de pescado en el que, claro está, no habría carne de tiburón. Aquí, en El Soco, como en el oriente de Venezuela, el viejo sancocho canario se había convertido en sancocho[122] marinero, con pescado de cinco tipos en vez de mamíferos tasajeados. Aceptamos y el bautizo laboral de Damián obligó, por compensación, a que nombráramos a Cosme «guardián arqueológico asociado», un título inventado por Margot para resolver desequilibrios y celos. Luego le daríamos un título complementario, porque su tristeza y sus celos congénitos así lo requirieron.

Frente a aquel mundo floreciente con raíces en la leyenda, sentí que inventaba un ambiente, y que me adaptaba al misterio. Entonces percibí que mi vieja vocación de narrador corría pareja con la de arqueólogo. Sabía que podría compaginar la realidad física con la realidad imaginaria. Así, por el día anoté en mi diario, ordené análisis que la presencia de Damián sugería;

---

122  *Sancocho*: Es un sopón o caldo guisado que contiene ñame, yuca, carne, y otros ingredientes (DCFD).

por la noche dejé que la imaginación de Damián completara la historia, hiciera mundos de nuevo cuño. Si creía o no en ellos me era indiferente. Simplemente me dejaba arrastrar por una «realidad» nueva. A partir de ese momento comprendí mejor lo que había sucedido en El Soco, y lo que aconteciera luego en la ciudad de Santo Domingo, mucho después de terminadas las actividades científicas y casi cuando ya me retiraba de la arqueología. Entendí igualmente la creciente atracción que se notaba en Carlos y Margot. Me imaginé el porqué de sus escapadas nocturnas que todos notábamos y callábamos. Supe, sin saberlo, por qué ahora me exigías, en complot con Nora, relatar las experiencias. Nunca dudé de que leías mis notas y diarios paralelos, nunca.

La radio F.M. a esas horas de cada mañana dedicaba parte de su programación a las melodías más populares de Mozart. Un concierto para flauta inauguraba la salida del sol con gorjeos de ruiseñor. La emisora transmitía música barroca todo el día. Era mi radioemisora favorita, está claro. Vivaldi, Clementi, Pergolesi. Margot había ido hasta el borde del barranco con su cepillo de dientes y todos los adminículos que las mujeres usan para comenzar el día. Era bella, joven, galante y nunca dejó de maquillarse. Le decíamos «la reina», y era, generalmente, de una inteligencia resplandeciente. Teníamos, dije en tono de chanza, reina y princesa. Fumaba y estudiaba. Su rostro ovalado, muy parecido al mío, hacía que la confundiesen con mi propia familia, con mis hijos mayores. En verdad Margot podía por su edad, dieciocho años, ser una hija mayor.

Cuando retornó de sus quehaceres femeninos le dije en tono de broma que dónde sería la fiesta. Rió complacidamente. Me pidió, sin embargo, que discutiéramos de nuevo el asunto Pandora.

Entre los papeles del arqueólogo Boyrie había una nota sobre una posible vasija, la E-112, ahora en el nuevo museo, que podría corresponder también al enterramiento de Juandolio. Margot había localizado el negativo el primer día de nuestra investigación en Santo Domingo, cuando habíamos encontrado el enterramiento E-12 en los depósitos. Mis presentimientos se agolparon. Viajó urgentemente a la capital. Le reclamé que debió haber olfateado el asunto, pero no tenía tanta experiencia, aunque su intuición era excepcional. En verdad no hizo la posible relación entre E-12 y E-112. Volvió al día siguiente con la información de que no había datos sobre una excavación Juandolio E-112. Por lo tanto la vasija era posiblemente perteneciente al paquete E-12. Muy posiblemente era la que completaba las ofrendas y acercaba el tipo de enterramiento de Pandora al del E-12. Debería de estar en los depósitos, pero mientras tanto el negativo no era del todo claro porque había tomado ese tinte sepia de los negativos viejos y maltratados por una rápida inmersión de ácido revelador, fijador débil y lavado muy rápido. Sin embargo era posible destacar, a primera vista, una vasija globular decorada posiblemente con líneas parecidas a ramillas de una palmácea similar a la del entierro de Pandora. Posiblemente el paquete E-12 había sido separado en dos partes, la una con los restos humanos y la ocarina, y la otra sólo con la vasija, la que debió de ser colocada en otro lugar para ser estudiada sin que ello llegara a producirse. Si era así, entonces los dos enterramientos eran casi idénticos.

A esa hora de la mañana el sol de El Soco es ya fuerte. Los moscos se alejan y aparecen las mariposas, que en los meses de abril y mayo son increíblemente numerosas. Las llamadas «saltarinas del mangle», tan diminutas como un botón de alhelí, y tan coloridas como joyas de algún collar, revolotean nerviosas mientras que los asnos y perros comienzan a rebuznar y ladrar, matando el canto —«el cantío»— de los gallos, que generalmente no pertenecen a la crianza cotidiana común a las economías hogareñas, sino más bien a trabas, o sitios que son criaderos para la reproducción de animales de pelea. La gallera es un deporte fundamental entre los habitantes de El Soco. El este es un universo de galleras que se expanden de campo en campo formando un sistema planetario y lúdico.

Todavía las cercanías de San Pedro de Macorís tienen galleras satélites de lugares internacionales de pelea donde se enfrentan las trabas de Puerto Rico y Miami. Gallos cubanos que llegan de contrabando, porque en Cuba se prohíbe su salida, son líderes emplumados en la brega sangrienta. Los jugadores llegan ahora al puerto de La Romana en yates de lujo, pero el gallo en aquellos años de 1973 se había ido transformando en un animal de consumo deportivo, cuyas espuelas eran vendidas en una buena cantidad de dólares. Desde el siglo XVI al XX, los gallos formaron parte de la historia nacional, y marcaron el escudo de los partidos políticos.

En El Soco se jugaba en un redondel propiedad de Samuel, quien usaba los gallos perdedores para ofrecerlos luego a los dioses haitianos y dominicanos en los rituales de vudú en los que el ave, símbolo de la fuerza y de la sangre, era descabezada en medio de las ceremonias del batey.

Mozart me sedaba. La suavidad de sus notas, esa precisa nitidez del canto de la flauta me recordaba los años de la infancia, cuando Nora, mi esposa, entonces mi novia, estudiaba flauta bajo los efluvios pedagógicos del profesor Rocheblav, traído como refuerzo para mejoría de la Orquesta Sinfónica Nacional. Rocheblav, flautista, y François Bauhaud, violoncelo, también fueron maestros de francés en sus tiempos libres. Con ellos dimos nuestros primeros pasos en esa nueva lengua, y alcanzamos a leer algunos trozos de Molière, Voltaire y Balzac.

Volviendo el rostro hacia la casa de madera y yaguas de Jean, vi a Damián asomado. Le insté a que se acercara. Tomó asiento en un banco de arqueólogo, pequeño catre de lona, y durante más de media hora escuchó con enorme interés la música. Terminó de escucharla y sin decir palabra retornó a su casa. Le vi cerrar la puerta y no sé por qué sentí una especie de emoción ingenua teñida de cariño por aquel pequeño inválido que entraba en nuestras vidas montado en una ola de misterio y melodía. Podía cerrar los ojos y ubicarme en el barrio de Villa Francisca, en la escuela de música elemental fundada en la avenida José Trujillo Valdez, y dirigida por la pianista Elila Mena. Tenía que pensar igualmente en Papito Rivera, mi amigo mucho mayor que yo, quien antes de toda arqueología, con sus conocimientos folklóricos y su dominio de la leyenda me rellenó la cabeza de historias extrañas que me hicieron creer, desde niño, en mundos que parecían mágicos y que ahora se me presentaban como reales en un trabajo que debería ser científico, pero que corría hacia la total confrontación con aquellos universos que amparados por la superstición guardaba, aprisionaba, atesoraba en calidad de leyendas. No sé por qué de un momento a otro me imaginé que Nora y Pandora podrían ser una misma persona. Quizás predominaba en mí el efecto trágico de aquel parto inicial que nos marcó y nos dejó sin un primer hijo durante años, hasta que nos decidimos a vencer el miedo. Sin dudas volvía a permitir que la poesía y la vida privada intervinieran en mis pequeños asuntos arqueológicos.

Llamé a los jóvenes ayudantes, y revisamos con lupa y luz de contraste el negativo. A Eduardo le pareció que la vasija del posible E-12 era similar a la localizada junto a Pandora con el «neonato» dentro. José tenía la impresión de haber visto una igual en los almacenes del museo. Comenzábamos a suponer que el estilo de enterramiento correspondía a un ritual en el que una mujer joven era sepultada como ofrenda a un infante muy tierno. Podrían entonces no ser madre e hijo. La decoración podría ser un índice de un ritual que en el fondo se separaba de las vertientes conocidas para el tipo de sepultura llamado *Athebeanenequen*. Pero igualmente la decoración revelaba que se trataba de personajes de un mismo clan, de grupos tribales del mismo orden. En los sistemas de producción de yuca en las selvas de los ríos Orinoco y Amazonas, los agricultores quemaban el terreno para sembrar sobre las cenizas, y cuando la ceniza producto de la quema perdía su capacidad de abonar los frutos, se marchaban hacia otro lugar haciendo lo mismo en un periplo que podría durar diez, doce años lo más, en el que la población se dividía, porque había crecido, y repetía la quema, sólo que esta vez en lugar de un grupo, eran dos los que separados conformaban la nueva ocupación de tierras diferentes. La sociedad segmentada permanentemente de esa manera, se identificaba por la permanencia de sus creencias y de los motivos decorativos de todo su ajuar, incluyendo las vasijas y los objetos de madera. El antropólogo francés Emmanuel Terray las llamó «sociedades segmentarias y de linaje». Juandolio y El Soco tenían, debido a esto, rasgos comunes que se comprobaban aún con las improntas de la muerte y los modelos de enfrentarla.

Viajar con un fichero en el cual se asienten los datos etnológicos de los grupos cuyos orígenes se conocen es fundamental. Margot fue al fichero asegurado en una caja de metal, lo abrió, y buscó las fichas en las que las citas de fray Bartolomé de las Casas abundan. El cacique podía ser enterrado con muchas de sus esposas, las mismas eran drogadas antes de ser enterradas; ellas por tanto eran parte de la ofrenda al poderoso. El cacique Behechío, de Maguana[123], fue enterrado ante los mismos conquistadores con varias de sus esposas vivas, y algunas sobrevivieron cuando un sacerdote español pudo salvar una parte.

Fray Bartolomé de las Casas se ordenó sacerdote en la ciudad de La Vega Real, una de las primeras villas españolas fundadas en América. La historia de Pandora no se hubiera podido construir sin algunos datos precisos del cura. Puedo decir que desde ese momento las informaciones de Las Casas, comprobadas por nuestro colega biólogo Rafael Solares, fueron una fuente reveladora del misterio que rodeara a Pandora, digo la Pandora de El Soco y no la identificada como tal años después y gracias a las necesidades del doctor Douglas. En esa línea el aporte del doctor Rafael Solares fue igualmente fundamental, porque nos hizo ver que aquello que parecía un misterio podía entenderse fácilmente. Yo tenía la ficha de Las Casas acerca de la planta llamada guáyiga, y sólo comencé a notar su importancia a partir de las sugerencias de Solares; lo que nunca tuve –y fue un aporte fundamental de Solares– fueron las pruebas realizadas por él y suministradas luego, que hicieron posible que comprendiéramos por qué una persona como Pandora o la propia inquilina del E-12 tuvieron ese tratamiento tan especial.

Vivaldi en la F. M. ahora tenía sonido de ocarina. Notas barrocamente lentas, como navegando en un aceite de oliva suave, resbalaban sobre la mesa de trabajo. Percibí el olor a vino castellano que durante mis años de estudiante saboreaba en las tascas madrileñas, porque conjuntamente con éste venían esas aceitunas sevillanas grandes, de hueso duro y sabor a aceite que tanto me gustaban. Ah, el Valdepeñas de la tasca llamada Catedral. Vuelvo a Madrid con frecuencia y rememoro al dueño, granadino, y veo debajo del edificio de veinte pisos de la calle Azcona el plantel en donde tantas veces nos reunimos los estudiantes a hablar de historia y literatura.

Carlos y José opinaban que una ampliación fotográfica de 11 por 14 pulgadas podría ser realizada en pocos minutos. No era, por tanto, necesario volver al museo y rebuscar en los almacenes. El propio José armó la pequeña tienda de campaña negra, y como en otros casos, de la batería del jeep instalamos la ampliadora para 13.5 voltios, portátil, donada por una de las orga

---

123    Véase la nota 121 para información histórico-política sobre el lugar.

nizaciones internacionales al museo. En una hora tuvimos una foto espléndida, clara, precisa, de la vasija. El negativo, bien tratado por el efecto de la luz, revelaba, gracias a la escala que Boyrie había colocado junto a la vasija, que la misma era casi del tamaño que la que acompañaba a Pandora.

Nuestras dudas estaban casi satisfechas. Muy posiblemente los huesitos infantiles y dispersos ligados en el E-12 de Juandolio habían estado antes en esa vasija, y las seis cuentas fueron parte de un collar, elemento que debió de decorar al niño en el momento en que bajó a su nicho final.

Mientras tanto, las excavaciones habían arrojado otros resultados sorprendentes hasta cierto punto, puesto que habíamos podido ubicar en el borde norte del farallón, y orientados hacia las aguas salobres del río Soco, una zona de huecos sobre la base del terreno que revelaban grandes casas comunales. Huecos rellenos de trozos de troncos ya casi deshechos, pero conservados por las características calcáreas del manto calizo. Los diámetros oscilaban entre los 10 y 25 centímetros. Un plano de los huecos demostraba que se trataba de grandes columnas de leño, ubicadas como soportes de techos posiblemente ligeros. Había parte del poblado construido al borde del barranco, y las aguas circulaban alrededor del mismo produciendo una zona de «patio» sobre el cual se arrojaban las basuras, que rellenando una parte del manglar se convirtieron en pisos escalonados debajo de los cuales fueron enterrados los habitantes de la aldea.

Así pues ya era posible prever con la claridad que el poco uso de burenes, o budares —platos de cerámica para cocer tortas de yuca o casabe—, podría ser un índice de que el cultivo de este tipo de tubérculo no era común, o pronto dejó de serlo.

Algo que nos permitía afirmar que estábamos frente a grupos agricultores con otra visión del mundo que la de sus predecesores fue el análisis de polen. Las muestras ya analizadas que nos remitía el museo habían sido transformadas rápidamente en informaciones concretas. En los pisos de vivienda recogimos suficientes residuos con la finalidad de aislar los granos microscópicos de polen. Comprendimos que entre los pocos cultivos presentes en la muestra había algunos que necesitan de la mano del hombre, como son la papaya o lechosa, varios tipos de calabaza, ajíes, maíz, amarantos, y un tipo de leguminosa, una especie de fríjol, así como tunas e hicacos. Los demás eran árboles frutales comunes a las orillas de los ríos de la zona este de la isla, como serían el llamado caimito y el anón, completados con la guanábana, la guayaba y el mamey. Sin embargo, entre los que podrían considerarse como restos de flora sin un verdadero uso económico estaba el polen de guáyiga, arbusto con forma de palmerilla cuyos bulbos o raíces se consideraban tóxicos para el ganado actual de la región. La guáyiga había sido localizada por nosotros ya en el 2000 antes de Cristo quemada entre las cenizas del lugar llamado Cueva de Berna, pero sabíamos igualmente que sus hojas eran venenosas, y su raíz producía efectos mortales en algunos animales de sangre caliente, como las reses.

Margot me recordó que el biólogo Rafael Solares, de la universidad, había hecho algunos estudios sobre este tipo de planta. Fue entonces cuando nos dispusimos a telefonearle desde San Pedro, la ciudad más cercana a El Soco.

Por otra parte las fechas de carbono 14, obtenidas en nuestro laboratorio del museo, arrojaban un balance de 950 a 1000 de nuestra era para el entierro de Pandora y el infante. Esto nos permitía suponer que estos grupos iniciales de la aldea arribaron allí por lo menos antes del 950. Tal afirmación, además, permitía ubicarlos como restos o parte de grupos de agricultores arawaks que posiblemente practicaron un nuevo proceso de adaptación. Estábamos, pues, frente a un pueblo «taíno» inicial, cuyas características variaban en el llamado patrón de asentamiento, pero cuyos desarrollos rituales eran impresionantes.

Mozart sustituía a Vivaldi. Continuaba suavemente. Se confundía su sonido con el de los llamados ruiseñores, alondras que viven en las cercanías de El Soco y que cantan desde que asoma el primer rayo de luz mañanero. Los ruiseñores, pensé, son como ocarinas con alas.

Durante parte del día reiniciamos el trabajo de excavación de los bordes del barranco. Allí, como en un corte hecho sobre un pastel de varios sabores, se veían ahora claramente los pisos de viviendas, todos organizados de manera tal que podíamos saber cuáles eran los restos más antiguos y cuáles los más recientes. En el fondo de los pisos estarían las primeras cerámicas y las primeras decoraciones. Los primeros tipos de artefactos, amuletos y formas artísticas. El control de la estratigrafía de abajo hacia arriba nos permitía, entonces, comprender cómo había cambiado la concepción artística y ergológica del lugar, cómo instrumentos tales como las hachas de mano (inicialmente usadas para desbrozar terrenos y sembrar) se habían convertido en grandes hachas, con la forma amigdaloide, posiblemente utilizables en la ruptura y corte de árboles para la construcción de canoas, remos y madera para las viviendas y vasijas de este material. Los huesos de peces de alta mar eran bien precisos en demostrar que existió hacia los períodos medios de la ocupación un incremento de la navegación. Dentro de toda esta información que nos permitía ir reconstruyendo lentamente el proceso vital de El Soco, la imagen de Pandora giraba dentro de mis sentidos. Llamé esa noche a Eduardo a la tienda, y le propuse que hiciéramos una reconstrucción ideal del personaje.

Eduardo, aquí tengo que salirme un poco de la narración y preguntarte con el envío de las notas cómo te ves en tercera persona. No es egoísmo lo que me lleva a narrarte, a hacerte un personaje que manejo a mi modo sin que intervengas. Me podrías dar alguna que otra información nueva, pero una vez he arrancado con estas maneras de narrarte quiero que te aprecies en mi perspectiva. Te nombro personaje.

Entrada ya casi la madrugada, la luna de El Soco golpeó con un resplandor casi divino los cúmulos de tierra todavía húmeda improvisando formas fantasmales. Habíamos sacado a la luz cuarenta y seis enterramientos, pero el de Pandora seguía siendo una especie de modelo cuya explicación era inalcanzable. Eduardo había limpiado primorosamente los huesos hasta dejarlos blancos, de un blanco saturado de «palideces marfilinas» y de un color crema producto del tiempo acumulado en la cubierta ósea. Ese tiempo a veces sensible y desconocido que los científicos llaman, injustamente, «pátina». Un tiempo acurrucado entre las pequeñas costillas, adosado al esternón casi de ave que intentara volar, un tiempo consolidado como una cáscara sobre una osamenta tan atractiva como rutilante. El codo en ángulo, levantado en el aire como quien levanta el brazo para enjabonarse el sobaco, no, no el sobaco, la axila, porque axila es una palabra menos vulgar. Con el brazo vertical y en arco quebrado por la unión en el codo mismo, la postura de Pandora era una obra de arte. Su pose era deliciosamente fotográfica. Digna de Leonardo si los esqueletos, y no las anatomías de los músculos, hubiesen sido su pasión. Se diría que había pedido permiso para presentarse de tal modo. La muerte armada de coqueterías. Si hubiésemos colocado un espejo de esos de cuerpo entero frente a ella, hubiera sido notorio el temperamento presumido de Pandora, porque su estampa femenina galopaba en la noche con certidumbre de estrella milenaria. Por aquellos días comenzaron a reproducirse y a navegar en su aire dulce las luciérnagas de la caña de azúcar, los cocuyos. Cruzaban el cañaveral lejano como aerolitos autónomos, como diminutas estrellas quemándose entre el filo del cañamelar. Candiles silvestres. Teníamos que espantar de vez en cuando los Noctilius que rozaban el hueso y se colgaban de los rincones del pozo de la excavación. Pandora tenía una dentadura egregia, completa, brillante, de una candidez pasmosa, pasmosa. Era una sonrisa total sin labios, era un poema. Surrealista y moderna, me recordaba algunos versos de Eluard y de Prévert.

Podíamos cubrir con la imaginación esa dentadura y llevarla al grado de sonrisa, tal vez al grado de risa completa, pero no de carcajada, todo era cuestión de activar amorosamente la imaginación. Eduardo había colocado sobre lo que pudo haber sido el conjunto de sus partes pudendas un paño blanco, una nagua como las que usan los indios guaraúnos de la desembocadura del Orinoco y algunos yanomami de la selva amazónica actual. Yo mismo iba haciéndome dueño de una imagen pundonorosa, reconstruía sus senos y sus vellos, y aún más, creía ver a Pandora nadando en la charca en donde se dice, en voz de campesinos y obreros, que se ahogara Dulcinda tratando de escapar cuando huyó cierto día con la pierna de Siño Jalaquén y se lanzó a las aguas iniciando así el descalabro del negocio de Nathaniel, quien un día desapareció sin avisar dando paso al derrumbe de la leyenda.

Pandora a la luz de la luna brillaba. Cierto que nunca le dimos a los demás esqueletos el trato que merecían. Ni siquiera decidimos armar a la sacrificada del E-12. Me opuse cuando Eduardo me lo propuso. Pandora o ninguna, le dije. No aceptaba competencia. Hoy eso podría llevar a la risa, pero ayer, dentro de la magia de El Soco, Pandora, desde antes de aparecer, ya había sido proclamada princesa por Damián, por Feltrudis, por Samuel, el papá bocó haitiano, y por los habitantes del poblado, que lloraron a raudales el día de su traslado a otro lugar. Esa noche gozamos del espectáculo en conjunto, como lo habíamos previsto. Quedamos en volver a la noche siguiente, porque habría una luna llena enorme. La malicia nos llena de avaricia y de egoísmos. Ninguno le recordó al otro el acuerdo. El momento resultó angustioso, porque dudamos. Nos fuimos cada uno por nuestra cuenta, tratando de quedarnos solos con Pandora. No queríamos ser testigos el uno del otro frente a los efectos luminosos del hallazgo. Tal vez pensaba que Eduardo la gozaría como una obra de arte de la naturaleza, como un festín marfilino nadando en el brillo de la noche, pero yo la gozaría como un admirador de sus formas casi restaurables de su cuerpo armado en la carne de lo imaginario.

Y esta vez solo, mirando hacia el barranco, en la zona en donde aún reposaba con su brazo tras la espalda me pareció ver una sombra. Pensé en los habilidosos saqueadores de tumbas, y con paso rápido casi corrí hacia el lugar, en donde pude ver la silueta de Eduardo, en cuclillas, gozando del espectáculo angelical de un esqueleto de mujer muerta hacía mil años, y resucitada ahora en nuestro afán de reconquistar su historia, o más bien, la historia de la cual ella formaba parte. Había llegado primero que yo. Sentí unos celos enormes. Me dije para mis adentros: «me traicionas, Eduardo, quedamos en venir juntos». Luego recapacité, sorprendido de mí mismo. Él también me hubiera criticado mi llegada casi a escondidas. Proyectaba decirle al alumno unas palabras de reclamo más o menos similares a las que reconstruyo, «no me avisaste, no me lo recordaste, te hiciste el bobo para venir solo», pero me las guardé temerosamente no fuera a ser que apreciara en Pandora un material para celos por aquellos espacios maravillosos admirados por mí. Antes de cualquier reclamo me animé a señalar cuanto para mí representaba la indita de El Soco.

## Diario de campo. Apostillas

«El cráneo, golpeado por esa luz de la luna, nos muestra el frontal bello y artificialmente deforme, uno de los signos máximos de su belleza, producto de la "belleza" inducida común a los grupos arawaks y a otras sociedades selváticas. La pequeña pelvis aún emerge hacia la búsqueda de un sexo disuelto en la luz lunar. Bien conservada, bañada de un aparente sudor de plenilunio, la sombra de Pandora me sugiere un poco el rostro de una bella durmiente. Pensar en los cuentos de Andersen, en los de Grimm, en la numerosa hueste de sombras que pueblan el país de Alicia, es nada comparado con el gesto preclaro y simple de esta figura agreste y suave acostada sobre su cama de piedra.»

Eduardo, volviendo el rostro, se alzó y me dijo:
—¿Es bella, no?
—Sí –respondí.
—¿Sabes una cosa, profesor?... Pandora era virgen. El neonato no era su hijo.

La afirmación me estremeció. Había concebido la idea de que Pandora era algo así como una de las tantas madres jóvenes comunes en las tribus amazónicas, de las cuales ésta, sin dudas, era un remedo cultural. Aparte venía el estremecimiento de una angustia profunda. Si era una virgen había sido colocada en el lugar por encima de sus propias relaciones con el neonato. El argumento iba y venía, engañoso, y sentía que estaba penetrando en la vida privada de una mujer, un niño, un pueblo, que nada tenían que ver conmigo, con mi mundo moderno, quizás ofendiendo la biografía de seres a los que nunca pude haber saludado personalmente, o besar o sentir, atravesando lejanías que sólo la imaginación concibe. De arqueólogos nos íbamos convirtiendo en personas que violaban las intimidades de un mundo que no nos pertenecía. Por lo menos yo tenía esa sensación de culpa, porque no era lo mismo completar hechos colectivos que ir de cabeza hacia vidas privadas como las de Pandora y la E-12.

Con su pincel de pelo de camello Eduardo limpió lentamente una zona brillante del iliaco que mostraba la típica formación común a las mujeres que no han parido nunca. No existían síntomas de la marca ósea común en quienes han llevado dentro una criatura por un número largo de meses. Los músculos, al aferrarse cada vez más al hueso que soporta la carga interior del niño, marcan la zona y dejan huellas que el antropólogo experto puede identificar. Eduardo tenía razones para sustentar su afirmación. No había parido, el niño no era suyo, eso era definitivo.

Entonces me dio la impresión de que el pincel al chocar con el hueso iliaco despedía lucecillas, como si el polvo de la excavación depositado en alguna parte del cuerpo de Pandora se transformase en oro fluido que volara al solo golpe suave de las cerdas. Me sentía navegar en una especie de ilusión óptica. Quedé paralizado porque sabía que mi imaginación iba lejos, muy lejos.

—¿Cómo te imaginas que fuera? –le pregunté al amigo.

—Pequeña, no más de un metro cincuenta de estatura. Unas noventa y cinco a cien libras; grácil, cara redonda. La dentadura es perfecta, lo que podría darnos una sonrisa hermosa… Pestañas negras, ojos profundamente marrones, pelo suave, trenzado hasta el borde superior de la cintura, manos pequeñas, suaves como la seda, cejas gruesas, labios carnosamente limpios, orejas pequeñas, y en ellas colgantes de dientes de tiburón. En sus mejillas, círculos concéntricos blancos y rojos producidos con los sellos de barro que se usan para estas ocasiones de muerte y paso al otro mundo.

Como inspirado por las palabras de Eduardo fui yo quien continuó la descripción, esta vez dejándome arrastrar por la poesía.

—Excúsame, voy a variar un poco tu apreciación: pelo negro, lacio, en el cual esta luna se reflejó numerosas veces, gastando lentejuelas sobre la frente amplia. Pies pequeños, y vientre suave, como de algodón, como de espuma marina. Si la ves caminar, Eduardo, notarás que inicia sus pasos con el pie izquierdo –posiblemente es zurda– o lo hace así por mandato divino. Va desnuda, va cantando, puesto que no sabemos si ha tenido amantes, y es lo común según las crónicas; va desnuda, va cantando, lleva en su mano una ocarina que a veces toca y que repite musicalmente lo que ha cantado; ese cántaro que lleva en el hombro derecho y en el cual porta el *masato* o bebida de yuca fermentada, es el mismo que la acompaña ahora con un niño dentro; en torno a ella danzan otras mujeres, danzan y cantan con grandes pulseras de concha, mientras los pequeñuelos, los recién nacidos, esperan que su mano se pose sobre sus frentes… Ahora debería hablar, pero toma en sus manos nuevamente la ocarina y silba, no es Mozart ni Pergolesi, ni Clementi, ni Vivaldi; ni siquiera Damián, nada barroco, diría, es una música en la que el ruiseñor (la alondra de El Soco) se apoya para ser feliz. Los Noctilius la rodean, giran en torno a ella y danzan en el aire; un viento azul y verde penetra el manglar y cubre las casas de planta redonda de las cuales salen los habitantes con sus perros, sus pericos y cotorras parlanchines, sus vasijas llenas de masato embriagador, y entran en el medio del poblado generando un baile en el cual Pandora, y la E-12 en su ámbito de Juandolio, son las figuras que narra la historia repetida por el viejo shamán. Son la parte central de una fiesta, de un areíto, de una memoria sonora que camina de bosque en bosque, de silencio en silencio.

El silencio se acurrucó entre mis palabras y Eduardo me miró como quien se fatiga.

—Muy bellas tus frases, profesor. Podría decirte que te has enamorado.

—Las tuyas biológicas, las mías un poco poéticas. Porque todo tiene un marco de poesía, aun la piedra que según el poeta Rubén Darío es dura y por eso no siente. ¿Tiene una historia, no?...

—Damián la ha visto y ha dicho: ésa es la princesa.

¡Damián! Me había olvidado de él. Hacía apenas dos días que habíamos vuelto a conversar. Comprendía ahora que no hacía otra cosa que repetir las palabras tartamudeantes de Damián, quien me decía que Pandora era la princesa, que él podía verla en sueños con muchas gentes alrededor. Según Damián las gentes se sentaban en derredor de una gran fogata y todos comían de un mismo plato. Pero el gemelo veía también en sus sueños tortas de casabe y prisioneros, gentes con golpes en la cabeza y niños llorones con la barriga grande.

Para nosotros las imágenes de Damián eran imágenes de infancia transportadas al presente arqueológico. Escuchando nuestras conversaciones, hablando con los obreros, haciendo caso de las tantas leyendas, el niño había quizás desarrollado una especie de imagen de cuanto veía, y no era extraño que inventase, entonces, sueños y escenas de un mundo que él no pudo haber conocido.

Sin embargo la reconstrucción poética de Pandora hecha por mí se hacía a partir de los tartamudeos de Damián. A partir de sus palabras casi aguardentosas, casi borrachas; a partir de una voz que oscilaba entre la idiotez y la inteligencia brillante.

Eduardo me hizo notar que Pandora había sido enterrada al comienzo mismo de la ocupación. Estratigráficamente el entierro ocupaba la parte más temprana del sitio.

En ese momento de luna brillante y de sombras plateadas me pareció escuchar el sonido de una flauta lejana, el sonido de una ocarina, sonido más torpe que el de Mozart, sonido más triste que el del viento en las ramazones del palmar. Miramos hacia La Conquistada y vimos salir los Noctilius y los vimos regresar, y creímos que sus chillidos tenían algo melódico, sensación absurda porque un murciélago chilla sólo para orientarse y no para contribuir a la musicalidad del universo.

—¿Oyes algo, Eduardo?

—No, profesor.

—Creo que estoy dando demasiado riendas a mi imaginación.

Ahora, con los ojos cerrados y acostado con las espaldas contra la tierra, podía imaginarme un cielo cuyos luceros habían sido opacados por la luz intensa de la luna. Pensé en el cielo de la sierra de Neiba, lo llevaba en el corazón y podía reproducirlo al cerrar los ojos, para imaginar que el cielo que ahora me arropaba era igual. Entonces mi corazón latía con premura. ¿Estaba enamorado?

—¿Por qué no llamamos Selene a la del E-12 de Juandolio?

—Selene, me gusta –apunté.

Selene la llamamos oficialmente, porque ya antes, Eduardo había dispersado su nombre entre los integrantes del proyecto, y así se llamaba desde antes de la propuesta.

—Ya la habías bautizado sin mi permiso. Todos la llaman de ese modo. Tú mismo lo has hecho delante de mí.

—Lo había olvidado.

Se nos quedó dentro el nuevo nombre. Se consolidó aquel nombre. Comenzábamos a bautizar un ámbito del pasado como si se tratase de un nacimiento. Aunque suponíamos que los nombres arawaks podrían ser bien distintos, y aunque pudiésemos conocer algunos, como serían Anacaona, Mencía, Higüemota[124], bellos nombres al fin, seleccionábamos un nombre con el color de la luna, venido en vuelo sobre los estratos culturales de nuestra mente, acostumbrada a mezclar la leyenda griega o romana con la biografía de un pasado posterior, como era el siglo X de nuestra era.

Mientras pensaba de este modo, podía imaginar, lo mismo, el paralelo juego de un mundo que se desarrollaba simultáneamente en la Europa medieval, con caballeros y tizonas, con ejércitos que apoyaban un cristianismo bélico, con castillos y condes y duques, con palabras góticas y latinas en la puerta de grandes agujas de piedra llamadas catedrales, o basílicas, o torreones.

Mientras Pandora era enterrada en las cercanías de un manglar ubicado en una pequeña isla poblada por hombres casi desnudos, iguanas, caimanes y rodeada de cangrejos, murciélagos pescadores y moscas negras de alas rojas, la idea de unos dioses con escafandras santificadas para conquistar santos sepulcros germinaba en los predios de otros lugares de los cuales Pandora jamás tendría noticias. El siglo X no era el mismo en El Soco que en la Germania, o en la Constantinopla bizantina.

Eduardo y yo volvimos a la tienda entrada la madrugada. Habíamos gozado de un hermoso banquete de luz y de imaginación. Me dijo de repente: «así como existen los osarios, existen igualmente los fantasmarios. Los osarios están fuera de nosotros, los fantasmarios dentro». Habíamos descubierto que sobre las palabras de Damián podríamos intuir la historia, cierta o no, de Pandora. Una historia que ella merecía, una historia que en el tiempo ven-

---

124 *Anacaona. Mencía. Higüemota*: Considerada poeta entre los indígenas, Anacaona era la esposa del cacique Canoabo y hermana de Behechío. Mencía era la nieta de Anacaona, e Higüemota la hija de ésta última.

dría a tener paralelismos con otras de otros mundos y auroras. Era el momento del mahometismo creciente en los desiertos de Arabia y Libia; era el momento en el que surgían los burgos, las villas medievales; momento en el que los navegantes y piratas turcos surcaban con alfanjes de plata y velas rayadas de azul y muerte las aguas del Mediterráneo. Un simultáneo quehacer universal acompañaba los restos casi históricos de Pandora… y de Selene, cuyos posibles destinos paralelos hablaban de una costumbre común a muchos pueblos. Sabía que un día habría que escribir la historia, y aunque Eduardo me lo sugiriera años después, lo que estoy haciendo no es otra cosa que cerrar una aventura de amor y tragedia.

Cuando entramos en la tienda todos roncaban. El resoplido de Carlos era filtrado por su «pundonoroso» bigote roji-azul y semejaba un susurrar de palmera con brisa. José soplaba y resoplaba, y a la vez su silbido parecía querer imitar los suaves rasgos de la ocarina; Margot, placenteramente, respiraba con lentitud y sin fatiga. Por un momento me pareció que su modo de dormir, la suavidad de su respiro, el movimiento de su aliento juvenil tenían mucho que ver con la biografía de Pandora. De alguna manera todos quedaríamos marcados por las coincidencias.

Sobre la mesa de trabajo estaban los dibujos de las decoraciones relacionados con nuestra investigación. Margot había dejado una nota sobre las opiniones del Dr. Solares.

Entonces decidimos ponernos en contacto con él. Lo visitamos personalmente en la capital, y la biografía de Pandora comenzó a enriquecerse y a enriquecernos, a darnos explicaciones que luego se tornarían, al parecer, definitivas.

Rafael Solares es doctor en derecho y en biología. Hizo además dos años de la carrera de filosofía, abandonándola. Es un ser extraño, apartado del mundo, y lleno de temores hacia la humanidad. Era entonces un atroz «nadista». Todo termina en la nada, el bien se realiza como una satisfacción y no como un deber. Algunos de estos principios marcaban su pensamiento. Se había aislado en su casa de las afueras de la ciudad, herencia de su padre, la que había convertido en una especie de granja donde criaba aves exóticas, hacía experimentos y estudiaba novedosos proyectos sobre mezclas de especies animales. Aficionado a las obras de Gaylord Simpson, el gran biólogo, su último gran proyecto había sido la fijación genética de un perro enano al que llamó «Luzbel taíno»; a partir de la décima generación ya el animalito era siempre igual.

Una de sus virtudes era el desinterés. Cuando lograba sus objetivos simplemente los abandonaba en manos de amigos, y comenzaba otras jornadas en su afán de modificar la naturaleza, de mejorarla. Mejorar el medio para enriquecer al hombre. Generalmente desnudo de la cintura hacia arriba, era un torrente de conocimientos. Odiaba a los políticos, hablaba de poesía, durante horas se dedicaba a inventar fórmulas alimenticias para diferentes especies de animales, sabía quién poseía palomas de la India, o bien mangostas para domesticar, conocía a fondo la vida de los manatíes, los cuales estudió cuando habiéndose graduado de abogado le dijo a su padre que ahora se iría a estudiar biología, porque el derecho era una vocación de la familia, pero la biología una vocación de él mismo. Sentado en una mecedora, con los pies descalzos y llenos a veces de lodo rojo producto del paseo entre sus aves y animales en un patio de más de cien metros de fondo, Solares nunca publicaría los resultados de sus investigaciones.

Cuando le dimos las coordenadas de nuestras preocupaciones, sonrió, y señaló:

—Les aseguro que éste es un caso resuelto. Denme tiempo.

El informe del doctor Solares fue rico en datos. Como botánico y biólogo había trabajado con notable interés sobre aspectos económicos recientes de la guáyiga, cuyo nombre científico es *Zamia debilis*. El informe señalaba que este tipo de planta es común a toda la zona este de la isla, y que contiene un gran porcentaje de toxinas llamadas cicacinas que desaparecen sólo parcialmente con la acción del fuego o completamente con la fermentación. Cuando pronunció la palabra fermentación esbozó una sonrisa casi maléfica. Prefería no escribir informes, los grababa en una cinta y los entregaba como si fuesen conocimientos orales, maneras de hacer de la voz un sonido amable, una especie de texto bíblico o guión para un areíto precolombino. «Te doy mi voz, cítame pero no me plagies», decía. Y concluía diciendo que mucha gente graba la cultura ajena y luego la presenta como suya. Solares tiene aún barba de profeta. Le teme profundamente a la palabra escrita, dice que la escritura ha sido más cómplice de la explotación del hombre que la palabra perdida en el aire. La acumulación del saber escrito puede terminar en la explosión atómica. Creo en la tradición y nada más, decía.

—En esa fermentación hay parte de lo que buscan.

Cuando le narramos a Solares nuestras inquietudes frente a los hallazgos de Pandora, y lo que pasaba en aquel mundo, nos dijo con una sonrisa de incrédulo permanente, mientras nos mostraba su nueva crianza de perdices españolas y de codornices de la especie Bob White:

—Ustedes no parecen científicos. Todo tiene o debe tener una explicación científica. Si se van a un bar y se «jartan» de ron y cerveza lo más probable es que el cerebro funcione a medias, que vean visiones y se le metan músicas extrañas en el cerebelo. Un científico no debe fumar, ni beber, ni hacer el amor a deshora, ni masturbarse más de tres veces por mes, ni comer cosas picantes, ni andar engullendo frituras, ni estar creyendo en pajaritos preñados. Todo eso atrofia el cerebro. No se dieron ustedes cuenta de que la guáyiga tenía un proceso que convertía su masa fermentada en proteína. Qué clase de ciencia practican, carajo.

Luego de aquella primera conversación teñida de reprimenda, retornamos y ya Solares tenía informaciones precisas. Con unos jeans recortados por encima de la rodilla, las manos sucias de excremento de gallinitas silky que había comenzado a criar y cuyas jaulas había limpiado a mano limpia, nos dijo:

—La cosa es así, vengan.

Nos llevó al patio de la casa, en donde nos mostró una masa fermentando, hirviente, en pleno movimiento, una masa roja y a veces con tendencia a amarillear.

—¿Qué son estos seres que se mueven en esa masa podrida? —nos preguntó con sorna.

—Parecen gusanos —dije.

—Pero no lo son —contestó—. Se equivocan tanto como el padre Las Casas. No olviden que en su *Apologética Historia de Indias* el viejo Las Casas señalaba que la raíz de las guállagas[125] se ponía a fermentar y que cuando se pudría comenzaban a salir gusanos a los pocos días, y que luego esa pasta con todo y gusanos era amasada y asada para alimento de los indios de la región... Pues bien, ésta es la pasta de la guállaga fermentada, y éstos los supuestos gusanos... Los españoles no usaron de ese alimento en la conquista por su aspecto feo y hediondo. En el inicio se apoyaron en el insípido casabe, harina, carbohidrato puro que necesita de la proteína como complemento. Error garrafal.

La pasta estaba dentro de una jaula de tela metálica fina, y los grandes gusanos se movían, se contorneaban, y vimos que tenían como forma de torpedos y que de algunos salían moscas, moscas negras.

—Lo que Las Casas creyó gusanos son larvas de la mosca soldado, de la *Hermetia illucens*, y la *Hermetia albitarsis*, pertenecientes a la familia *Stratiomyidae*. Ese alimento fermentado y correoso, por contener tan alto grado de proteína procedente de las pupas o larvas ricas en calcio, y además en varios minerales, significa un importante adelanto en la dieta de cualquier sociedad. El casabe indígena rico en carbohidratos no compite para nada con este alimento, queridos amigos... Científicos de pacotilla.

Levantó la tapa de la jaula dentro de la cual estaba la guáyiga en estado de fermentación y vimos lentamente moverse hacia el borde varias moscas que buscaban iniciar el vuelo. Eran las mismas que rondaban la tumba de Pandora y otras tumbas de El Soco.

—Eso explica que las sociedades indígenas precolombinas del este de la isla sean más corpulentas y que la comparación ósea arroje un balance más positivo para ellas.

—Si tienes ese dato, Eduardo —dijo el doctor Solares—, la apreciación es correctísima.

Según Solares eran las mismas guáyigas de hoy. El polen encontrado en la tumba de Pandora, analizado cuidadosamente y presente en más que un alto porcentaje, hablaba, tal y como lo sugería Solares, de una intencionalidad. Plantas de guáyiga pudieron haber sido colocadas como ofrendas. Lo que no se explicaba, porque su mentalidad de biólogo marxista-budista-anarquista se lo impedía, era por qué en ocasiones enjambres de moscas soldado se posaron sobre el esqueleto de Pandora. Como tampoco se explicaba, por las mismas razones, por qué un Noctilius tenía que irse a vivir a pleno día a una palmera como La Conquistada, entrar en una casa para caer dentro de una tinaja, o penetrar con todo y luminosidad en una tienda de arqueólogo a

---

125    Véase la nota 115.

robarse un trozo de pescado, o a cargar con un bolígrafo. Nos dijo claramente: «revísense, que los antropólogos tienen fama de borrachos… y de mentirosos».

No lo convenceríamos. No puedo negar que llamarnos «científicos de pacotilla» me produjo una gran angustia. Era su manera de hacer ver que el sabio era él, y que los demás seguían siendo estudiantes de secundaria frente a su saber. Diletantes.

Durante toda aquella mañana dedicamos parte de nuestro trabajo a los datos comentados. Carlos –que había ya laborado en varios lugares de Venezuela– señalaba que tenía la impresión de haber leído alguna vez un texto etnológico sobre el uso de plantas venenosas y sus características rituales.

Sin embargo la guáyiga no era sólo venenosa, era muy alimenticia si se procesaba como la crónica señalaba, y como Solares había demostrado. En una o dos semanas más, y gracias a los experimentos de Solares, supimos que los ratones que comieron los bolos con la fórmula de Las Casas engordaron y que los que los comieron crudos murieron llenos de bubas y reventazones purulentas terribles. Los que comieron el bulbo asado, pero sin fermentar, sobrevivieron con dificultad. El método indígena del fermento fue clave en la sustentación de aquellas poblaciones.

Estábamos ante una realidad nueva. Este tipo de planta silvestre parecía ser un venero de carbohidratos, una provisional o definitiva fuente farinácea y proteínica que debió de sustituir el cultivo de yuca, o por lo menos suplantarlo en gran medida. La razón de que encontráramos polen de guáyiga en los estratos no significaba entonces que el mismo hubiese sido el producto de la acción del viento, que reparte todos los tipos de polen sobre cualquier terreno. No significaba que la guáyiga, planta silvestre, habitara sin ser notada por el hombre de la zona de las excavaciones. Todo lo contrario, los análisis de polen arrojaban más de un 30 por ciento por estrato: una concentración que sólo es posible –ahora lo comprendíamos– cuando la voluntad humana entra en juego.

El informe de Solares fue definitivo en otros aspectos. Él había comprobado que tal y como las crónicas señalaban, la guáyiga rallada o «guayada», cuando se dejaba en un lugar descubierto, se poblaba de gusanos, y había comprobado que estos gusanos no eran otra cosa que larvas de dípteros y coleópteros, depositadas en la masa putrefacta. Las Casas se equivocaba, no eran gusanos los que se mezclaban luego con masa y todo para hacer tortas cocidas sobre grandes platos de barro, sino larvas de por lo menos dos tipos de insecto. Según Solares, tal amasijo debería constituir una especie de «pan» rico en carbohidratos y proteínas. Una comida balanceada al máximo por la propia naturaleza. La sociedad agrícola, sin tener que sembrar, cuidar y mantener campos de cultivo, usó sus fuerzas de trabajo en otras actividades. Por eso mantuvo en alto sus elementos rituales. Antes del término de las excavaciones, aunque ya habíamos completado una visión casi esotérica del asunto, nos llegaron resultados de la universidad conseguidos por el propio Solares, quien envió la masa para análisis. En el bolo cocido había más de un 9 por ciento de proteína, sobre un 40 por ciento de carbohidratos, 7 por ciento de calcio, fósforo, hierro, zinc, y diversos minerales en menor proporción. Esta información nos complacía plenamente. Ahora comenzábamos a comprender que el pueblo del que formaba parte Pandora, y posiblemente Selene, era un consumidor de guáyiga, un consuetudinario ingestor de raíces que no eran las tradicionales raíces alimenticias conocidas en las otras Antillas y en los posibles lugares de procedencia, como serían las cuencas del Orinoco y algunas zonas de la Guayana. Tiempo después Solares completó el informe histórico señalando que había encontrado en el historiador colonial de Puerto Rico Abad y Lasierra la información de que en épocas de huracanes y tragedias los habitantes de la isla, todavía en el siglo XVIII, comieron pan de harina de este tipo dejando secar las masas de guáyiga, llamada allí marunguey, con sus larvas, moliéndolas para hacer harinas que, aunque indigestas, resolvieron hambrunas importantes.

Carlos me sugirió un análisis de polen más profundo. Proponía que limpiásemos con celdilla el fondo polvoriento de la vasija que acompañara a Pandora. El trabajo fue encomendado a Luis, el experto en polen enviado por la dirección del museo. Delicadamente concentró en tubos de ensayo todo el polvo y los restos contenidos en el fondo de la pieza. Para esa época ya habíamos revisado los restos del E-12, y recogido todo cuanto había en el fondo de la vasija, localizada días antes como E-112 y sin dudas parte del conglomerado de objetos pertenecientes a Selene.

Luis hizo su trabajo con gran dedicación. Esperamos con ansiedad sus resultados. A finales de mes, cuando la campaña de excavaciones había dado ya otras informaciones cruciales, nos trajo personalmente el informe.

Resumido para un público profano se puede decir que contenía dos datos fundamentales: el promedio de polen de guáyiga en cada vasija sobrepasaba el 75 por ciento, o sea, mayor concentración aún que en el exterior. El resto de polen identificado se refería a flores «no económicas», como diversas gramíneas no comestibles de espigas más o menos decorativas, cadillos y gránulos de una arena rica en cuarzo. En ambos casos había restos de amarantáceas, o sea de amaranto, planta comestible, pero en cantidades casi imperceptibles.

¿Qué se podía desprender de una información del género? Por la noche nos sentamos junto a la consuetudinaria botella de ron. Para esa época yo fumaba puros, y el tabaco me producía fruición. Entre las volutas de humo el pensamiento se encaramaba buscando respuestas a un fenómeno exacto, explícito en su realidad, pero culturalmente difícil de descifrar. Llamé a Damián, y le entregué la ocarina. «Toca», le dije. Jean, el pescador, y Juan Rosado, el guía, se sonrieron. Jalaquén fue transportado en su silla de ruedas con mucha dificultad para estar presente en el «concierto». Los obreros, enterados, hicieron un ruedo. Cuatro tocadores de bambú haitianos también; Feltrudis vino como siempre, sin que le avisaran, pues dijo que ya lo sabía. Romilia y Cosme trajeron sillas y de pronto me di cuenta de que estábamos en una especie de Scala de Milán al aire libre, la Scala de El Soco, con luceros como lámparas para iluminar el escenario, con un proscenio[126] que se extendía frente a esqueletos precolombinos acuclillados que asistían de algún modo a una presentación del siglo XX. Los silencios de los Noctilius, bien diferentes de los silencios de las ciguas mamoneras, eran perceptibles. Me di cuenta de que la música, con su encanto y su magia, une a los hombres, a las culturas, y de que la naturaleza aun con su propia música puede callar para no ofender las otras.

El pequeño Damián no era tartamudo para la melodía. Sopló lentamente su ocarina prehistórica, y aunque las notas eran a veces discordantes, mi mente —y creo que la de todos— estaba en posición ritual, como en cuclillas o en posición de loto, buscando en la nada del sonido la respuesta que sabíamos que daba la ciencia, creando, a su modo, una especie de historia flotante y paralela, capaz de ser entendida sólo melódicamente.

Mientras que Damián tocaba, me llegaba a la mente la imagen de Krishna, el joven trinador de la flauta, el ruiseñor del hinduismo; amigo y compañero de Arjuna, el guerrero. Y podía ver —porque para eso ha sido hecha la imaginación— la figura de Pan, el dios griego, y de los sátiros que bailaban con las ménades, y el salto entre viñedos, con la música desparramante de su flauta doble o de su zampoña, instrumento también prehistórico en América.

Pensé en cómo la difusión o el paralelismo construyen similares formas culturales. Ocarinas mejicanas del siglo III, ocarinas costarricenses del siglo VIII, flautas egipcias del 2000 antes de Cristo, ocarinas minoicas y atenienses. La mente acepta o no acepta el hecho. He aquí que frente a nosotros, un casi hemipléjico[127] revela la cultura y nos hace pensar en los dioses. La selva

---

126　*Proscenio*: Parte del escenario más inmediata al público, que viene a ser la que media entre el borde del mismo escenario y el primer orden de bastidores.

127　*Hemipléjico*: Que padece de hemiplejia, parálisis de todo un lado del cuerpo (DRAE).

se detiene un momento. Ya el guayabal no respira, ni los cocoteros abanican la noche. Ya no chirrían las gallaretas de cresta roja, y la garza blanca se acomoda aún más tiñendo de blancuras grisáceas la copa del mangle; ya el mar, con un oleaje que hace de la espuma sonora un instrumento, se asusta y calla, y lo mismo el albatros que con un chas sobre las aguas marinas busca los últimos peces, nadando en vez de volar y subiendo a los troncos semi-podridos de la desembocadura para dormir con la sola tripa que posee cargada del pez final que el crepúsculo le ha donado.

Me detuve a pensar en que ha sido la naturaleza la primera maestra del hombre. Ella opuso su cuerpo al cuerpo humano, ella afrontó la presencia de un nuevo sujeto que deseaba modificarla y dominarla, y ella, con su oposición, le aligeró el pensamiento, le perfeccionó la mano, le abrió el camino hacia su integración en un mismo concierto ecológico. La primera música hecha por el hombre venía ya en la «cultura» del ruiseñor, o en la del ave viajera que silbaba y pitaba promoviendo la huella aérea y sonora de su paso. La música que deja el tránsito del ave cantora, como la rosa moribunda del poeta Mieses Burgos, «deja un hueco en el aire que no lo llena nada». El hombre convirtió en instrumento su garganta, y en nota musical su propia voz, y fue entonces cuando se hizo el milagro. Viento y mano al unísono siguiendo armonía, ritmo y melodía.

Cuando Damián hizo una pausa las ideas comenzaron a ordenarse dentro de mí. Me sentí un poco eso que los yogas llaman «el pensador», eso que es como el interior de todo. Pensé en mí mismo como quien piensa en otro. Abandoné al científico y tomé de la mano al poeta. Volvía a olvidar el cálculo frío, estadístico, y aspiré el perfume de las flores campestres cuyo polen misterioso contenían las vasijas de Pandora y Selene.

Lo que para mí era una solución comenzó a generarse en forma de imágenes. Entonces vi que ya durmiente Pandora, ya soñante Selene, la vasija venía tomada por la mano de los familiares del infante y colocada en un hueco algo más alto. Dentro de las vasijas estaban, como en una pucha, los penachos que en lugar de flores produce la guáyiga. Esa flor cilíndrica parecida a un pene que es tan característica del macho y la hembra vegetal en esa especie. Alrededor de los penachos, otras flores. En el fondo, un posible vaso de madera con arena cuarcítica para mantener unido el conjunto.

Había una relación profunda entre el polen y un ritual que tenía mucho que ver con la supervivencia de la población. Así lo pensé, y el siglo X de El Soco me cubrió.

Damián volvió a tocar, ahora un poco disparatadamente.

—Está bien, está bien, Damián, eres un genio –le dije. Le puse unas monedas en la manita débil y miré a Jean, el padre–: Déjalo que compre lo que quiera –le expresé, pues sabía que el dinero siempre atrae la mirada de los más poderosos.

Jalaquén sonreía, sonreía.

Desde luego, Jalaquén no sabía que ya, al pie de La Conquistada, Dulcinda había comenzado a hozar tratando de llevarse hacia el mar la pierna que él mismo consideraba falsa.

La mañana del sábado final del mes envié a José y a Margot a hacer un reconocimiento de la zona. En toda la orilla occidental del río Soco se observaban manchas oscuras si uno pormenorizaba las fotos aéreas. Suponía que se trataba de espacios distantes pertenecientes a la misma ocupación humana. Deberíamos suponer que El Soco pudo haber sido una aldea central, y que pequeñas aldeas cacicales fueron fundadas en sus alrededores. Algo así como un universo radiado. Pequeños pueblos planetas girando en torno al sol de la sonrisa, a la magia de seres tocados por las hupías y dioses del lugar.

La mayor acumulación de desperdicios, según la foto aérea que nos suministrara el Instituto Geográfico Universitario, se encontraba a unos dos kilómetros siguiendo la orilla y luego de llegar al puente que una vez fue denominado Ramfis Trujillo en honor a un hijo del entonces dictador, faraón cuya momia inmoral resucita de vez en cuando entre los dominicanos.

Teníamos, además, información de que cerca de la Cueva de las Maravillas, tachonadas como se sabe por pictografías relacionables con los grupos agricultores, se veían restos de concha esparcidos que pudieron pertenecer a grupos humanos de la misma época. Debido a los aguaceros Eduardo y yo nada pudimos hacer en nuestra visita previa.

En poco tiempo José y Margot, auxiliados por el topógrafo, me tenían un plano de ubicación que consideré correctísimo. Habían realizado cortes o pozos de investigación mínima en tres sitios, todos distantes más de tres kilómetros del río Soco. Sin embargo había diferencias profundas, e informaciones que luego nos explicarían mejor lo que había pasado en El Soco.

El sitio La Piedra era realmente un montículo de conchas y residuos, pero no de agricultores, sino de viejos recolectores similares a los que se ubicaron cerca de El Porvenir, en la costa sur, cuyo fechado, similar al de la llamada Cueva de Berna, era conocido ya: más de 2000 años antes de Cristo. Lo mismo acontecía con algunas gentes de las cercanías de Las Maravillas, detectadas cuando José y Margot revisaron depósitos de concha antiguos. Estas gentes nada tenían que ver con El Soco, eran anteriores, su ajuar estaba compuesto por rústicas cuentas, manos de piedra para moler raíces y corales planos fosilizados para rallarlas. La imagen se repetía para el sitio Ojo de Agua, lugar en el que José y Margot excavaron hasta una profundidad de tres metros encontrando, en la parte media de la ocupación, un fogón con cenizas y carbón que contenía, casi en perfecto estado, restos de guáyiga como aconteciera hacía ya años en la llamada Cueva de Berna, en la zona más oriental del país. La ceniza había conservado las hojas acintadas, que fueron envueltas en papel secante para proteger el hallazgo. Habitantes sin agricultura fueron los primeros en usar la guáyiga, pero no la fermentaron, y sabemos ahora, por los experimentos de Solares, que asada, la raíz de la planta no es del todo comestible, aunque no produce la muerte. Fue, posiblemente, para aquellos pobladores sin agricultura, un alimento de crisis. Descubrieron el alimento, pero nunca llegaron a fermentarlo, estábamos seguros de ello.

Esto nos permitía ampliar la suposición de que estos pobladores iniciales de las Antillas y de Santo Domingo habitaron el lugar hasta la llegada de los agricultores, y que posiblemente se fundieron con ellos, donándoles la base de una tradición que se transmutó en tipos de alimentos diferentes cuando los agricultores del poblado de Pandora usaron para la guáyiga técnicas parecidas a las que durante milenios se aplicaron a la yuca en territorio del Amazonas y el Orinoco, de donde eran oriundas las modalidades para la fabricación del casabe. Eliminar el veneno había sido un éxito para la supervivencia.

Hasta aquí era este el argumento que podría esgrimirse desde un punto de vista estrictamente arqueológico. Tendría que encontrar la otra parte, aquella en la que la poesía tomaba el lugar de la ciencia. Para mí era evidente el cambio de la raíz asada a la fermentada. En mis adentros consideraba que el mismo se había producido en la época misma en la que Pandora y Selene habían sido enterradas. Para mí, durante un tiempo de elucubraciones y suposiciones, el polen abundante de guáyiga significaba devota adoración, con la colocación de ofrendas a partir de un producto alimenticio nuevo. Pero era imposible una demostración indiscutible.

Mi cabeza giraba. Hubiera necesitado oír miles de veces la ocarina de Damián si no se me hubiese ocurrido iniciar un rastreo etnológico.

La misma tarde en que recibí los informes, inicié los contactos. Desde el mismo sitio arqueológico escribí cartas a varios antropólogos amigos sobre mi —nuestro— descubrimiento. Parecería que un enterramiento humano, en un sitio arqueológico del siglo X, no fuese algo tan importante como para convertirlo en un objetivo que rallaba en la obsesión.

Llamé a Eduardo y quise saber su opinión. Corroboraba mis creencias de que la gente de El Soco había cambiado la yuca por la guáyiga, pero nada más. De alguna manera pudiera decirse que habían inventado un modo de supervivencia al inventar un alimento. Pero ese cambio, que había sustituido la tradición del uso del casabe, no podía darse, creí, sin que los dioses recibieran la parte de adoración que el mismo exigía.

La noche desencadenó un chubasco breve y volvimos a cubrir con lonas y plástico los enterramientos. Los cangrejos morados esperaban las tronadas, porque en cuanto sonó el primer estruendo, como si un cañón libertario indicara el inicio de un grito de guerra, salieron en cantidades inusitadas del manglar y se dispersaron como una tropa capaz de destruir los estratos mojados y de afectar nuestras investigaciones de campo. La faena de recolección de cangrejos hecha por los obreros llenó cajas completas de animales que por órdenes nuestras se quedaron atrapados hasta que las tronadas pasaran. Hubo protestas. El cangrejo morado se vende por docenas en las orillas de las carreteras. Su compañero de ciclo, el cangrejo gris, llamado «paloma de cueva», es engordado con maíz crudo en jaulas cangrejeras por los recolectores y vendedores actuales. Queda «limpio» y puede ser sancochado en dos-tres semanas. De modo que la lucha contra los captores nos trajo ciertas desavenencias. Cuando dejó de tronar, y con cierta desidia, Jean se me acercó para informarme que habría huelga porque la costumbre de recolectar cangrejos era vieja y ahora veníamos nosotros a eliminar otra vía de sustento. «Mi abuelo, mi abuela, mi bisabuelo, mi bisabuela, todos vivieron alguna vez de cangrejear.» Dos días más sin trabajo. Entonces pagamos una suma hasta cierto punto irrisoria que vino a convencer a los rebelados. Liberamos las hembras y rogamos a los modernos recolectores que permitieran que pasara la temporada de desove.

Los cangrejos grises y morados son la némesis de la arqueología de playa, en donde la arena se mueve y los objetos y fragmentos de todo tipo también se movilizan bajo tierra y cambian de lugar en la medida en que los animales hacen cuevas para protegerse y mudar de caparazón. Los cangrejos de la arena son tan peligrosos para el arqueólogo que labora en estos lugares como los abundantes cocoteros, cuyas raíces penetran hasta casi la capa freática contribuyendo a agravar los efectos de la cangrejada. La arena removida daña las estratigrafías, confundiéndolas, y obligando a unas estadísticas basadas más en la tipología de los objetos que en el lugar en donde aparecen los objetos.

Vimos cómo el nublado se alejaba, y las tronadas se escucharon esta vez en una distancia reveladora de que el temporal buscaba el norte y el oeste de la isla.

Otras evidencias estaban surgiendo de los datos de clasificación de fauna: la mayoría de los roedores que aparecían como restos de alimentación pertenecían a la especie *Isolobodon portorricensis*, un tipo de roedor ya extinguido parecido al conejillo de Indias, al que los indios antillanos llamaban *jutía*, común a ciertas zonas isleñas. Los restos de perros pequeños encontrados igualmente revelaban un uso doméstico cuando formaron parte de la dieta. Eran todos o casi todos de un mismo tamaño, todos adultos. Las mandíbulas carecían de dientes, pues les habían sido extraídos. En algunos de los enterramientos sus cuerpecitos completos fueron ubicados como ofrendas, en otros lugares formaron parte de los restos de alimentación acumulados entre las cenizas de fogones. Se trataba, sin dudas, de los perros mudos americanos, pelados y simpáticos según la crónica y las descripciones del primer alcaide mayor de Santo Domingo, Gonzalo Fernández de Oviedo[128], autor de la *Historia General y Natural de las Indias*. Llegamos a la conclusión de que, junto a la fuente proteínica producida por la pesca y la recolección en el manglar, la do-

---

128    *Gonzalo Fernández de Oviedo*: Historiador y político español (1478- 1557). Consagró gran parte del libro citado a la isla de Santo Domingo. En 1514 pasó a América con el cargo de veedor de las fundiciones del oro en Tierra Firme. Después de ser Gobernador de Cartagena y ejercer una incansable actividad política en Colombia y Panamá, fue nom-

mesticación y crianza de jutías y perros fueron un factor de estabilización dietética.

Otro elemento que las clasificaciones ponían de relieve era el poco uso de la decoración de las vasijas en el principio de la ocupación taína y su creciente complejidad en el momento y en el lugar en que se ubican los enterramientos de Pandora, y posiblemente de Selene. Llamamos al hecho una «explosión estética, una expansión decorativa», estallido de un arte entusiasta volcado en aras de la muerte.

Discutidos estos pormenores, hicimos cómputo de los esqueletos recuperados hasta el momento. Se trataba de 125 enterramientos, con más de 160 esqueletos, ya repartidos en entierros colectivos o en entierros llamados secundarios, porque en un principio por razones rituales, algunos cadáveres fueron desenterrados y vueltos a enterrar ya incompletos. Muchos de ellos fueron decapitados y sus cabezas u otros miembros colocados en otro lugar, como pasaba, coincidencialmente, con la pierna de Jalaquén. Sólo que el viejo Jalaquén no había muerto cuando su pierna fue transformada en entierro y utilizada como objeto de culto distante por Nathaniel, porque según aquél todo miembro humano tiene espíritu hábil para consultas. Cuando, al parecer, la pierna perdió esa capacidad, Dulcinda se deshizo de ella llevándola a su lugar de origen: el mar.

Los entierros secundarios, en su mayoría, se organizaban alrededor de la zona en donde estaba Pandora. Y algo importante para nosotros era que, aún cien años después –según nuestra cronología relativa–, entierros secundarios siguieron realizándose en el radio en donde había sido depositada nuestra princesa.

Según José todo esto demostraba que Pandora fue conocida no sólo en su tiempo, sino que mucho después su tumba era venerada, y los descendientes de sus ascendientes le rindieron homenaje. Tenía que ser un personaje de gran importancia espiritual y material para sus congéneres. Su prestigio superaba el tiempo mismo en el que se movía aquella comunidad. Yo sinceramente creo que de algún modo superó las edades y se instaló siglo tras siglo hasta llegar a un hoy sin explicaciones del cual tendré que hablar tarde o temprano.

Bien entrada la noche, cuando el chubasco ya no amenazaba, Eduardo y yo bajamos, descendimos a la trinchera para analizar parte de las paredes de la zanja. La cangrejada había hecho poco daño. La persecución desatada contra los animales por estos obreros que actuaban como recolectores del siglo XX, derrumbó algunos bordes, pero no llegó a penetrar en los pozos o cortes en donde la capa de entierros se extendía. Esta vez no había luna. Sombras y ruidos de gaviotas que huyen golpeando el agua acompañaban el rumor distante de los tambores, lo que nos generaba cierta fruición. Y así era, con sólo cerrar los ojos y dejarse acariciar por el tam-tam podía uno imaginar el sonido triste de la ocarina acompañando el rumor agreste y alegre del furioso balsié, cuyo toque de yuca era conocido en toda la región, en donde la fiesta de palos –tambor y güira[129] únicamente– se mezclaba con el sudor, el alcohol y el alegre vaho de las bailarinas de senos calientes, cubiertos de «sudor y de estrellas» como una vez diría uno de mis poetas favoritos; y el *bakunao* o golpe de cintura, baile preferido de Eduardo, remedaba las festividades que don Fernando Ortiz, en sus libros sobre fiestas de esclavos en el siglo XIX cubano, describía con precisión erudita. En la tradición del balsié, de los palos o troncos huecos para percusión, en la manera de mover nalgas y cintura con una inmensa proyección de la sensualidad, el negro haitiano y el mestizo y negro dominicanos de los bateyes o villas del ingenio de azúcar vuelven a la madre patria que la esclavitud trajo con un África empantanada en el látigo duro, y en el derecho de pernada de amos que mezclaron razas y deseos abriendo paso a un mundo mulato, en el que todavía dominicanos y haitianos se confunden entre los cañaverales pese al rechazo de mucha gente que considera al haitiano como un ser inferior por razones históricas que son explicables, pero nada aceptables.

---

129  *Güira*: Instrumento musical de origen indígena conocido también como «guiro». La variante moderna es el guayo de hojalata, de uno o dos conos (DCFD).

Las visitas nocturnas a la tumba de Pandora se iban haciendo vicio. Pasé mi mano tibia sobre la frente fría del esqueleto y sentí sus pensamientos cruzar entre mis dedos. Quince o veinte moscas soldado que acurrucadas en las paredes interiores del hueco chocaron casi con nuestro cuerpo, sellaron la superstición. Pensé en que Pandora tenía, aun pasados los siglos, esa especie de feromona que atrae o repele según sea el insecto que la deposita. La feromona que producía la maliciosa risa de Solares. Pandora. No sé durante cuánto tiempo estuve curioseando con mi tacto sus pequeñas costillas, sus rótulas perfectas y frágiles, las arcadas suaves de una dentadura sobre la cual podía imaginar los labios pequeños, aún resecos por los días de agonía y de espera terrible. Podía, sin esfuerzo alguno, imaginar el pequeño vientre, el espacio diminuto y suave en donde estuvo el ombligo. Más abajo, entre el fémur y el iliaco estaría el prometedor sexo núbil, el sempiterno sexo que convierte, por obra y gracia de su rumor, en materia viva todo cuanto se acerca a él.

La voz de Eduardo me sonaba lejana. Le oí decir que tendríamos que levantarla. «Desarmarla», «desmantelarla», colocarla en el cajón típico que la convertiría en un paquete de huesos. En poco tiempo la primera parte de la excavación estaría terminada y tendríamos que retornar al mundo de los vivos con nuestra carga de fragmentos, huesos, cenizas y sombras del pasado.

Mientras Eduardo me conversaba con voz distante, yo comenzaba a imaginar el pobre mundo que esperaría a Pandora en los depósitos; allá iría y pronto las telarañas y los ácaros comenzarían una labor de temporalidad diferente a la de la tierra. Odiaba la transparencia de los ácaros, seres invisibles que transitan por las osamentas y que sólo el microscopio descubre. Habi-

tantes del polvo de las bibliotecas. Habitantes de la frase «eres polvo y en polvo te convertirás», los ácaros son los centinelas de que ello sea así, porque se
alimentan del detritus[130] vital, y ellos mismos, un día, serán tragados por ácaros más pequeños, infinitos en su pequeñez, última voz bíblica de la vida misma.

Pandora abandonaría El Soco, en donde desde el siglo X sus restos eran
algo así como una flor que alumbraba desde las entrañas de la tierra su superficie cubierta de bohíos. «Desmantelarla.» La palabra me resultaba ofensiva. ¿Acaso Eduardo no pensaba que se trataba de un ser excepcional, y no
de un artefacto desarmable? ¿Acaso había perdido ya el cariño por Pandora
que nos surgiera de manera simultánea aquella noche de luna? ¿Acaso? Se
me asomaron las lágrimas, las que sequé con el dorso de mi mano derecha.

## Nota:

> «Eduardo, me salgo del texto para justificar esta nota en la que te
> digo que soñaba con que alguien se opusiera a su traslado. Sin que
> lo supieras llegué a conversar con el guía Juan Rosado para simu
> lar un hurto. Había suficiente retaguardia ambiental para que se
> considerara como tal la desaparición de Pandora. Ahora te lo con
> fieso, como habré de confesarte otras cosas, visto que me has invo
> lucrado en este proyecto que no sabré, luego de completadas las no
> tas, cómo ordenar. Nathaniel era el mayor propagador de la idea de
> que el trabajo en el cementerio resultaría fatal, lo recordarás. Ha
> ber sacado a Pandora, haberla escondido habría podido argumen
> tarlo culpando a los que se oponían a las excavaciones. Sabía que
> profesionalmente dicho traslado era lo correcto, pero me resultaba
> triste, grotesco, que Pandora pudiera destinarse al mundo de los
> desvanes y depósitos sin que pudiésemos reconstruir, de alguna ma
> nera, el universo que le tocó vivir y las razones por las cuales esta
> ba allí, acompañada –como Selene– de un infante y de restos de una
> pucha de flores en la cual la flor de guáyiga llevaba "la voz cantan
> te", como dijera Carlos. Con el descalabro de El Soco, la desapari
> ción posterior de sus habitantes, la ruptura de los mismos con su
> ambiente, con aquel cementerio abierto como si le hubiésemos sa
> cado el corazón, las cosas cambiaron. Tal vez le robamos no sólo a
> Pandora y los esqueletos, sino la savia, la vida misma, la sangre que
> circulaba por sus venas, y que se asentaba en creencias que les per
> mitían sostenerse como seres que habitaban entre dos mundos, con
> guerras propias que nosotros eliminamos de plano, con interiori
> dades locales que fueron la estructura fundamental de lo que habí
> amos llamado, marxistamente, "modo de vida"».

---

130  *Detritus*: Voz latina, *detritus*, desgastado. Resultado de la descomposición de una masa
      sólida en partículas (DRAE).

Cuando pusiste la mano sobre mi hombro comprendí que me habías visto presa del llanto. «Estúpida forma de hacer arqueología», me dije. Un hombre maduro, con familia, hijos e hijas adultos y con deseos de descubrir «científicamente» el pasado que se deja llevar por la imposibilidad.

—Profesor –me afirmaste de manera brusca–, tendremos que levantarla. Si se quiere hacer un análisis final, con radiografías y todo, no hay otro modo.

Silenciosamente negué con la cabeza:

—No, hasta que no sepa yo algo más de su vida.

—La arqueología no es biográfica, es colectiva, la época del héroe único proclamada por Carlyle ya no existe, fue superada, suspendida por la antropología social. Profesor, has dicho que lo importante es el modo de vida, la colectividad completa, la sociedad que genera, en verdad, eso que llamamos «los héroes». Maestro, tu marxismo parece resquebrajarse.

—Cierto, pero yo cuento con la poesía, todavía creo en Brecht[131]. La vida es un teatro de dos centavos.

Me miraste con ojos a veces verdes y a veces amarillos, y vi en ellos el relumbre de quien comprendía el dolor de un amigo. Luego pasarían acontecimientos aún más tristes.

---

131 *Brecht*: Alusión al poeta y dramaturgo alemán Bertold Brecht (1898- 1956), cuyo drama épico partía de las convenciones de la ilusión teatral y se desarrolló como un espacio social e ideológico para las causas izquierdistas.

Cierta madrugada, cuando nos levantábamos para una nueva jornada, escuché gritos, carcajadas, sonidos repelentes.

Salí de la tienda en ropa interior y escuché las llamadas de Juan Rosado, quien forcejeaba con alguien para echarlo fuera de la trinchera en la que estaban los restos de Pandora.

Lleno de ira llamé a José y a Eduardo y corrimos hacia el sitio. Uno de los obreros, conocido como Gavilán, «hacía el amor con Pandora». Sin atreverse a tocarla, se ubicaba sobre ella dejando un espacio de pulgadas, y movía el cuerpo en actitud sexual mientras reía desenfrenadamente. Un grupo de obreros, indiferentes a la importancia que tenía para nosotros la princesa, se reía y celebraba las gracias impúdicas de Gavilán, quien siendo ya un veterano de excavaciones en diversos lugares formaba parte de nuestra tropa desde hacía largo tiempo.

—¡La princesita, la princesita! –gritaba.

El tam-tam lejano lo animaba, y mientras tanto, como un loco, yo no sabía hacer otra cosa que enfurecerme hasta bajar todo alborotado al lugar y golpear con una piedra sobre el rostro del violador. La sangre rodó. Gavilán perdió momentáneamente el conocimiento. Eduardo trató de evitar que matara al muchacho, pero de pronto mi mano dura hirió con el cuchillo de campo una pierna del violador; Gavilán gritó y cayó sobre Pandora. La sangre le corría desde el muslo derecho. La herida era leve; entonces, volteándose, el agredido me golpeó con una de las piedras que servía de lecho al enterramiento. Al levantarla vi cómo saltaban los huesos de la pelvis de Pandora y enseguida sentía el golpe sobre mi cabeza. Perdí el conocimiento.

El borracho fue levantado en vilo y llevado a la estación de Policía. Cuando volví en mí sentí la mano amiga de Romilia palpándome la frente. Olía a alcanfor y alcohol; me habían hecho un pequeño vendaje y comprendí que había perdido la visión por unos segundos cuando me sentí caer sobre los huesos de Pandora. A partir de ese momento escuché voces. Ahora despertaba y me tiraba del catre con la obsesión de ver cómo había quedado el esqueleto.

—¡Cálmate profesor, cálmate!, todo ha quedado en orden. Arreglaremos lo que ha quedado en desorden –me gritaba Eduardo.

—¿Qué fue de ella?, ¿qué me le hizo ese hijo de puta? ¿No ha visto que es una pobre muchacha indefensa? ¿No ha visto que tiene años tirada bajo el frío y el viento y las estrellas y que nadie, nunca, se había ocupado de ella? ¿Por qué violentarla, por qué tratarla de ese modo?...

Me repuse entonces de improviso comprendiendo que hablaba con los síntomas de la locura. ¿Acaso no era un montón de huesos lo que Gavilán «violaba» imaginariamente? Sin embargo –pese a la lógica–, todavía hoy siento rabia cuando pienso en el acto que entonces consideré una profanación. En ocasiones me encuentro con Gavilán en cualquier calle de Santo Domingo, pues trabaja ahora como chofer de automóvil público, y cuando intenta hablarme del tema desvío la conversación, puesto que ello sólo hace que me surjan los momentos de desgana, odio, qué sé yo, sentidos en aquel instante de indignación que de algún modo me marcó para siempre, aunque siga creyendo que no.

Me recompuse lentamente. Supuse que mi reacción no había sido otra que la de un científico cuyo celo profesional se extiende por encima de la lógica hasta convertirse en pasión. Así traté de justificarme. No puedo negar que sentí y siento cierta forma de «vergüenza», cierta forma de incomodidad sabiendo que no era mi celo profesional el que me impelía a actuar así. Sin embargo cierta lógica me señalaba que era absurdo pensar que me hubiese enamorado de un conjunto de huesos. Que aquellas palabras de Eduardo acusándome de ser víctima del amor por unos huesos organizados divinamente, fueran una realidad innegable. Fue Margot la que me espetó:

—Profesor, usted se ha enamorado de Pandora.

Por segunda vez alguien me lo echaba en cara.

Reí en silencio, con una risita torpe, cargada de hipocresía.

—Déjate de cosas; ¿cómo me enamoraría de un saco de huesos teniendo una carne cálida y fresca tan cerca?

Se ruborizó. Sabía que en esa respuesta drástica no influía la palabra del profesor. Sabía que mi respuesta era más bien un rechazo a tener que pensar en que podría ser cierto lo de mi amor por Pandora. El profesor siempre fue respetuoso, amigable, y ante todo tenía siempre una especie de trato filial para con sus alumnos.

—Preferiría que fuera así, profesor, por lo menos conmigo tendría conciencia de aquello que realmente existe.

Todos, como quienes acusan con su silencio, me miraron. ¡Me sentí culpable! Volví a sufrir. Las lágrimas rodaron nuevamente por mis mejillas. Pedí excusas y me fui al catre. Apagué el lamparón de keroseno y medité. Suprimí esa noche todas las ideas, todos los pensamientos; me concentré en las numerosas imágenes que pudieron encarnar a Pandora. La vi como una viuda medieval, pequeña y grácil, tejiendo en paños flamencos mariposas doradas; a un lado estaba la rueca amarilla, con incrustaciones de oro; al fondo vi gobelinos con arcángeles y trigales. Me la imaginé luego en la selva amazónica, con el viejo taparrabo amarillento, sirviendo el jugo fermentado de yuca, el masato, el mabí que emborracha a todos y que es parte de la fiesta entre los grupos tribales. El areíto o fiesta colectiva comenzaba, y en torno a ella el buhitío inhalaba los polvos que le llevarían hacia un universo ubicado más allá de la vida terrenal, en donde el huracán era simple, no había serpientes venenosas, ni escorpiones al acecho, y la muerte de los ancianos se producía como cuando una flor se deshoja, aquel lugar en donde las opias o hupias, almas de los muertos en flor, se ocultan como la lechuza en el día y salen durante las noches a visitar a sus familiares, llegando incluso a cohabitar con sus antiguas esposas o esposos, porque la muerte no cercena jamás el deseo sexual de los espíritus nocturnos. La vi surgir en las cortes italianas del siglo XVI entre Borgias y Farnesios, entre las figuras del *Juicio Final* y los mármoles reforzados del panteón de Agripa; la vi caminar entre los pilares de la Plaza del Pueblo; me la imaginé –menuda y bella– entre mujeres que cantaban marsellesas a la salida de Juana de Arco, la de Orleáns; la vi vestida de monja medieval en la Plaza Mayor de Madrid aplaudiendo el juego del estafermo, la «reconstruí» en las luchas del Caribe, sentada junto al cañón y ayudando a Juana Saltitopa mientras ésta ponía estopa y pólvora en la boca humeante del arma y arengaba las tropas en la villa de Santiago de los Caballeros. La soñé convertida en la Honorata van Gould[132] descrita por Salgari subiendo hacia el barco pirata, y la sentí como Yolanda, la reina de los caribes[133].

Podía enarbolar su rostro en cada época; era el mismo, pequeño, ovalado, suave. Podía sentir su aliento de cada época, tibio, trazado por un viento solar que lo llenaba de luz sedosa, como la que se refleja en la gota de agua sobre la telaraña de la selva. Sabía que sólo la poesía podía salvarla del olvido; comenzaba a temer, comenzaba a sentir que la arqueología era muy fría, nada que me sirviera para hacerla mía definitivamente. Caminaríamos de la mano sólo cuando pudiera crearla en mi interior con los datos de afuera, sólo cuando formara parte de mi fantasmario, depósito personal de inventos, fracasos y paisajes espirituales. Por eso necesitaba dejarla allí, hundida en ese mundo que me informaría al través de las plantas de los pies, o Dios sabe cómo, cuál era la realidad de Pandora, una realidad inatrapable para el plano y la azada, pero posible para unos ojos que miraban más allá del simple horizonte de El Soco. Pensé que hubiera sido ideal el haber tenido una foto-

---

132   *Honorata van Gould*: Personaje de la citada novela *Il Corsaro Nero*.
133   *Yolanda*: Hija del Corsario Negro y de Honorata Van Gould, lo cual dio origen a su otra novela de aventuras que conciernen al Caribe: *Jolanda, la figlia del Corsaro Nero* (1905).

grafía, un retrato, y debo creer que los acontecimientos futuros me proporcionaron esa satisfacción, porque de algún modo Pandora cuelga dentro de un marco dorado en la sala principal de mi biblioteca.

Hasta pasada la madrugada medité. Ansiosamente. Eduardo tenía razón, había que levantarla, pero no sería ahora.

Durante el día siguiente a la funesta decisión los trabajos continuaron duramente. Se hicieron todos los gráficos de estratos. Se realizaron las primeras estadísticas y dibujos provisionales de materiales decorados y no decorados. Se establecieron los principales tipos cronológicos. Se pudo comprobar qué formas de vasijas de El Soco eran parecidas en material, decoración y tamaño a las de Juandolio. Aunque esperábamos una fecha de Juandolio realizable sobre el material de la colección Boyrie en los fondos del museo, estábamos seguros de que ambos sitios eran lugares pertenecientes al mismo grupo humano. Estábamos seguros de que la misma tribu dominaba el área, y por lo tanto considerábamos que El Soco era parte de lo que se llama un «cacicazgo», o sea, una especie de organización tribal de la cual forman parte varios poblados bajo el mando de un jefe único.

Por fin accedí, retornaríamos hacia la capital en pocos días. Nos llevaríamos a Pandora hacia otro lugar. A fin de cuentas sería como un rescate, un salvamento. Volveríamos hacia noviembre para una segunda y final etapa de investigaciones, pero no aconteció retorno alguno.

Eduardo me sugirió que Pandora podría quedarse en los laboratorios de antropología de la reciente Universidad Central del Este, en donde dictábamos cursos de arqueología periódicos. Allí, en la ciudad de San Pedro, a sólo pocos kilómetros de El Soco, estaría más cerca de «su contexto».

—Sólo con la condición de que nadie use ese esqueleto para prácticas, no lo permitiría.

Sé que Eduardo sugería tomar esta decisión por cariño hacia el profesor. Había sido testigo de mi arranque de furia.

Recuerdo que cuando llamé a Gavilán, poco después de la refriega, ya su borrachera había desaparecido. Fui yo el primero en pedirle excusas. Era un muchacho humilde y no tenía por qué ofenderme. Él, a su vez, me dijo que las borracheras le iban mal; bebía más de la cuenta, había estado toda la noche en el batey cercano, en donde el tam-tam no dejaba de sonar. Había ingerido clerén en cantidad excesiva. Casi no recordaba el acontecimiento a no ser por la herida leve que mi cuchillo había producido en su pierna. Yo guardé durante unos días mi chichón morado sobre la frente, como si un cuerno originado por el «acto sexual» de Cibao con Pandora «coronara» mi moral también violada.

Cuando le pregunté la razón por la cual actuó de esa manera me dijo recordar que Damián había dicho en la tarde que Pandora era una princesa, y que sus gentes de antes le habían prohibido «vivir con hombre». Llevado por la borrachera Gavilán consideró que sería el primero en «poseerla»; lo hacía como quien juega al amor, y fue mi imaginación, mi celo, el que convirtió casi en tragedia el gesto hasta cierto punto ingenuo de un borracho que ignoraba mi cariño hacia ella. Recuerdo que Eduardo me dijo en algún momento, «era como un borracho arqueológico». Aún la frase me produce gracia.

Conocido el hecho, no pude menos que analizar mi conducta. Dentro de unas horas tendríamos el partido de béisbol suspendido, y algo novedoso: el bautizo de Damián.

Mensaje:

Querido Eduardo, el mensajero de la Universidad Autónoma de Santo Domingo me ha traído copia de los planos y fotos aéreas totales que facilitaste a la misma en 1979. Se puede ver muy bien la zona de excavaciones. Un trabajo increíble, en el cual estrenamos parte de nuevos conocimientos y aprendimos a trabajar en equipo. La experiencia no se repetirá, lo sé. A partir de entonces nos agredió el desánimo. La imposibilidad de publicar el estudio influyó notablemente en nuestro futuro. Hiciste bien en dedicarte a la biología humana pura, y a averiguar enfermedades actuales y sus características óseas. Yo, realmente, lo que he hecho ha sido publicar viejas investigaciones ya clasificadas. He acumulado informaciones ajenas y escrito libros globales, pero El Soco se quedó como una huella en el alma. Tengo cientos de fotos, negativos y dibujos ni siquiera clasificados. He ido a un viejo archivo y allí estaban las imágenes, para mí tiernas, de los integrantes del equipo: una foto del bautizo de Damián, Dulcinda bebiendo cerveza, imagen que no conoces, y Jalaquén sonriente. Me pongo sentimental con estas cosas que son, como te digo, memoria coagulada, porque una foto, un paisaje en diapositiva, son un poco la memoria captada en su momento más palpable. Nunca se sabe lo que será luego memoria. Le digo a Augusto Adrián que, cuando vengas de tus trabajos en Azua de Compostela, traerás unas ciguas mamoneras de las que todavía cruzan los campos del sureste, me dice que no, no quiere ciguas, quiere una parejita de murciélagos para reproducirlos. Le digo que tendrá miedo del labio leporino: estupideces mías, porque para él leporino puede ser cualquier cosa. La verdad es que no sé qué hacer con esto. Estoy a punto de llamar a Solares, siempre tiene ideas salvadoras.

Jean era un hombre tranquilo. Su oficio le había proporcionado calma y confianza. No hacía la pesca en bote de motor, sino que usaba aún la vieja yola de remos. Aquel día la felicidad se leía en su rostro. Me dijo que Jalaquén había estado muy triste, insistía más que nunca en su pierna verdadera. Todos creían que ignoraba los desafueros de Dulcinda, lo que se suponía que lo hubiera alegrado o lo hubiera entristecido, quién sabe: porque Jean, aunque siempre la creyó verdadera, razonaba que, para ninguna pierna, mejor una falsa. Pero Feltrudis habría visitado al viejo y le habría narrado el acto de irreverencia de la puerca. Nathaniel nunca se responsabilizó del desastre, pero mucha gente, aun guardando el secreto frente a un Jalaquén que estaba enterado de todo, le dio la espalda. El Nathaniel Frozen Bar, etcétera etcétera y etcétera, no volvió a ser el mismo. Siño Jalaquén a veces insistía en que lo llevaran a la playa, a la desembocadura en su silla de ruedas. Decía que el verdadero agresor vendría en una de «estas tardes» y que podría identificarlo. Mandó a desmontar todas aquellas mandíbulas de tiburón cuando se enteró de que Dulcinda había escarbado debajo de La Conquistada y se había llevado los huesos que según el propio Jalaquén no pertenecían a su pierna. Nunca dijo por qué desmontó las mandíbulas. Sin que nadie lo supiera, su decisión tomó de sorpresa a Jean, pero desmontó las fauces y Jean no protestó. Jalaquén decía para sí mismo «que ahora estaba listo para identificar la pierna verdadera en cuanto apareciera el verdadero agresor». Las viejas mandíbulas le obscurecían el pensamiento, no le dejaban pensar.

Feltrudis lo acompañaba de vez en cuando. Las mandíbulas fueron embarcadas en una yola y navegaron hacia el puerto de San Pedro de Macorís, en donde los turistas americanos las remataron a buen precio. Posiblemente Jean, angustiado por los problemas económicos y por las cada vez más tristes condiciones de Damián, las había vendido en el mercado de la plaza. Es lo que Feltrudis afirmaba. Nadie, ni siquiera Romilia, supo cuánto dinero le dieron. Pero no debió de ser mucho, porque mandíbulas de tiburón disecadas se encuentran con frecuencia en cualquier camino. Aun así, el día del bautizo, Jalaquén vino a la ceremonia, sonriente, jubiloso, y dijo entre otras cosas:

—La puerca de Nathaniel me ha liberado bastante, ya no dependo de ese objeto malvado y falso que enterraron. Feltrudis sabe que ésa no era mi pierna, ella lo sabe.

Esas palabras dejaron en claro la posición invariable del viejo pescador.

Damián estrenaba su vestido de marinero. Le habíamos dado una sorpresa regalándole una pequeña flauta de madera mucho mejor que la de tallo de lechosa. Eduardo la había seleccionado en la tienda Estudios Mozart de la capital.

Alrededor de la mesa comentamos el juego de béisbol. Los arqueólogos habíamos ganado por una carrera. José jugó un buen «short-stop», no sabíamos que Carlos jugase tan bien, aunque como buen venezolano era un amante del béisbol y había que suponerlo. Eduardo lanzó muy bien, y parte de los obreros que reforzaron nuestro equipo lo hicieron como si hubiesen sido gente de nuestro «clan». En el quinto episodio, cuando ganábamos seis por cinco, Eduardo suspendió el partido aduciendo que tenía un fuerte dolor de estómago. José, Carlos, Juan Rosado y yo lo respaldamos, y propusimos que el partido se continuase otro día. Desde luego, la treta había dado resultado; los «arqueólogos» quedábamos por encima y, según Eduardo, ello era necesario para los fines de proteger nuestro prestigio y mantener «el principio de autoridad». Triquiñuelas de zorro viejo.

Cuando los obreros nos acompañaron en la noche, luego del bautizo, que se realizó a las cuatro de la tarde, se sorprendieron de ver a Eduardo bailando salsa y merengue y gozando como un diablillo. «Ya la barriga ta bien sana, tú no tien ya enfelmedá»[134], oí que le dijo uno de los obreros haitianos. Nos reíamos estrepitosamente, ya un poco mareados por el ron y el clerén. Jimaquén, presidente del *gagá* del batey Lechuga, subió a un cocotero y desracimó cocos tiernos cuya agua mezclada con clerén es casi bebida de los dioses. Nos acompañaba un conjunto musical contratado por Juan Rosado. La tambora resonaba frenética, histérica, persiguiendo la melodía del acordeón adaptado a la festividad en honor de San Miguel para unos y de Belié Belcán para otros. Y entre música y música, en la pequeña enramada, nos dábamos banquete con una abundante cantidad de mariscos, entre los cuales la langosta y el burgao[135] hacían reverberar el apetito.

Jimaquén, el dueño del gagá del batey Lechuga, cantaba, mientras los demás bailábamos siguiendo el ritmo presuroso de los palos y del tambor africano llamado balsié.

---

134  O sea, «ya la barriga *EStá* bien sana, tú no *tienES* ya *enfeRmedad*». La voz del personaje haitiano refleja el español hablado en el sur de la República Dominicana, como se muestra en la pronunciación de la palabra «enfermedad».

135  *Burgao*: O sea, el cangrejo (http://www.monesmapyrene.com/comercial/catalogo/mar.

> Ay Pedro Congó ya tú lo ve,
> que va a llové, que va a llové.
> Agua de Ogún, que va a caé,
> Agua que sana ya tú lo ve...
> Congo malé, congo male,
> ya tú lo ve, ya tú lo ve.
> Cojme y Damián, congo malé.
> Ay Santa Bábara, ya tú lo ve...
> Ya tú lo ve, congo malé.
> Bautizo y boda llaman bembé.
> Congo malé, ya tú lo ve...

Casi nos olvidábamos de Pandora. Pensé en ella y supuse que aquí, reunida con tantos «invitados solemnes», hubiera podido exhibir con galanura su corto paso. Habría usado un bonito faldellín, la nagua tejida con caracolillos, y sus pómulos salientes se presentarían con bellos dibujos como serían círculos concéntricos y rayas moradas y blancas.

En su garganta reluciría el bello collar de olivas marinas y dientes de tiburón que habíamos podido ensartar para «comprender» mejor. Sus senos pequeños, luminosos, harían competencia a la luna temblorosa que ahora apuntaba detrás de aquella nube pálida y azulada. Conocería a Jalaquén, cuya obsesión por los tiburones y su pierna no desaparecían, y lo mismo conocería a Jean, quien había iniciado un negocio mejor, según decía, puesto que habiendo reservado dos mandíbulas para fines propios, había transformado aquellos dientes en cuentas para ser vendidas como objetos «auténticos», porque ningún diente de tiburón encontrado en el collar del enterramiento de Pandora y el infante había sido modificado con decoraciones y sólo una perforación para colgarlo caracterizaba el mismo como objeto de uso. La idea no me gustaba, no me gustaban las falsificaciones, pero también pensaba que el falsificador de objetos arqueológicos preserva, en ocasiones, los objetos auténticos más difíciles de conseguir. Mi moral volvía a resquebrajarse un poco.

> «Eduardo, perdona que te lleve otra vez a la prosa personal y directa, pero en torno a las cuentas de diente de tiburón te diré algo que hará posible que nuestra complicidad quede sellada. Dame tiempo.»

La miseria llama, y la vida se presenta siempre tratando de engañar la vida.

—No debieras falsificar objetos, es un delito –le dije a Jean.

—Profesor, son dientes auténticos, sólo que les pongo un hoyo para colgar. Si ellos creen que son de verdad, allá ellos. Ningún tiburón tiene dientes falsos. Por un diente con su hoyo me pagan mejor que por una mandíbula entera.

Eduardo arrugó el ceño, y le dijo a Jean:

—Siempre serás pescador de tiburones, y con este descubrimiento más aún.

Tomé dos dientes perforados de los de Jean entre mis manos y los llevé a mi bolsillo.

Volvía a pensar en Pandora, la que ya tenía para mí cuerpo; aunque la desarmásemos, aunque la convirtiésemos en un pequeño y estudiable montoncillo de huesos, su corporeidad era real. Se llamaba Pandora y caminaba por mis habitaciones interiores, por los rincones de mi fantasía, por mi fantasmario interior, con la suavidad de un trozo de bruma sobre el horizonte marino. Me pertenecía tal y como la había soñado. Vivía en los rincones de mi cerebro, como los hijos de la fantasía de Bécquer, el romántico sevillano, acurrucada y desnuda. Como a esos hijos perdidos en el prólogo de alguna de sus obras, yo también vestiría a Pandora del arte de la palabra, para que pudiera presentarse «decente en la escena del mundo». Era una creación impulsada por la agonía de no tenerla realmente. Conversaba con ella por las noches. Lo único que me faltaba era su voz, y la reconstruía juntando, hibridando, mezclando las voces de viejas amigas de infancia, de muchachas de la adolescencia, con predominio de la de Nora, continuación actual de aquella incitante voz. Me dediqué a revisar vocablos arawaks. Amor, beso, sombra, ombligo, luna, mariposa, recuerdo, murciélago, cangrejo, lagartija... Viejos vocabularios que un día me permitirían rescatar palabras con las cuales comunicarme en mi sueño con Pandora. Ella sonreiría, pensaría en mi gran esfuerzo, se tendería junto a mí en el lecho y hablaría de sus últimas garzas, de sus últimos oleajes, de la vida perdida entre las arenas del mar, de los caracoles mudos que sonaban por dentro y soñaban desde dentro. Hablaría de cosas que parecerían absurdas a cualquier persona que no estuviera preparada ya para entenderlas. Ella era poesía, y la poesía no es explicable. Hablaríamos a la sombra de las metáforas, a la sombra de pleonasmos ocultos, de estrellas sonoras que nadie podría traducir, hablaríamos de campanarios modernos, porque yo también tenía mis experiencias y habría de transmitírselas. Hablaríamos de cementerios con ángeles y de historia patria y le explicaría que hoy muchos ni siquiera piensan que la prehistoria, de la que ella vendría, es también historia. En silencio brindé por ella sin decírselo a nadie, pero Eduardo, siempre atento, descubrió mi gesto, y me acompañó adivinando mis intenciones.

Aquel trago disuelto en agua fresca de coco tierno sellaba el futuro. Al final seríamos como náufragos de una historia que al través de Augusto Adrián amenaza con continuar. Hemos quedado como esos troncos que el oleaje empuja sobre la arena y que se pudren y fermentan tratando de resucitar el buque al que pertenecían.

> Congo malé, ya tú lo ve,
> ya tú lo ve, que va a llové...

Junto a nosotros está Gúmer, el padre Gúmer –Gumersindo de nombre–, quien efectuó el bautizo del modo en que lo deseábamos. Caminamos hacia la orilla del río y desnudamos totalmente a Damián. Todos los habitantes de El Soco –unas quinientas personas– vieron el bello espectáculo. Damián caminó lentamente hacia las aguas y cuando estuvo bien adentro hasta el punto de que las mismas alcanzaban su pecho, entró Gúmer, con todo y sotana, un cigarrillo Cremas pectoral pegado a los labios, y con la vasija de barro que acompañaba a Pandora. Temí que la dejara caer y se hiciera pedazos. El padre Gúmer la colmó con las aguas del río Soco, y lentamente –diciendo el «yo te bautizo»– derramó sobre la cabeza del gemelo aquel líquido que, a mi juicio, venía no del río, sino de una historia sobre la que la gente de El Soco caminaba, gritaba y hacía el amor y el trabajo sin darse cuenta. Margot había solicitado ser la madrina, y allí estuvo con su elegante boina del tipo Che Guevara, sus pantalones mahones o jeans, atada a la sonrisa de Carlos, quien un día sería su esposo. Cosme, el hermanito silencioso, celaba atentamente la ceremonia, en la cual, inexplicablemente, no había sido incluido. Pero siguiendo los consejos de Feltrudis, que esa vez había colocado carmín en sus labios y vestía un traje anaranjado, le regalamos algo ligado al mar: una vara de pescar y una caja de anzuelos de todos los números, incluido aquel grande para pescar tiburones.

Ante mis ojos y los de mis compañeros se producía lo que los antropólogos llamamos «un rito de pasaje». Un hecho social importante que marca el cuerpo del ser humano y el de las sociedades.

Cuando Damián, Margot y Gúmer –este último con la sotana empapada y más arriba de la cintura– salieron de las aguas vestimos al niño con su traje blanco de marinero y le dimos como regalo la flauta, que de inmediato comenzó a tocar, suavemente, como un Krishna joven; como un Pan, como el flautista de Hamelin. No vinieron tras él los ratones del cuento nórdico, y pensé que pudieran haber estado presentes los Noctilius, las ciguas y las moscas. La mirada triste del mellizo Cosme me produjo dolor hasta tanto Margot lo declaró «pescador especial». Segunda condecoración en pocos días. Habíamos sido injustos, sin embargo cuando vio los anzuelos sonrió y se los mostró a Jean, quien en silencio o casi en silencio le dijo, en tono jocoso: «te servirán de mucho, tal vez con alguno de ellos pesques un tiburón que contenga la pierna del viejo Jalaquén».

Romilia lloraba con una alegría sana. Para ella «encomadrar y encompadrar» con gente importante de la ciudad era un exitoso proceso de avance social. Sabía que el rito, por sincero, prometía lo mejor a su hijo en el caso de que los padres desapareciesen. Sabía que se establecían lazos de profunda hermandad entre los compadres. Ésa era la tradición de los pueblos. Eduardo había bautizado a Nancy, la más pequeña de Jimaquén, y por lo tanto la fiesta era doble. Cosme se quedaba para otro día, pero participó de la repartición de «medios». Lanzamos monedas al aire, y los niños del batey se hartaron de recoger centavos, a Cosme le pusimos cinco pesos en el bolsillo.

El padre Gúmer quiso conocer a Pandora. El rumor de su aparición –sin dudas alentado por los últimos acontecimientos– llegó a San Pedro en boca de los propios obreros.

Eduardo había consolidado y preparado los huesos que Gavilán había fragmentado. La pelvis había quedado como nueva. La había limpiado nuevamente; había ordenado sus manos y pulido sus arcos superciliares. Había logrado levantarla casi completamente armada, y así, suavemente, la había depositado en la tienda, sobre una caja especialmente construida, acolchada, junto a la cual estaban los datos básicos de su aparición. Como en un trono, el esqueleto de Pandora estaba casi sentado, en posición de loto, meditando tal vez, volviendo a su pasado al través de un cúmulo de pensamientos óseos y de un aire nuevo que se oponía rotundamente al aire oscuro y terroso que la cubrió durante siglos. Estaría más que contenta, nadie se daba cuenta pero yo conocía sus gestos paralíticos, adivinaba su manera de ser cuando la luz solar recorría sus extremidades y llegaba hasta su mentón pequeño y para mí transparente. Dentro de la tienda la luz de la lámpara ayudaba aún más a entender su monólogo, porque lo de Pandora era un monólogo que a veces, mentalmente, yo convertía en un diálogo.

El padre Gúmer abrió los ojos desorbitadamente.

—¡Es increíble su estado de conservación, Josú, no parece tener casi mil años! Déjenme soltarle una cubeta de bendiciones por si acaso –su murmullo, nido de las oraciones que sólo reconocía él mismo, rodó haciendo burbujas de saliva sobre nosotros.

Como un actor de mala muerte Gúmer, espectacular, reclamó sus andariveles y bendijo a Pandora, le rezó a sus formas tan bien conservadas y le dio un beso sonoro, catedralicio, en la calvaria.

—Para mí que vive en algún punto del universo, padre –le dije. Me miró entre asombrado y atónito, y luego confesó en son de burla:

—A lo mejor encarnó en algún barrio de San Pedro. Pero hablando en serio, hoy sería un alma de Dios si hubiese recibido el santo bautismo. Claro que cuando ella vivió no lo habría por estas tierras llenas de alimañas.

—¡Pamplinas! –murmuró Carlos.

En principio me pareció absurda la frase de Gúmer, pero luego la consideré lógica. Desde una visión católica firme, así era.

—No creo que los dioses, sus dioses, la hayan abandonado –contesté.

Gúmer entendió claramente mi propuesta. Según algunas religiones toda expresión es una cara de los dioses. Podría parecer una afirmación pagana a los católicos, o infiel a los mahometanos. Sin embargo los hombres han estado siempre al lado de lo que consideran les protege y orienta. Desde cierta distancia Samuel, el lugarú, el hougán, el papá bocó, asintió con gesto transformado en tos.

—Creo que tienes razón; es de las cosas que me preocupan, ¿sabes? –dijo Gúmer y escupió duramente sobre el piso mientras sorbía una vez más su cigarrillo de tabaco negro. La saliva amarilla, como sus dientes, cayó esta vez en el dedo índice de Pandora y sentí como un martillazo en mi mano derecha, como si el salivazo indiscriminado del cura fuese una agresión. Sentí parte del furor guerrero que se me hizo presente cuando Gavilán quiso violarla. Retomé, sin embargo, mis cabales cuando Margot tomó una servilleta, supongo que perfumada, y limpió la mancha amarilla del salivazo tabacal de Gúmer.

Aquella idea absurda me cruzó por las mientes[136]. ¿Sería el padre Gúmer capaz de bautizar un ser cuya vida era desconocida y cuyos recuerdos eran huesos flotando dentro de una fecha obtenida mediante el método físico-químico del carbono 14?... Si como decían los religiosos el alma se queda en los espacios, por ahí, en un más allá inconmensurable, me resultaba posible que para Gúmer fuese lógico bautizar a Pandora.

Se lo propuse de sopetón. Carlos me haló la falda de la guayabera y me codeó señalándome casi que había hecho mal. Eduardo y Margot, que comprendían mejor mi posición, rieron entre dientes.

Sabíamos que Gúmer era liberal, y que además era de esas personas cuya grandeza de alma va más allá de las formalidades. Con tres tragos de clerén agregados a su expresivo modo de ser, creí que no lo pensaría dos veces. Le había oído decir una vez, en un campo de Bayaguana, «yo soy un guerrillero y un inventor, me gusta meterme en camisas de once varas con el obispo». Las quejas de sus liberalidades llegaban a diario a la capital, como aquella

---

136   *Miente*: Arcaísmo castellano; hoy «mente». (DCECH)

acusación de que Gúmer había bailado vudú con un grupo de cortadores de caña cuando se dio cuenta de que Ogún Balendyó, Ogún Badagrí y Ogún Batalá eran santos católicos con nombres disfrazados de negro. «Estos negros nos están robando el santoral», decía en su concurrida misa allá en San Pedro. «La lucha para el rescate de mis santos la tengo que hacer dentro de las filas enemigas.»

—Para mí San Miguel sigue siendo el mismo aunque estos morenos, y ustedes mismos –dijo refiriéndose a la comunidad mulata–, le digan Belié Belcán; lo importante es que crean en él. Yo no soy racista, y sé que estos negros tienen sus costumbres. Nadie se las va a quitar. Que le cambien el nombre a nuestros santos y les den más trabajo no es cosa mala. Peores las he visto en mi Andalucía, donde Alá y Jehová andan de manos como si fueran engendro de *Las mil y una noches*.

La «liberalidad» confusa de Gúmer siempre hacía reír. Insistimos con el cuarto trago, bien cargado y caliente como un soplo volcánico.

—Si ustedes lo quieren así, lo intentaremos. Si el Señor la acoge como alma, bien, y si no lo hace, ni cuenta nos daremos. Se irá al mundo de los indios, que debe de haberlo, si es que ya no está ahí. De otro modo se irá al de los españoles y cristianos que nunca conoció –soltó una carcajada de borracho que estremeció la carpa.

Trajimos la «vasija bautismal», y entonces fue cuando como en un acto de inspiración llamé a Damián diciéndole:

—Tu padrino te ordena que seas el padrino de Pandora. Margot, que es tu madrina, será también la madrina.

—Si la bella puede tener dos padrinos, yo también me ofrezco –dijo Carlos tomando de la mano a Margot.

¡Pamplinas!, había dicho en otra ocasión. Lo repetí para molestarlo. Se dio cuenta de mi burla. El cura hizo un mohín de «no me importa».

El niño se quedó como paralizado, pero se repuso.

Los obreros, llamados por Romilia y Jean, su marido, se acercaron lentamente. El más radiante de gozo y satisfacción parecía ser Gavilán.

Mientras Damián colocaba sus manitas casi deformes sobre el cráneo pelado de Pandora, y mientras Gúmer decía las palabras rituales, yo sentía en la distancia de mi corazón una ocarina dulce, una flauta, una música celestial impregnada de gozo. También Margot y Carlos dijeron sentirla. Cuando terminó la ceremonia volví a decirle a Carlos: ¿conque Pamplinas, no?

Esta vez lo sentimental nos invadió, pero hubo pocas lágrimas. Más bien una enorme alegría nos cubrió a todos. Pronto estaríamos de regreso a la capital, y este acto –imborrable en nuestras memorias– nos unía, nos ataba, porque de la tierra emergía una especie de símbolo de lo que pudo haber sido pasión y celo, y también amor puro y grandeza. Quien lloraba esta vez era Gavilán. Carlos, esta vez gozoso, volvió a halarme el faldón de la guayabera guiñándome un ojo: el borracho de hacía unos días se convertía en un borracho fiel al respeto que mi celo había generado en él. El chichón con forma de cuerno, desaparecido de mi cabeza hacía días, pero todavía vigente en mis adentros, se esfumó como por encanto.

Salimos de la tienda entre comentarios y afectuosas frases irónicas.

—Sólo falta que ahora, luego de bautizada, encuentre novio y se case –dijo Carlos muerto de risa, besando a la vez en la frente a Margot. Me hice el desentendido.

—Algún día la propia vida te hará recordar estos momentos –le expresé con voz de shamán.

Gúmer se llenó de alegría cuando supo que posiblemente Pandora sería estudiada también en la Universidad Central del Este, en su San Pedro, un bello poblado en donde el sol ha adquirido las más insólitas tonalidades de la tierra. Una ciudad en donde los atardeceres huelen a melado, y las aguas del río Higuamo abrazan un mar Caribe plano como una gelatina transparente que de improviso copia hasta la propia brisa, con sus pájaros pasantes y sus estrellas de luz nerviosa. San Pedro de Macorís es una ciudad femenina, sus habitantes la llaman «La Sultana del Este», como si fuera parte de un reinado vigente y los descendientes de árabes que la conforman creyeran aún en los cuentos de Simbad el Marino. Tal vez por eso fray Gumersindo de Sevilla se había percatado de que no le quedaba nada de andaluz y sí mucho de mulato y de antillano, a pesar de su piel rosada y una entonación que se confundía con la de los habitantes de la región del Cibao[137].

Romilia nos abrazó, lloró de alegría. Jean lo mismo. Partiríamos en la mañana, hacia las cinco. La festividad, como he señalado, se concretó en noche de juerga.

> Ya tú lo ve, ya tú lo ve,
> no va a llové, congo malé.

Volveríamos varios meses después. Nos mantendríamos en contacto. Les dimos instrucciones a Jean y Romilia para que al primer asomo de saqueo o de buscadores de objetos arqueológicos llamaran a la guardiamarina y los policías, muchos de ellos ya buenos amigos.

Cuando tomamos la carretera de regreso unos a la capital y otros hacia San Pedro, parecía que hubiesen pasado años. En apenas días habíamos entrado en un mundo subterráneo y clamoroso que venía ahora a ser parte de nuestras conciencias.

La «cristianita», como ahora la llamaba Carlos, fue rearmada en San Pedro, y se iniciaron sus estudios conjuntamente con los relativos a los restos de Selene. En el museo inicié otro tipo de pesquisa. Las cartas enviadas a mis amigos antropólogos comenzaban a llegar con respuestas luminosas. Sabía –porque el bautizo de Damián y el posterior de Pandora así me lo sugerían–

---

137　*El Cibao*: Región que ocupa las zonas norte y central de la República Dominicana.

que el secreto del mundo que me atormentaba podía estar contenido en un ritual. Lo demás –tal y como lo supuse siempre– lo diría la poesía, lo diría la imaginación. Eso aconteció tiempo después, cuando habíamos terminado ya el único informe arqueológico preliminar del sitio, informe que jamás publicamos.

No era casual que el día antes de la partida varios obreros soñaran con Pandora. Unos la vieron lavando telas de algodón en el río; otros dicen que sintieron una voz que no podía ser otra que la de ella; Romilia tuvo pesadillas, y Gavilán soñó que Pandora era prostituta. Le perdoné a Gavilán su sueño. Un nuevo perdón. No había modo de que no me hiriera, claro, ¿qué podía pedirle a este muchacho insensible y lleno de lujuria? No tenía conciencia de que su acto, el que llegué a perdonar, pero no a olvidar, me laceró profundamente. La crónica nunca habló de putas entre las indias, pero sí de mujeres ardientes y de violaciones que conformaron el primer mestizaje americano.

Carlos partiría hacia Caracas. Pasaría unos meses allí antes de retornar al trabajo de campo. Margot iría luego para conocer a sus padres. Todos sabíamos que estaba embarazada. Eduardo dijo: el hijo que nazca de ellos será ciudadano de El Soco. Le haríamos a Carlos una formal despedida. Los periódicos se habían hecho eco de su labor; le habían prodigado entrevistas. Alguno que otro periodista hizo preguntas sobre el «caso» de una mujer sacrificada, enterrada viva. Mantuvimos un respetuoso silencio; simplemente expresamos que habíamos iniciado las interpretaciones en base al trabajo de campo ya que por el momento no era aconsejable producir afirmaciones definitivas. Sin embargo varios diarios nacionales publicaron la fotografía –la más bella y espectacular de todas– en la que era posible ver el arco del brazo de Pandora levantado, con el codo articulado. Uno de los pies de foto señalaba que el hallazgo había generado diferencia y pleitos, y que una ola de misterio cubría el personaje. Entonces fue cuando decidimos acelerar el traslado de las osamentas hacia el laboratorio de la universidad. Los esqueletos fueron encajetados en un par de días bajo la supervisión de Eduardo, y trasladados en un vehículo seguro, descargados en los depósitos universitarios y rápidamente ubicados en los anaqueles habilitados para este tipo de caja. El rector José Hazim nos facilitó el trabajo, de éste salió su entusiasmo por el actual museo de la casa de estudios.

Eduardo volvió a Santo Domingo y el cementerio indígena del río Soco se quedó casi sin enterramientos, solitario, hasta cierto punto abandonado, aunque la gente vivió allí y algunos siguen viviendo. Pero el vacío dejado por nosotros al llevarnos todo aquello produjo grandes cambios que luego nos dolieron en el alma. La Conquistada, palmera en la que anidaban las ciguas mamoneras y luego los Noctilius, comenzó a secarse y sus habitantes huyeron. El hueco en donde estuvo la supuesta pierna de Jalaquén robada por Dulcinda se llenó de lodo negro y cientos de cangrejos habitaron las raíces del árbol, hasta afectar su follaje. Jalaquén visitaba la playa con mucho esfuerzo y Cosme, el «pescador perfecto», como por tercera vez lo había bautizado Margot, lo llevaba. En unos meses, dos, tres quizás, cambiaba todo. Lo que no cambió nunca fue la presencia de los tiburones, que ahora eran más fáciles de pescar, porque habíamos dejado de regalo a Jean y su familia los arpones de presión que nunca usamos. Nunca tuvimos tiempo de bucear en la costa, un deporte que Eduardo siempre quiso practicar y para el cual llevó pertrechos que no fueron estrenados.

Las llamadas telefónicas habían llovido sobre nosotros. Habíamos, como se dice, capeado el temporal y expresamos nuestra afirmación de que era, realmente, un caso no común, pero que no era el único. Remitimos a nuestros interrogadores a un entierro expuesto en los salones del nuevo Museo Nacional, rescatado en La Cucama, en donde una joven esposa acompañaba los restos de su marido, el cacique. Explicábamos que tal realidad era parte de la crónica, y que si bien nosotros habíamos localizado las «expresiones» arqueológicas nuevas de un dilatado ritual arawak, ello no significaba misterio alguno.

De este modo alejábamos la poesía popular de la realidad arqueológica. De este modo espantábamos el misterio, le lanzábamos baldes de agua helada, lo alejábamos de la superstición para hacerlo más nuestro.

Con empeño era yo el primero en no permitir que otro cielo y otras estrellas entraran en mi universo. Nunca hube de renunciar a explicarme –aún con mucho de poesía– la verdadera historia de Pandora.

Le encomendé mucho a Carlos hablar ampliamente con los doctores Sanoja y Vargas en la Universidad de Caracas, para cualquier cesión de datos asequibles en los archivos venezolanos, puesto que en Venezuela quedaban grupos importantes de lengua arawak cuyas costumbres tenían similitud con la de los habitantes antillanos del siglo X. También le recomendé visitar la Fundación La Salle de Ciencias Naturales. Sabía que varios de sus investigadores habían trabajado ampliamente en la zona de la desembocadura del Orinoco, y que existía en sus archivos un cúmulo de información no publicada que podría darnos más luz sobre la ocupación indígena en general, y a mí particularmente, sobre el caso Pandora.

Antes de la partida de Carlos organizamos la fiesta. Nos fuimos a El Gallinero, un sitio capitaleño hoy desaparecido en donde se podía tomar ron, beber cerveza y sentir permanentemente el rumor del mar. Ubicado en la propia autopista que circunda el mar Caribe, al sur de la ciudad, el sitio era una de nuestras «estaciones de servicio». Tenía para nosotros un sabor muy especial pues, pese a su nombre, el lugar estaba conformado como un poblado indígena. Eran cabañas similares a las descubiertas en El Soco cuando encontramos los primeros postes de vivienda, cabañas de piso circular, techo de yagua y caña, el mismo techo precolombino, y paredes de troncos finos verticalmente colocados. Entrábamos a un espacio mágico, en donde pudieran aparecer las reinas del areíto, alguna Pandora, y jugábamos a ello. Alguien se acercó con guitarra y claves y nos interpretó varios sones cubanos. La música de Miguel Matamoros me llena de alegría. Pedí a los músicos ambulantes que cantaran «Lágrimas negras», una canción de «amargue».

Los dominicanos de los barrios tristes y pobres nos «amargábamos» escuchando las canciones de amor. En Santo Domingo no se entiende una botella de ron que no esté manchada de recuerdos, por esa razón la salida hacia el pasado no es la arqueología sino el ron. El llamado «amargue» es una especie de masoquismo musical, de flagelación sonora. Beber y recordar es una especie de deporte que produce lágrimas y genera alegrías a veces insanas. El recuerdo se construye en función de la pena. Abre también discusiones al ritmo de recuerdos placenteros que se degustan para sufrirlos, como esos vinos de solera. Les pasa a jóvenes y viejos. Muchos jóvenes se «inscriben» en las categorías del sueño que representa el amargue. También en muchos sitios de Venezuela pasa lo mismo. Mientras «libábamos», como decía Eduardo, Carlos recordaba los bares de Maracaibo en donde cantantes dominicanos del pasado, como Alberto Beltrán, estaban a la altura de un ayer intemporal. Era el pasado de las películas mexicanas de los años cincuenta. El pasado de la Sonora Matancera, la gran orquesta cubana de la misma época; el pasado de Kiko Mendive y de Fernando Álvarez; el pasado de Beny Moré y Pérez Prado. Todavía en las «velloneras» de la faja del Caribe continental –en Cartagena de Indias, en Barranquilla–, o de las islas, el pasado tiene forma de música temprana. Lo tiene en San Juan, Santo Domingo y Puerto Príncipe, donde se escuchan los viejos discos portadores de ilusiones y sueños. Se escucha a Daniel Santos, con su voz entre fañosa[138] y aguardentosa, y se siente el rumoroso arrullo de palmas que enarbolan los danzones cubanos en la voz transparente y frugal de Barbarito Díez, rey indiscutible del danzón cubano. «Eres tú la mujer que reina en mi corazón.» Todavía el merengue de Luis Alberti titulado «Compadre Pedro Juan» pone fuego en los pies, lo mismo que los merengues de Ángel Viloria con su Conjunto Típico Cibaeño, cuya música es la base del carnaval de Santiago de Cuba.

Mientras emerge este mundo, yo reproduzco para mis adentros el sonido de la flauta, de la ocarina, del «silbo vulnerado» de Damián. No sé por qué de pronto pienso en los versos aquellos de Miguel Hernández, uno de mis poetas favoritos. Tengo la pena de una sola pena, que vale más que toda la alegría. Así, en orden descendente, me zambullo en esa pena bruna, que como dijo el poeta tizna cuando estalla. Nada tiene que ver con Alberto Beltrán, con Beny o Daniel Santos. El recuerdo de la ocarina no es un sonido que

---

138   *Fañoso*: Que habla con pronunciación nasal (DRAE).

pueda referirse a amores perdidos o a sentimientos pasionales; es más bien una fronda de notas que desean ser armónicas sin intentarlo y que no quieren ser melódicas aun siéndolo.

Me quedo paralizado, detenido en un tiempo que ya no es el de los mares antillanos de hoy. Las manchas del recuerdo disperso en mis adentros florecen como gladiolos en mi fantasmario, como lirios, me precipitan en un mundo de olores donde el alma lucha armada, como un caballero andante, contra los paisajes que hacía poco tiempo conformaron nuestro entorno científico. Otro tiempo colmado de lejanías y a orillas del mar, cuando El Soco cantaba en la voz de sus habitantes simples melodías transportadas al quehacer de la ocarina. No era la sociedad del ron y del amargue, sino la sociedad de la subsistencia y de la simplicidad. Cada quien hacía su masato, su bebida de jugo de yuca fermentada; cada quien lo llevaba a la plaza cuando los días de fiesta eran señalados por el buhitío. Entonces el recuerdo tenía otra alternativa. No estaba ligado al primer amor ni a los últimos designios de un ser que abandonado por su suerte canta su desgracia. La canción era entonces el recuerdo de todos. Las crónicas que había estudiado sobre el llamado areíto, fiesta colectiva de la memoria bailable, señalaban que también el alcohol, la borrachera, generaba una especie de amargura alegre: la de una historia de siglos repetida en la boca de toda la comunidad: emborracharse y repetir lo que decía el jefe del areíto. Aprender de memoria y con música lo que la escritura, no descubierta ni usada por estas gentes, hubiera grabado en hojas de papel o en tabletas de arcilla.

Frente a un mar a veces suave, y en medio de aquella plaza que era el centro del poblado, el areíto surgía de la voz de los presentes. El más viejo cantaba las historias ya perdidas, y los más jóvenes con tambores de tronco ahuecado, ocarinas, flautas de hueso, y sonajeras de caracoles en tobillos y muñecas, acompañaban con un ritmo lento y ebrio frases que pasarían de boca en boca, de sueño en sueño, de voz en voz, de silbo en silbo, de ave en ave, de plumaje en plumaje, de escama a escama, como pasaban en El Gallinero los boleros amables de Fernando Fernández, las guarachas inestimables de Ñico Saquito y Carlos Taylor, y aún más, como quedaban en nuestro corazón frases y notas de melodías dominicanas aún más antiguas, parte de un amargue más distante, como serían las viejas canciones de nuestros abuelos aún en boca de los populares cantadores de sones, boleros y guarachas, trovadores arrugados por un tiempo lleno de retornos.

Cada amargue tiene su época. La de nosotros se centraba en los años cincuenta porque andábamos por los cuarenta y tantos. La de los mayores que nosotros tendrían su «arqueología sonora» ubicable antes de los cuarenta. Lo importante era que el areíto continuaba. Y que si bien no era parte de una historia del pueblo en estos momentos, era parte de una historia del alma.

Ella, pequeña, bien torneada, con un collar grande de semillas de mamón o de guanábana, se sentó cerca de nosotros. Joven, guapa, llena de luz, hermosa, miró hacia nuestra mesa y pensé en la frase de Gavilán. «Era una prostituta.» Las hay tan bellas como mi princesa, me dije. Volví el rostro y me alejé de esa realidad. El mundo de Gavilán y el mío eran bien diferentes. Además, repito furiosamente que en la prehistoria antillana no hay putas, no se habla de putas en las crónicas, se habla de caciques con muchas mujeres, pero no de mujeres comunes a muchos hombres.

Cuando salí de mis pensamientos Carlos cantaba. Usaba la guitarra de los soneros a ritmo de «cuatro». Un joropo llanero[139], y luego un vals antiguo («Dama antañona»), y después una bella canción que era parte del amargue venezolano («Hay un rumor»), y más tarde un silencio y algunos poemas de Aquiles Nazoa, dichos lentamente por mí. «Había una vez un caballo que se alimentaba de jardines…»

Entramos en el mundo de la literatura, en el del sueño, y narré la historia de una pequeña india sacrificada por los dioses. Comenzaba entonces la segunda parte de mi encantamiento, mientras que ya, en El Soco, el mundo se transformaba y todo cambiaba sin que nos diésemos cuenta en aquellos momentos.

Sí, la segunda parte de mi encantamiento. La primera se había generado entre los restos arqueológicos de la excavación y la enramada de Jean el pescador, entre las sorpresas de Damián el ocarinista y de Romilia, la que sentía y tenía presentimientos de cosas del más allá, entre las aseveraciones de Feltrudis y sus predicciones convertidas en consejo, en la insistencia de Jalaquén con su deseo de venganza total y su odio contra toda dentadura, entre las locuras de Dulcinda y Nathaniel, desaparecidos luego de nuestro trabajo, en la tristeza de Cosme, «el pescador perfecto», ideado por Margot. Mi primer encantamiento tenía que ver con los Noctilius y las ciguas mamoneras, y los aprestos sexuales de Gavilán, y el balsié y el gagá de los bateyes en donde Gúmer aprendió que Ogún Balendyó y Belié Belcán, santos negros, eran también santos católicos blancos y disfrazados.

La borrachera o semi-borrachera terminó en los jardines del museo. La luna nueva prometía una luz verdeante capaz de abarcar la noche cálida del trópico dominicano. Por encima de las crestas de las olas salía ella, la imperturbable luna de octubre, con sus manchas faciales parecidas a los paños o marcas que emergen en el rostro de las embarazadas y de ciertas adolescentes.

Allí conversamos sobre el ciclo humano, sobre la posibilidad de que el hombre no fuera otra cosa que una célula de un gran organismo llamado no se sabe cómo. Eduardo suponía que así como el hígado tiene sus células que no saben que son parte del hígado, así el propio hígado no sabe que es parte del hombre, y el hombre mismo —por supuesto— no sabe tampoco de quién forma parte en un contexto universal que él mismo conoce precariamente.

*«Pensabas de ese modo, y tu retorno en busca de recuperar el pasado con mis notas, me dice que no has cambiado mucho.»*

---

139  *Joropo llanero*: Música y danza popular venezolanas, de zapateo y diversas figuras, que se ha extendido a los países vecinos (DRAE).

Con los tragos emergían estas filosóficas consideraciones que llamábamos «consideraciones en secuencia».

El tema de Pandora se abalanzó como argumento obligado. Eduardo había hecho los análisis y la radiografía no revelaba la presencia de «líneas de Harris»[140]. Eso quería decir que Pandora había tenido un cuido especial desde su infancia. Las llamadas «líneas de Harris» son formaciones cálcicas, rayitas horizontales que se producen en el hueso en los momentos de la crisis alimenticia. El análisis microscópico informa que mientras menos «líneas» mejor alimentación. Los demás análisis de los más de cien individuos recuperados revelaban la presencia de «líneas» en casi todos los períodos de infancia. Por otra parte esta anemia colectiva fue la que determinó una alta mortandad infantil entre los 3 y los 10 años en la población prehistórica de El Soco. Que Pandora no la sufriera tenía una sola explicación: sobre ella había una atención especial, su dieta era diferente y balanceada, su mundo no era el de sus compueblanos; estaba más arriba, en una zona de tratos especiales y de consideración no común a la totalidad de la población.

A las tres de la madrugada, luego de conversaciones de todo tipo, decidimos «levantar campamento», abandonar los jardines del museo. Era realmente un sacrificio tener que dejar aquella grama fresca regada por una lluvia de luz transformada en un paisaje lunar excepcionalmente claro. Pero Carlos viajaría. Debería levantarse temprano porque su vuelo del 28 era mañana. Margot nos acompañaría al aeropuerto.

Lo recogimos en su albergue y partimos hacia el aeropuerto por la misma carretera que conduce a El Soco, sólo que el aeropuerto está ubicado mucho antes. El olor a salitre, a yodo y a mariscos hablaba de posibles nuevas y potentes lluvias, y en la carretera los cientos de caparazones de cangrejos rojos aplastados por los vehículos eran parte odorante de la propia estación.

Llevar a Carlos era recorrer un trecho que nos haría desembocar en el recuerdo nuevamente. La misma ruta de cocoteros y mar añil; el mismo viento cálido y los mismos tramos llenos de yagrumos[141] de hojas platinadas, los jardines de piedra a la derecha, junto al oleaje; el paso de las aves marinas, albatros, alcatraces, gaviotas y martines. El reflejo distante de algunos cachalotes cruzando muy al sur, y aquí, junto al farallón y al acantilado, el cardumen de sardinas moviéndose como una nube dentro del agua mientras bonitos y atunes cargaban contra la fácil presa.

Cerré los ojos —Eduardo manejaba—, y la figura de Jean, con su yola y su chinchorro, llenó de imágenes pescadoras mi mente despeinada por la brisa.

---

140  *Líneas de Harris*: La definición que dará el narrador sobre estas marcas biológicas está científicamente documentada. Para confirmar el dato, véase el estudio de Janusz Piontek et al en http://var-and-evo.bio/.uni.torun.pl/03_9.pdf

141  *Yagrumo*: Árbol de la familia de las Araliáceas, con pezones largos, hojas grandes, flores

Fue escuchando una grabación de Alan Hacker cuando comencé a ordenar las ideas; hacia septiembre de otro nuevo año tendríamos completo un mejor preliminar arqueológico, pero no incluiría información sobre Pandora que no fuera la estrictamente científica. El clarinete-bajo tocaba una de las cuatro formas de interludio escritas por Harrison para el excepcional *Himno al Sol* de Mesomedes de Creta[142]. Una música que la tradición griega había conservado desde el año 130 de nuestra era, y que ahora pasaba entre los dedos y el viento producido por Hacker. ¡Sonidos! Cerré los ojos y vi la escena de un pueblo que danzaba lentamente mientras llevaba en hombros una mujer joven, tal vez drogada antes de darle sepultura. Comprendí que la historia de Pandora no estaba entre los artefactos y que sólo la poesía podría regenerarla. A esta visión se había agregado la voz de Nora, mi esposa, cuya calidez me acompañaba y me acompaña siempre.

*«Sin embargo, como puedes apreciar, Eduardo, me descuidé durante años. Necesitaba tu empuje y las delicadas sugerencias de Nora para lograr unas notas que un día pudieran transformarse en novela, en literatura.»*

—Al fin y al cabo tienes razón –contesté–, Pandora es una especie de invención que nos ha cautivado a todos. Tal vez ella, como imagen sea más atractiva que como esqueleto. Tal vez su historia, por inventada que parezca, sea más interesante que un simple informe de arqueología.

Y volviendo a cerrar los ojos, rodeado de mis libros preferidos, el clarinete me sonaba a la flauta que Nora ensayaba en nuestros años de niñez casi adolescente, cuando Rocheblav luchaba con sus alumnos para que no perdieran la «embocadura».

Nora conserva aún una voz muy bella; una voz como de fagot, como de

---

142  *Mesomedes de Creta*: Compositor griego que vivió en el siglo 2 DC.

clarinete-bajo, y sus palabras tenues y distantes me llegaban como parte de la música mientras el pueblo de indios depositaba en la tierra cuajada de cenizas el cuerpo de la mujer joven. Le colocaban ofrendas sobre la cabeza. También en la olla dedicada al niño habían puesto flores y regalos; finalmente se estableció que en la de Pandora colocaron flores de guayacán, amaranto, margaritas del monte y de guáyiga. Las trajeron dos hombres viejos, vestidos con taparrabos azules y grandes orejas perforadas. En su pecho se veían los signos de la ceremonia: círculos concéntricos y rayas. Al fondo mujeres rallando guáyiga, y en los bohíos cercanos, niños y niñas amasando aquella harina fermentada en donde miles de larvas de moscas soldados completarían el alimento destinado a la ceremonia.

Tenía que ser así; no podía ser de otro modo.

—Sé que ella fue enterrada casi como ofrenda, como una ofrenda.

—Misteriosa mujer –señaló Nora.

—Misteriosa.

Ahora Hacker emitía sonidos bajos, casi similares a aquellas formas musicales que son más armónicas que melódicas, contenidos en las ragas hindúes de Ravi Shankar. No sé por qué pensaba en aquel concierto de Shankar y Menuhin, en Londres. Creí que de un momento a otro escucharía la «tamboura» y al «sitar», y aquel violín celestial que perseguía la raga como un gato persigue al ratón que trata de escaparse. Música tratando de ayuntarse con otra música. Tartamudeo musical y erótico. Dos culturas buscando fundirse en la música de sus propios pasados. La voz de Nora, parecida a la de una ocarina distante, interrumpía de vez en cuando el sonido de tanta nota derramándose.

«No, imposible. No debes mezclar jamás la ciencia con la poesía», me decía en mis conversatorios interiores conmigo mismo.

«Pero podrías», me había dicho Nora, apoyando tus argumentos. «Algunos que se dicen arqueólogos sólo han publicado resultados inventados, novelescos; tú mismo lo has dicho a veces».

Nora se había sentado sobre el brazo de mi mecedora de mimbre y pasaba su mano cálida sobre mi frente. Sabía que en mi cabeza asediada por las canas bullía un fuego de desesperación. Nunca sospecharía de un amor prehistórico. Me sentiría culpable de una infidelidad jamás soñada, depositada en papel milimétrico y en perfiles de vasijas rotas. La impureza de una traición absurda me colmaría. Nunca se lo diría y sin embargo era ella la que igual que Eduardo me impulsaría a rescatar la historia de una mujer que en cierto punto amé sin intención de ofender a Nora. Supuse que te habías puesto de acuerdo con ella cuando trajiste la oferta. Durante aquellas ocasiones presentía que jamás podría rehacer la biografía total de aquel ser con costillas doradas y calvaria brillante al claror de la luna. Sabía que Pandora era parte de ese mundo de ilusiones que viven los poetas, los antropólogos que no aciertan con la realidad y que temen abandonarla, temen perderla para siempre cuando se salen de sus casillas.

Entre la bruma de mi pensamiento pensé en un libro de Muriel Dimen-Schein titulado *The Anthropological Imagination*[143]. Su autor declaraba que, fascinado por el pasado, había escogido una carrera que debería llevarlo a reconstruir la vida intensa de seres que no sólo dejaron artefactos en derredor, sino que pensaron, y actuaron, y dijeron su mundo del único modo posible. Cada objeto contiene palabras, cada espacio vital contiene silencios descifrables. Leer esas frases, descubrir esa fonética consolidada en la materialidad de las cosas, sería parte de la labor del historiador, pero igualmente del novelista que intenta descifrar un alfabeto sin consonantes ni vocales. Completé mentalmente la historia de la cual tienes ya fragmentos, querido Eduardo. Necesitaba el permiso del único sobreviviente de una complicidad compartida que habrá de sellarse nuevamente, y la insistencia de la voz de mi mujer.

Ese proceso de vida cotidiana, tan importante para entender los hechos de la humanidad, ha sido abandonado por los que revisan la historia. Sobre esta base muchos pensamos que es el momento mínimo el que genera el gran momento; que no existe un cuadro completo que por vivo que parezca contenga los mínimos instantes de creación que hayan convergido para dar forma definida a la obra única, a la obra global. Escupir, decir adiós, respirar profundamente, cantar en la madrugada, abrir los ojos y cerrarlos para evitar la realidad son actitudes simples, pequeñas, que forman parte de momentos históricos en los que la humanidad se ha identificado. Un fragmento de vasija contiene el sudor de un hombre del siglo X, contiene el momento en el que una niña de ocho o diez años encendió el fuego para quemar la cerámica, contiene la arena del río que fue usada para reforzar la masa de barro y por lo tanto refleja esa caminata del poblado a la playa para traer la arena; un trozo de hueso pulido contiene el momento de la cacería; es un testigo mínimo del momento en el que el cazador golpeó con el hacha el animal, lo descuartizó y lo convirtió en alimento y en instrumental hecho de hueso; el polen de guáyiga contiene las caminatas alrededor del poblado, la recolección de las plantas, la hora en la que se levanta el recolector y la hora en la que se acuesta, contiene la tradición de siglos; cada objeto tiene un mensaje dentro, un idioma que deberemos descubrir, recrear, para entender más profundamente el pasado.

Todavía Napoleón Bonaparte no se entiende si no conocemos su gusto por el té y sus accesos de tos, su úlcera, su dolor de vejiga. Hasta dónde su biología pequeña fue parte de su grandeza es algo que deberemos tener en cuenta. Se dice que el hígado enfermo del libertador Simón Bolívar agrió su temperamento en sus años finales. Ver la flor abrirse cuando el sol la toca con sus rayos parece una simple mecánica, pero millones de genes y de memorias vegetales están repitiendo un proceso que no es otro que una forma de psiquis-

---

143    McGraw Hill le publica dicho libro a este antropólogo estadounidense en 1977.

mo, de pequeña y maravillosa reacción multitudinaria contenida en átomos y moléculas movidos por millones y millones de años de evolución. El tallo no es el dueño de la flor, ni su dictador. La flor es todo. Toda flor está virtualmente «esperando» su luz. Todo movimiento de la mente o del cuerpo tiene dentro un mensaje. Repitámoslo: el universo es un gran gerundio.

Inventar un poco el final de Pandora no me hubiera sido difícil. Nora tenía razón. La realidad es tan inmensa que no cabe en la imaginación, como también es tan grande la imaginación que muchas veces suspende la propia realidad, la sustituye. Todo depende de cómo el hombre cuenta, narra, aprende y formula cuanto cree. Pero pedirle a un arqueólogo crear una historia era demasiado. No obstante el reto me atrajo. Primero Nora, desde hace años, y ahora tú, compadre. Por tales razones no he pensado, desde hace tiempo, en otra cosa que en suprimir el informe arqueológico; borrarlo de mi posible bibliografía para dar un paso a la vida de un ser humano llamado Pandora con quien, al parecer, sufría una obsesión terrible.

A eso me dedico en estos momentos, gracias a la comprensión de Nora y a tu sinceridad. Y si estas líneas no llegan al relato puro, porque hay en ellas demasiada imaginación, tampoco son la ciencia pura, porque pretendo que quienes me lean sientan lo que sentí durante aquellos años, y lo que aún palpita en mí cuando observo la foto de alguien que sustituyó a Pandora la india, de alguien que emergió de pronto como una forma nueva, pero igual, porque vino mezclada en el misterio y en la tormenta del calendario. Ahora volveré sobre aquellos hechos que no estuvieron en nuestra experiencia mutua, pero de los cuales tienes ya noticia. Te faltan los detalles y te los proporcionaré.

Antes de que esto ocurriese, El Soco, como un capítulo de novela que se cierra, me dejó amarguras plenas. Eduardo y yo fuimos a ver a nuestros compadres. Esta vez sí que llevábamos regalos y golosinas. A Cosme le había comprado un traje de buzo y una escafandra. A Damián una flauta que era casi un clarinete, y traíamos la beca completa para que pudiese estudiar en la Escuela Elemental de Música; al viejo Jalaquén una orden para que en el centro de rehabilitación de la capital le hicieran las medidas iniciales para una pierna y un brazo nuevos. Nos apeamos del jeep con el paquete de regalos.

La cara de Jean no era la misma. Las arrugas habían surgido en su rostro dejando en el mismo los síntomas de una ancianidad súbita.

—Tenemos algo para cada quien.

—Ya no hay cada quien —dijo Jean.

—Luego de que los esqueletos se marcharon, la desgracia acabó con este pueblo —oí que dijo una vecina desconocida.

Feltrudis, en cuanto comenzaron las desgracias, comentó por todo el poblado que habíamos traído azaros, malas influencias y muerte. La primera en desgraciarse fue ella.

Eduardo me había invitado a visitar El Soco ilusionado con que pudiera haber una próxima campaña, la que nunca se llevó a cabo. Tenía noticias de que Damián estaba muy mal de salud y de que la misma Romilia no se sentía del todo bien.

Juan Rosado, el guía, le había llamado desde San Pedro de Macorís para decirle que Romilia temía por el muchacho. Había tenido accesos de tos, vómitos repetidos y altas fiebres. Pensé en un paludismo, en una malaria, porque junto al manglar la ola de zancudos era suficiente como para desencadenar enfermedades de este tipo. Por los años cincuenta varias personas habían muerto de malaria en El Soco. El gobierno nacional había iniciado una campaña que dio al traste con la malaria ya hacia 1955. Sin embargo nuevos «brotes» se estaban registrando en el país.

Habíamos descendido del vehículo del museo y caminado hacia la casa de Jean; entonces salió ojeroso y cansado. Los vecinos —entre ellos algunos obreros— nos dijeron que el niño había empeorado y que lo habían trasladado al hospital San Antonio, situado en San Pedro. Hasta allí nos acercamos con el propio Jean, y en verdad encontramos un Damián disminuido, con los ojos entornados y con las manos cruzadas sobre el pecho. Me emocionó profundamente ver su flauta en la mesa, junto a la camita de sábanas amarillentas. Romilia, al vernos, se deshizo en llanto. Desde un rincón Cosme, el gemelo, nos miraba con rabia.

—Damián, Damián, ¿cómo te sientes? —dijo Eduardo.

El niño abrió lentamente los ojos y vi en sus pupilas el signo de la muerte. Los médicos habían pronosticado «parálisis infantil», «polio». El cuerpo contrahecho de Damián, sus viejas huellas de enfermedad, habían ocultado el proceso; cuando vinieron las fiebres y la imposibilidad de caminar, se consideró que ello era lo normal en quien ya tenía, desde sus años iniciales, problemas motores básicos. Ahora la muerte venía a grandes zancadas.

Eduardo me miró sin esperanza.

Damián buscó con sus manos ya casi inertes la flauta; el bracito húmedo de alcoholes y unturas campesinas no alcanzó a tomarla. Se la llevé a ambas manos y abrazó su instrumento con amor y celo.

—Dice que se ve la princesa, y que la princesa desea vivir con él –se expresó Romilia, con grandes lágrimas de dolor.

—Si muere lo enterraremos en la tumba donde estuvo Pandora –le susurré a Eduardo, evitando que los padres me oyeran.

Eduardo me miró con cierta extrañeza. Lo mismo que yo, no podía ocultar el llanto. Sabía que Damián moriría en unas horas. Su pulso era mínimo; el frío de sus piecitos y el lento ritmo cardíaco eran un síntoma de que la enfermedad estaba dando fin a su pequeña vida.

Entonces emergieron en mí los momentos de la primera campaña de excavaciones. Retomé el sueño de la ocarina, el sonido, las melodías armónicas e inarmónicas, los sueños de Damián, el asalto de Gavilán a la tumba de Pandora, la luna sobre el poblado, nuestras conversaciones y la fidelidad de Damián a su propia creencia.

—Quiere que lo entierren con Pandora –dijo Jean, resignadamente.

Como si me hubiese leído el pensamiento, Jean acababa de sellar un compromiso que hubiera sido difícil de llevar a cabo con su oposición. Ahora se abrían las puertas. Hasta dónde era una coincidencia que el niño quisiera esto, y yo lo propusiera sin saberlo y Jean lo confirmara pidiéndomelo, me pareció sobrenatural.

El pulso de Damián fue cada vez más lento. Su respiración más breve. Cuando retornamos en la tarde ya había muerto.

Las religiosas nos permitieron envolverlo en un sudario blanco y lo trajimos a El Soco en la parte posterior del jeep. Algo que me emocionó profundamente fue el momento en el que cortaste casi a dentelladas la sábana blanca para convertirla en tiras, con las cuales envolviste al niño. Habías recuperado en Damián las figuras de las cavernas en las que la imagen del niño envuelto tenía un sentido misterioso. Quizás, pensé como tú. El niño envuelto representado en dibujos de muchas cavernas pudo haber sido un homenaje a un ser con facultades especiales. Digamos que aceptamos esa posibilidad como un modo de vencer el misterio. Llamé a Nora para darle la noticia, también llamamos a Margot. Nos reuniríamos en la mañana en El Soco.

No fue fácil conseguir el permiso del alcalde para enterrar al niño en un lugar que no era el cementerio municipal, pero que había sido el cementerio trabajado por los arqueólogos. El sepelio se haría silenciosamente. Pero algo terrible me taladró el corazón. Entonces, durante la velación y sin que nadie se enterase, Eduardo fue a San Pedro, trajo los huesos de Pandora en el jeep y decidimos cumplir el pedido del «pitador». Por la mañana lo llevaríamos al cementerio de El Soco, y en la noche sería traído nuevamente al poblado indígena. Juan Rosado se encargaría, junto a Gavilán, de realizar la operación. Así, luego de los adioses del padre Gúmer, depositamos a Damián en el cementerio moderno, un cuadrado de pocos metros para una población ahora de menos de trescientas personas. Por la noche —noche de luna, otra vez, precisamente— Juan Rosado y Jean el pescador hicieron descender el cuerpo del niño. Eduardo y yo lo ubicamos en la «huella» dejada por los restos de Pandora, y junto a él colocamos la caja con los huesos de la princesa, violando la ley que no permite el rapto ni el robo de materiales pertenecientes al Estado. No olvidamos colocar en sus manos la flauta que le regaláramos el día del bautismo. En silencio puse unas hojas y flores de guáyiga dentro de una vasija de barro de las actuales, y pensé en una oración inventada que entregaba a los dioses el alma de un joven dios, el alma de un ser preso de una enfermedad profunda y triste a pesar de la cual era capaz de solazarse en la música y desencadenar la poesía.

En silencio pensé en aquel cuerpo cansado, cuya caída en la fosa significaba la eliminación del sufrimiento. Me pareció escuchar el clarinete de Hacker; esta vez debía de ser la *Petit pièce* para clarinete y piano de Debussy; ¡sí, era ella! Sí, el alma clara de Damián se elevaba entre sonidos suaves y amenos y música del mar, pero las gallinuelas, las gallaretas alborotaron el silencio. La espuma del oleaje, cuyo chaschás es inconfundible, rendía un homenaje blanco a Damián. Las palmeras y los cocos se movían interpretando una música grave, como de gritos apagados, mientras millones de sardinas relumbraban en la distancia.

Nora cantó un avemaría. Su voz plena, tranquila, cálida, se metió por los rincones de la casucha de tablas de palma y caña. Todo el mundo sabía que Damián había sido enterrado en la tumba de Pandora, pocos supieron que Pandora lo acompañó hacia el más allá de las opias. El propio alcalde sólo quiso cumplir con la ley para cumplir con su corazón en horas de la noche. El cuerpecito era la concreción de un gran secreto.

Entonces la vi; mis ojos la vieron, la imaginaron, no sé. Estaba sentada en la sombra que hacía el más alto de los montículos. Reía con esa sonrisa triste. No digo que pude escuchar su voz, pero vi sus labios moverse, susurrar en silencio, girar sobre una brisa con sabor a yodo y a oración.

Estaba allá en el fondo de la tumba y aquí en los alrededores de la muerte de Damián. Tenía en la caja de madera la forma dura del hueso y aquí en plena superficie la forma suave y protectora de la sonrisa. Poseía el calor de los días y el brillo de las estrellas. Su piel aceitunada era similar a la suave piel de los actuales habitantes del Orinoco. Sus pequeñas manos azules tenían un tornasolado gesto de mariposa. Mi error fue pestañear. De pronto se deshizo. Hubiera corrido hacia ella, pero sabía que las sombras que producen los espíritus no deben ser estorbadas. Sabía que todo cuanto es un híbrido de la realidad y la imaginación, es intocable.

Cada sociedad puede adaptar sus cambios según su modelo de creencias. Es un axioma. El enterramiento de Damián en un cementerio del siglo X, y en una tumba ocupada días antes, adquiría una ritualidad nunca pensada.

Sin lugar a dudas el cementerio estaría perdido para los arqueólogos desde que se permitiese un hecho de este tipo. Sería sacrilegio seguir escarbando un territorio en donde muertes recientes rivalizarían con las muertes del pasado. En un informe a la dirección del museo señalaríamos que no era aconsejable una segunda campaña, porque los restos que habían quedado en El Soco no ameritaban un gasto mayor, y considerábamos que la información obtenida había sido suficiente.

Desde entonces renunciábamos a la segunda campaña; no volveré, le dije a Eduardo.

Éste aprobó en silencio.

—Me gustaría un día, años más tarde, examinar sus huesitos, —me dijo todavía con la frialdad del científico.

Permanecí aletargado por unos momentos. Acabábamos de entrar en el bohío de Jean el pescador. Romilia se había ido resignando. El viejo Jalaquén había muerto cierta tarde cuando Jean traía dos cazones[144]. Se dobló sobre su silla de ruedas mientras Cosme lo llevaba hacia la playa para acechar tiburones y golpeó el suelo con la cabeza al caer. Cosme, sin proponérselo, lo trasladaría en su silla de ruedas a la orilla del mar para que pudiera protestar por última vez. No pudo salvarlo. El hueso escarbado por Dulcinda mucho tiempo atrás había aparecido y durante mucho tiempo, Cosme, quien había ya ayudado a pescar su primer tiburón, lo había guardado. Jalaquén nunca supo de la nueva aparición de su falsa o auténtica pierna, y fue enterrado casi completo. En cuanto a Damián, Romilia con su silencio me confirmó que esperaba un desenlace de este tipo para su hijo semi-inválido. Tratamos de convencerla de que todos llevamos un camino similar. De que todos somos parte de un proceso de vida y muerte que se desarrolla ineluctablemente. El único que no lloraba era Cosme, quien ahora vestía con cierto orgullo el estrecho traje marinero de Damián, y había colgado sobre la pared la mandíbula del primer tiburón que ayudó a pescar. Nadie se opondría a las nuevas mandíbulas. Orgulloso, dijo que el anzuelo de Margot le había ayudado, a lo que Jean respondió que también el ensalmo de Feltrudis, el arpón y una oración que Damián le enviaba a Pandora noche por noche. Cosme no quiso decirla, era un secreto entre mellizos, entre marassas, como nominaban los del vudú a los hijos simultáneos de un mismo vientre.

Fue la última vez que visité El Soco, pero no la vez final, porque imagi-

---

144   *Cazón*: Pez marino cartilaginoso de cuerpo grande, aplastado y largo, con cabeza redonda en punta y aletas grandes, de piel áspera y color gris plateado, parecido al tiburón; es, de hecho, un tiburón pero con ojos ovalados y dientes triangulares y planos (http://www.clubdelamar.org/cazon.htm).

nariamente viajé en miles de ocasiones; revisé con mi pensamiento los estratos; reconstruí mentalmente los sitios de ocupación, los hallazgos, los lugares en los que hubo enterramientos bajo viviendas, lo que significaban los enterramientos al aire libre. Eduardo, tú has sido más fiel.

Quisimos saber sobre el destino de Feltrudis. Samuel, el papá bocó del batey, la encontró flotando en la playa con su vestido azul; todos vinieron a verla, y fue Samuel quien dictaminó que no había duda de que fuera una Marimanta y de que en vuelo errático cayera sobre las rocas y rodara hacia el mar, desgarrándose las ropas y el cuerpo. Todo aquello pasó en un tiempo relativamente corto. Las Marimantas no se entierran y el oleaje las deshace. Como si hubiese sido cierta la afirmación de Feltrudis, comentada por Nathaniel, de que traeríamos muerte y desolación al sitio, El Soco se consumió en su propio caldo, los manglares apestaron cada vez más, y muchos de los jóvenes prefirieron irse a la capital y trabajar como obreros de la construcción, o vender chucherías en las orillas de los mercados populares. Los menos, estudiantes de secundaria en San Pedro, llegaron a la universidad.

Al fin decidí que la historia arqueológica quedaba relegada y que un día la publicaría completamente con mis colegas. Pero no ha sido así. La otra historia es la que me pides, Eduardo, y la que Nora también me sugiriera hace ya largo tiempo a pesar de la foto de mujer que adorna mi estudio. Pero me pregunto si acaso puede narrarse la historia de Pandora y sus repeticiones sin hacer referencia al trabajo científico del cual surgen las historias paralelas. ¿Tenemos que seleccionar la historia científica y dejar fuera la historia intangible, la que nos completa en experiencia y poesía? Me parece bien escribirla para los no versados en la ciencia antropológica. Pero no es posible borrar el contexto, y hablar de estratigrafía, y referirme al mundo del polen, las fechas y los estilos arqueológicos. Todo forma parte de todo. Es así. Esta historia que raya en lo imaginario es para mí tan o más importante que todas las reconstrucciones planimétricas y que todas las clasificaciones estadísticas. Por tales razones te agradezco el entusiasmo que has generado en mí.

Antes de ayer hablé mucho con Solares. Sabe de una caverna donde Augusto Adrián puede ver murciélagos verdaderos. Lo llevaremos. Los que había capturado se escaparon.

Cuando preparaba un ciclo de charlas para la Universidad de Santo Domingo comencé a recibir precisa información sobre costumbres y rituales. Ya la decisión de no retornar a El Soco había sido tomada. Carlos había hecho una buena labor; desde la Universidad Central de Venezuela me llegaron copias de documentos importantes enviadas por Sanoja y Vargas; desde Barranquilla me llegaron datos de Carlos Angulo, quien había conocido algunos grupos recolectores actuales con un sistema de rituales que los acercaba mucho a los viejos pobladores de Las Antillas. La amiga Betty J. Meggers de Smithsonian Institution me nutrió de buena información sobre Amazonia, y yo mismo, conjuntamente con Margot y José, había revisado cuanta publicación encontré en el museo, y muy especialmente el *Handbook of South American Indians*, una obra que resume placenteramente gran cantidad de datos etnológicos para grupos actuales y del período de contacto indígena-europeo. Renato Rímoli, paleobiólogo del Museo de Historia Natural, había hecho un importante hallazgo. Restos de Noctilius aparecían como parte de la dieta de El Soco en cantidad muy superior a los de otras especies de quirópteros.

Para no cansar a un lector no avezado puedo resumir los hallazgos que más me interesaron: entre los indios mako, de Colombia, los ritos de pasaje se realizaban sacrificando un niño, un gemelo, para hacer continua y fácil la recolección. Aunque los makos no eran agricultores, tenían una estrecha relación con grupos arawaks, agricultores, de la zona del río Magdalena en Colombia.

Entre otros grupos de la Amazonia el hallazgo de un territorio fértil es motivo de alegría y de todo tipo de ofrendas a los dioses. Entre los taironas, chibchas y diversos grupos de Colombia, Costa Rica y Panamá, el sacrificio ritual estuvo ligado a la carencia de fuentes alimenticias.

Reunida toda la información, podría ahora recoger, en un mazo, los motivos que generaron el final de Pandora, cuyo nacimiento poético trataría yo de gestar.

Llegados de las costas sudamericanas, los agricultores prehistóricos de El Soco iniciaron un sistema agrícola basado en la yuca, tal y como era común entre estos grupos indígenas. Llegarían en canoas, habrían tocado otras tierras pequeñas, como son las islas menores de un archipiélago curtido por la vegetación, y en donde una fauna nueva y aislada por los milenios entregó sus carnes y sus secretos, pero éstas habían sido ya pobladas. Al arribar a las costas de lo que es hoy Santo Domingo iniciaron el sistema de quema y tala del bosque para el sembradío de la yuca tradicional en sus territorios originarios. En pocos meses se dieron cuenta de que la tierra no era apta. Quemar el bosque era quebrar para siempre la naturaleza, que jamás retornaría a ser la misma. Entonces aceptaron nuevas formas de vida, pescaron y recolectaron para intercambiar. Imitaron a los recolectores marinos que los precedieron hacia el año 2000 antes de nuestra era. Los restos de burén o budare –platos para hacer casabe– son abundantes en el comienzo de su llegada, arqueológicamente están representados, y por lo tanto la yuca fue en principio utilizada: era recibida en intercambio, y las mujeres fueron su principal productor. Luego ya no hubo yuca; los budares desaparecen en la cronología hacia el 950, fecha en que Pandora es sacrificada. Es precisamente el momento en el que la guáyiga se adopta como alimento sustitutivo. La heredan, y en vez de asarla la transforman fermentándola y aprovechando larvas de una mosca que la habita todavía y la busca afanosamente en las tierras calizas del este.

La poesía dice que se intensificó la vida de recolección y que se inició el contacto con los grupos pre-agricultores que habitaban la isla antes de la llegada de Pandora y los suyos. Y dice la poesía que los recolectores enseñaron el uso de la guáyiga a los agricultores a cambio de más afinados y precisos objetos, como puntas, anzuelos y redes, que marcaron su vida. El dominio de la guáyiga, y la poca necesidad de intercambio con gentes que producían yuca en otros lugares, trajo como consecuencia el surgimiento de una producción de mariscos y caza que estabilizó definitivamente la aldea. Una aldea rica en productos de la pesca y la recolección, con la explotación de una planta silvestre que no tenía por qué ser cuidada, puesto que se reproducía por sí misma.

Entonces, la muchacha que era cuidada y mantenida como un ser destinado a los dioses, debería ser sacrificada en una acción común, poco documentada por la crónica, pero aceptable, porque el sacrificio humano ha estado comprobado en datos etnológicos de la isla. De ahí que cerrando los ojos la veamos en su silenciosa morada, con la ocarina sagrada en la mano y a la espera de que naciese el primer par de gemelos dentro de alguna familia cacical, oportunidad en la que iría al mundo del ritual.

El primer par de gemelos habido luego del cambio económico y de la aceptación de la guáyiga como paso importante de subsistencia nació de entre las mujeres del cacique. El niño fue enterrado primero, llevaba su símbolo: la espátula vómica o vomitiva común a los shamanes y buhitíos. Pandora fue enterrada luego, no sin antes ser drogada con el brebaje del ñopo, el candelón o tamarindo de teta de las Antillas, la cogioba de Puerto Rico, cuyo efecto sobre los sentidos produce sueño y nostalgia. Ya mucho después de las excavaciones Luis me prestó una ficha del botánico Safford, quien la había encontrado en la Amazonia y en la isla de Santo Domingo en el año de 1917.

Pandora descendió lentamente. Flores de la planta que simbolizaba el nuevo sistema de alimentación deberían acompañarla. Era lógico que fuese convertida en la diosa de una nueva forma de cosecha. Era lógico que sobre su cabeza graciosa y simple se colocara el símbolo del nuevo cultivo (el círculo concéntrico y la raya), y era lógico que se aprovechara el nacimiento de gemelos, porque según la ley todo gemelo débil debería ser sacrificado a los dioses. La creencia de que el gemelo débil es el que tiene los poderes y puede un día ser reclamado por los dioses continuaría con los siglos. Todavía en muchas tribus africanas la leyenda se prolonga. Damián pudiera serlo, si es que extendemos hasta hoy el tiempo ritual. Sólo que el sacrificio fue diferente, aunque como ofrenda pareciera ser parte de un ritual también del siglo XX.

Alrededor de Pandora –como si un núcleo atractivo llamase la muerte– se organizaron los demás entierros. La mosca soldado acompañó para siempre la comunidad, porque en ella, en el fermento de las raíces de la guáyiga, encontró lugar para el desove y para la reproducción. Las viviendas fueron movidas en función de los enterramientos mismos. Unas veces hubo que enterrar en los propios pisos, otras en las zonas de los bordes que asomaban al manglar. El pueblo inició el culto a la bella. Cuando la sociedad de El Soco se fragmentó, como es común entre los grupos tribales de esta categoría, otra beldad fue sacrificada entre las arenas de Juandolio, era Selene, la del E-12. También un «gemelo» la acompañaba, sólo que un poco más viejo que el que acompañaba a Pandora. Simplemente se esperó el parto de gemelos durante largo tiempo y cuando no se produjo, otro hijo de familia importante fue declarado «gemelo ritual» y colocado junto a Selene para celebrar el avance del ciclo humano y divino, el nacimiento y la permanencia de una forma de vida que hizo posible el crecimiento y la supervivencia del grupo humano gracias a una planta silvestre transformable en alimento.

En el caso de Pandora la casa fue incendiada luego de haber sido enterrada en el piso conjuntamente con el gemelo ritual. Lo demostraron los tocones y troncos quemados que conformaron la base de las paredes y la tablazón. El fuego ritual consumió la casa luego de que los cuerpos estuvieron completos con sus ofrendas y destinados a ser motivos de una tradición naciente. Sentirían desde la superficie el calor de aquel fuego que los pondría en contacto con las opias.

Selene tenía una edad ritual, como la tenía Pandora. A las ceremonias asistieron los antiguos pobladores pre-agrícolas, los supervivientes de una sociedad menos desarrollada, los recolectores que tenían miles de años viviendo en las islas, los descendientes de un sistema cultural que había aportado nuevas y variadas formas de subsistencia, demostrando —decimos ahora— que la cultura inferior es un mito, y que en toda forma de cultura existe un núcleo de superación que puede ser útil aun para los que se consideran más avanzados.

Los descubridores de la guáyiga habían cambiado la visión del mundo de seres más adelantados que ellos. Por esa razón fueron invitados al areíto, a la fiesta en la cual los habitantes de El Soco y Juandolio celebraron su nuevo dominio sobre las formas naturales. Bebieron, cantaron, aprendieron historias, se integraron al modelo de vida de los arawaks que venían de lejos y con los años se apropiaron de sus costumbres y terminaron realizando el mismo ritual, para agradecer a los dioses el haber encontrado gentes que consideraron buenos sus descubrimientos, que les mostraron otros sistemas de vida.

Pandora y Selene quedaron envueltas en las brumas de un tiempo muerto, en el silencio de una historia tan simple que hubiera sido imposible conocerla sin tener a mano fragmentos de cerámica, fechas de radiocarbono, noticias etnológicas, análisis biológicos y sueños infantiles y de poeta. Contribuyen a su historia los picos y las palas, las tristes lágrimas de Romilia, el acerado carácter de Eduardo y de Carlos, y el tono demencial de mi poesía. Sellan la misma sorprendentes moscas alfareras sin las cuales el nuevo alimento no hubiese existido.

El final de la historia no parece tan novelesco, pero sigue siendo misterioso, puede serlo. Cabe, más bien, otro informe: el de un antropólogo que reconstruye la realidad del presente buscando raíces en el pasado. Lo que podía decirse en términos vitales de la Pandora de El Soco está en las notas anteriores y tiene relación con los estados de ánimo, con el sonido de la flauta, con ese ir y venir del espíritu en la búsqueda de una realidad que no puede palparse con las manos, pero que Pandora sugiere desde diez siglos de distancia.

Ya te lo dije en aquella ocasión, Eduardo, pero vale repetirlo en unas notas que podrían estar destinadas a ser leídas. Sobre su nombre, su bautismo como «Pandora» y las consecuencias podrían tratar, si te parece, las últimas páginas de esta historia. Tienes mucho que ver con eso, eres también un bautizador, un bautista, un nominador, y te permito con cariño de hermano entrar en mi texto porque luego de mi hallazgo, que fue el tuyo cuando escogiste aquel nombre, se vio que la historia puede arrastrarse de un siglo a otro, y negarse a morir.

La primera gran coincidencia luego de aquellos años fue el parto de mellizos de Margot. Dio a luz marassas. ¡Pamplinas!, debió de decir Carlos, como aquella vez.

¡Pandora! Nunca se me había ocurrido preguntarte, Eduardo, de dónde habías obtenido tan delicado nombre. Lo había aceptado desde un principio como algo contingente, como un elemento dócil y fácil de la mitología, capaz de cubrir con una identidad nueva la forma ritual de aquella joven mujer.

Nuevamente sentados en El Gallinero, junto al mar, bajo el efluvio de la cerveza Presidente y la música inhóspita de Los Guitarreros del Siglo, te pregunté por qué y cómo se te había ocurrido nominar así a nuestra princesa. José, que había bebido más de la cuenta, dijo:

—Profesor, Pandora era una puta... Una puta de esas que acuden a los bares en busca de profesores. Eduardo sugirió un nombre de puta. ¿No es así, Eduardo?

Aunque me martilló fuertemente la respuesta chistosa y algo insolente de José, tan similar a aquella frase de Gavilán, me pareció que podía tener una razón emocional; las putas tienen nombres sutiles muchas veces y otras esconden el ritual del sacrificio al que son empujadas por sus explotadores tras apodos y apelativos exóticos tales como Céfira, Aspasia, Ártemis o Minerva; se protegen o son protegidas tras sílabas de diosas, tras sílabas modeladas ya por la historia. Es como si el proxeneta tuviese en las manos un catálogo de nombres ajustables al delirio de los hechos históricos y de los rincones del espíritu. Me viene entonces la imagen de aquella matrona de la calle Bacafar en épocas de la dictadura, en cuyo catálogo de jovencitas apetecibles y «asequibles» estaba la hija del coronel del ejército que enloqueció revisándolo, y mató a la vieja maipiola suicidándose luego. *Yo sé que inútilmente te venero, que inútilmente el corazón te evoca, pero a pesar de todo yo te quiero, pero a pesar de todo yo te adoro, aunque nunca besar pueda tu boca.*

Los Guitarreros del Siglo, un conjunto de mala vida y mala muerte, destrozaban aquella vieja canción de Guty Cárdenas, muerto en un bar de México antes de cumplir los treinta años. Se dijo que Guty fue de los propagadores del bolero, y que Agustín Lara llegó a admirarlo tanto que sus primeras canciones fueron el producto de sus influencias. «Pero a pesar de todo yo te quiero..., aunque nunca besar pueda tu boca.» Pandora entraba en mis afanes lúdicos y musicales al través de una bachata[145], de una pieza antigua transformada en ritmo de dos por cuatro por cantantes de patio. Su historia alcanzaba esa definición de mujer nada besable, nada abrazable, en la que sólo un amor sin destino era capaz de construirla para dejarla atada al placer romántico de sufrir a plazos.

Entonces me informaste que entre las cajas de esqueletos que el Cementerio Nacional había donado con la llegada del doctor Douglas al museo, había un personaje con ese nombre. Te atrapó el nombre mítico, pero nunca pensaste que de su tumba pudieran salir las sorpresas posteriores. En cada época Pandora puede elevarse y dejar en el aire sorpresas. No se sabe por qué razones se quedó colgando en tu mente. Douglas, antropólogo de Smithsonian, había solicitado un año antes de nuestros trabajos en El Soco los esqueletos modernos abandonados que pudieran ser claves para poner a prueba un método que se estaba ensayando y que consistía en establecer la edad de un individuo haciendo un estudio celular de sus huesos laminándolos.

Douglas estaba tratando de establecer la edad a través del tejido óseo, y había hecho avances en otras poblaciones americanas menos híbridas, menos

---

145  *Bachata*: Término utilizado principalmente en Cuba y en la República Dominicana. Hasta los años de 1940 era una fiesta campesina celebrada en patios y enramadas, donde se reunían amigos y familiares a divertirse. La bachata ha trascendido, sin embargo, los límites del hombre del campo y de barrio. Hoy se escucha en varios países de América y Europa. (DCED)

mulatas, como las de Ecuador, en donde estudiaba la población de Puerto Ayalán mestiza y la considerada indígena, depositada en urnas prehistóricas hacia el año 800 de nuestra era. Me habías hablado de aquella aventura con Douglas.

Generalmente los restos «modernos», cuando no son reclamados por los familiares en los cinco años posteriores al deceso, van al osario común y de allí, varios años después, al crematorio. De no ser así los cementerios estarían llenos de restos sin propietario, de esqueletos que aun habiendo tenido una biografía, no alcanzan el destino que la memoria debería darles.

Recuerdo perfectamente los trámites cuando conseguimos el permiso para traerlos al museo. Los mismos fueron transportados en cajas pequeñas, de madera, desarmables. Cada uno tenía su ficha de nacimiento y defunción así como la posible causa de su muerte, elementos fundamentales para el estudio de Douglas, puesto que era la edad aparecida en la ficha la que debería ser comparada con el estudio óseo.

Una nube densa de recuerdos ya abandonados me golpeó.

—¿Estás seguro, Eduardo?

—Segurísimo. Ese nombre no me lo he inventado, existió, y no acierto a creer que no te haya informado que lo seleccioné por su encanto.

—Nunca te lo había preguntado, y mira, ahora, años después vuelve la onda, vuelve la imagen. Si Margot y Carlos estuvieran presentes se morirían de risa. ¡Pamplinas! Prácticamente sacaste el nombre de un nicho funerario. Debería llamar a Carlos y Margot a Caracas, porque ella, que era tan dada a titular y crear condecoraciones etéreas, completaría su historia y la del sitio. Pero pienso que ya, casada, le importe poco su experiencia de El Soco; siempre, a su edad de entonces, el furor de la ciencia viene, se va, desaparece y parece no retornar.

—Déjate de tonterías, profesor. Estás todavía buscándole los tres pies al gato.

—¿Podemos localizar la caja?

—La caja está en Washington, fue una de las muestras que se llevó Douglas —me dijiste produciendo en mí un desánimo terrible—. Pero tengo la ficha, o mejor dicho, la copia, y podemos, si lo deseas, hacer retornar la caja, porque el plazo está cumplido hace largo tiempo.

Empujado por otra ilusión me levanté del asiento, pedí la cuenta y salimos hacia el museo. Los Guitarreros del Siglo cantaban en ese momento un bambuco[146] con letra del poeta colombiano Julio Flórez titulado «Mis flores negras», canción de vieja data y luctuosa como ninguna. José les dio unos pesos en menudo, «para que parezcan más», y se alejaron hacia otras mesas sin concluir la canción. Era domingo, pero no importaba. En pocos minutos estuvimos en las puertas del museo. Bajamos a los sótanos y llegamos al depósito. El fichero estaba en su mismo lugar, polvoriento pero completamente al

---

146  *Bambuco*: Baile popular en Colombia y en la provincia ecuatoriana de Esmeraldas (DRAE).

día; desde los días en que Douglas y tú lo conformaron se había mantenido sin que nadie más lo tocara; la organización era una de tus virtudes, y la memoria también.

Rebuscaste y volviste a rebuscar. La ficha estaba al final de la gaveta «R». Se leía: «Pandora R., edad 17, muerte por asfixia, quemaduras de tercer grado, domicilio: calle Seybo 147». Algunos datos complementarios señalaban que había sido abandonada por sus familiares, pero como la información principal debía de reposar en los archivos del Cementerio Nacional, decidí, ya sin participártelo, continuar en mi búsqueda hasta el final[147].

---

147  Con este personaje entonces se materializa la teoría mítico-histórica que el narrador ha venido proponiendo: la idea de que Pandora se ha manifestado a través de la historia dominicana.

A partir de ese momento eliminé los comentarios. Le dije a Eduardo y a José que la curiosidad me había vencido, pero las coincidencias me golpeaban. Ellos olvidaron el asunto porque me vestí de silencio mientras, en cierto modo, continuaba en otro plano la investigación arqueológica iniciada largos años antes en El Soco.

El administrador general del Cementerio Nacional fue condescendiente. No fue difícil encontrar la hoja de defunción. Pandora R. había muerto al incendiarse un prostíbulo de la calle Seybo.

En la mañana del mismo día llamé por teléfono a Douglas en Smithsonian para que me enviara un detallado informe de Pandora R. Fui al estudio fotográfico de Huchi Rodrigues, en el cual estaría el negativo de la foto descubierta en el cementerio y en cuyo respaldo estaban impresos con sello gomígrafo la dirección y el teléfono del fotógrafo. Ya la dirección no era la misma, pero la guía telefónica me protegió. La foto de Pandora R. era la misma que se usa en los carnés de identidad, y el sello de Huchi aún permanecía indeleble.

En la tarde me acerqué a la calle Seybo, busqué ansiosamente el número 147, pero quedaba entre casa y casa un solar, un baldío en donde hubo una vez una vivienda de madera. Localizar el sitio debía ser el primer paso para informes posteriores. Me enteré de que en efecto se trató de un cafetín, cuya dueña, doña Amancia, vivía aún. Los vecinos viejos la recordaban. Residía tres cuadras más abajo; según los vecinos me sería fácil ubicarla. Les expliqué mis tareas de «periodista», y les hablé de que escribiría unos «reportajes» para la revista *Ahora*, y —es lógico— traté de que no se me confundiera con un viejo mequetrefe de los que tantas veces frecuentaron la barra de doña Amancia. Puritanismos, al fin y al cabo.

Todavía la calle Seybo estaba poblada por casas de madera, muchas pintadas de azul, con techos de zinc. Pero con los años avanzaba un «progreso» que caminaba deshaciendo construcciones y creando nuevas rutas para la industria. Estábamos por aquellos años en los nuevos proyectos llamados «de sustitución de importaciones», no habíamos llegado a los proyectos actuales del llamado «desarrollo sostenible». La arqueología se esfumaba frente a los planes políticos y económicos que tenían algo que ver con la cultura, con las llamadas «identidades» prohijadas por la Unesco y sus representantes y expertos. Por sus dimensiones el cafetín había sido un lugar pequeño, con apenas dos o tres habitaciones. Todavía era posible ver parte del piso hecho con cemento pulido que imitaba mosaicos de colores varios, marcados con cuerda gruesa que al entrar en el cemento aún fresco lo hacían parecer hecho con losas. Junto a las bases de la casa que fuera cafetín, donde viviera Pandora R., había restos de carbón vegetal producto de las columnatas carbonizadas de la galería. Me dio un vuelco el corazón. Supe que luego del incendio el propietario, un coronel de la Policía Nacional, huyó hacia Nueva York y nadie vino a reclamar el solar, por lo que durante largos años permaneció vacío. Las vecinas más antiguas me informaron que en el sitio «siempre hubo líos», y que el policía había tenido varios altercados con otro oficial, muerto de dos disparos en la cabeza en circunstancias misteriosas, porque las autoridades nunca encontraron pruebas de quién lo había asesinado. Una historia confusa, posiblemente manchada por los celos y el odio, pero que no podía ser desechada como parte de una larga historia que, como se ve, vendría a culminar en una búsqueda producida por un nombre de mujer.

Doña Amancia era una «matrona» retirada de más de ochenta años. Vivía más o menos cómodamente. La casa con galería frontal revelaba que en sus años de matrona hizo cierta fortuna. Me sorprendió ver en el jardincillo palmerillas de guáyiga y le pregunté, entre frase y frase, dónde las había conseguido. Me informó que ahora los viveros y floristerías habían «descubierto» que era una planta decorativa, muy ornamental, y que la vendían a precios muy asequibles para colocarla en torno a fuentes, aceras y caminillos. En cuanto a su protegida fue parca, reticente, pero me confirmó que Pandora R. no tenía familia; había sido criada por ella, la «R» significaba Rangel, segundo apellido de doña Amancia. Sin duda mi nueva Pandora en nada parecía relacionarse con mi amada de El Soco. Sin embargo, cuando salía de la vivienda, doña Amancia me detuvo. Me había hablado del incendio en forma casi genérica. Ahora, como quien recapacita, me permitía conocer algunos datos que cambiaban el panorama.

—Deseo decirle algo, señor, cuando se produjo el fuego Pandora no estaba en la casa. El negocio estaba cerrado y ella se había ido hacia el interior del país sin decirme nada. Buscaba trabajo, huía de mí y de alguien cuyo nombre no puedo darle, porque tiene todavía mucho poder. Apareció quemada, pero no estaba en la casa. La lanzaron entre las cenizas por la noche, luego del incendio. Los bomberos confirmaron que cuando se produjo el incendio no había ninguna persona dentro. Alguno que la quería mal aprovechó para lanzarla en la noche, de modo que amaneciera allí, entre cenizas y brasas. Ese ayudante presidencial de alto rango silenció a todo el mundo. Podría decir su nombre, pero ya no tiene sentido. Pandora fue enterrada sin bulla. Nunca me atreví a reclamar sus huesos, están en el cementerio, en un archivo para personas sin familia, lo sé.

—¿La habrían drogado antes de lanzarla entre las cenizas? –pregunté.

—No sé, todo se quedó así. Para mí hubiera sido duro enfrentarme con la justicia no siendo nada en la sociedad, ¿me entiende? Yo sé que estaba preñada de un grande, de un jerarca, y que no quería sacarse el muchacho.

—La sacrificaron –dije casi para mis adentros.

—El niño murió también. Se lo habían sacado al parecer, y lo tiraron vivo entre las cenizas. Era un varón. Salud Pública se lo llevó. Lo colocaron en un frasco grande en una sustancia extraña.

—¿Le habían ya buscado nombre?

—No, no, todo eso estaba como en secreto.

—Yo, sin conocerla, le hubiera propuesto que se llamara Damián.

«Basta, basta», me dije a mí mismo. «Estás volviendo a delirar, profesor. Sé que te atreverías, para completar el rompecabezas, a rescatar el feto en Salud Pública. No seas estúpido, profesor, es un feto sin nombre.»

Sabiendo que Amancia ha muerto hace largo tiempo y dado que me reclaman personas queridas, concluyo. Porque tal vez Pandora nunca se llamó Pandora y sólo tú y yo conocemos el nombre. Porque tal vez, al través de la poesía, podremos seguir nominándola e inventándola como queramos.

Llegadas las informaciones del doctor Douglas, y el esqueleto que el museo le había facilitado, y ya con la foto de Pandora R. hice mi nueva aproximación. Pandora llegó en una caja plástica que abrimos cuidadosamente. Si la caja posee los males de la tierra podría traer también el germen de la poesía. Algo nuevo ocurría, la foto oscura, maltrecha, se había aclarado poco a poco hasta el punto de que era posible hacer una buena copia, la copia ampliada que cuelga en mi biblioteca. Lo sabías ya porque te narré en parte la realidad que completo y que ahora pasa a las letras de imprenta. Mi amigo fotógrafo me dio una explicación, la más simple para explicar de qué modo una foto vieja puede ella misma fermentar, reverdecer, resucitar: «eso puede pasar a veces», me dijo. Y quedé convencido de argumento tan valedero. «¡Todo puede pasar a veces!», me dije, recordando el glorioso eclecticismo de Fellini.

Ya vencido por mi anterior concepción del pasado, repito, hice mi aproximación final:

«Sacrificada por alguien que la asfixió antes de lanzarla al fuego creado adrede para quemarla conjuntamente con un feto que era una amenaza para el poder, Pandora R., de 17 años, existió en la ciudad de Santo Domingo. Estaba embarazada. Su fotografía ampliada la muestra como de tez posiblemente aceitunada; lleva un pequeño y fino collar de caracolillos de mar, como los que actualmente se venden en las tiendas de artesanía. Tiene los ojos rasgados, casi orientales, y las cejas gruesas y simples. Como en los arawaks antillanos, la frente es ancha y bella al punto de que parece artificialmente deformada. Aunque la foto la presenta casi ladeada sobre el hombro izquierdo creo que su pelo le llega más abajo de la espalda, posiblemente hasta la cintura. Es lacio, debió de ser de un negro profundo, y brilla como si una luz de luna lo colmara de reflejos. Una sonrisa como la que imaginamos para la de El Soco se cuaja en la dentadura luminosa confirmando labios que la imaginación había creado para su símil de El Soco. Su parecido ritual con su compañera de hace mil años me llena de ilusiones. Su traje simple parece adornado hasta el escote con motivos circulares concéntricos, puntos y rayas. La foto en blanco y negro no puede darme el color de su vestimenta, pero tengo el derecho de imaginarla. El doctor Douglas ha hecho el análisis de la tierra adherida a los huesos y ha encontrado polen de gramíneas, de azucenas, y de varios tipos de margarita, pero la guáyiga, palmerilla que desde hace ya unos años era común como adorno en muchos jardines de la capital, como bien me dijera Amancia, sólo está presente en el entorno del ayer. No sé si Pandora R. aprendió nunca a tocar la ocarina, pero estoy seguro de que ha sido la "víctima" de un rito de pasaje cometido en el siglo XX».

Creo, y parece ser así, que estas experiencias pudieran ser una prueba de que la vida repite los mismos tipos, los mismos cuerpos, iguales ritos y las mismas angustias en gentes que siendo diferentes podrían ser, en el fondo, las mismas. Paisajes, flores, música, sacralidades inconclusas y rumores se multiplican por encima de la lógica y de toda precisión humana. La historia desova como una mosca, y si encuentra materia prima para repetirse transformada en un nuevo ser, lo consigue.

Con los nuevos objetivos que me obseden creo que nunca podré restituir los restos de Pandora R. al museo. Los guardo en un armario junto a mi brújula, aquella simbólica flauta de tallo de lechosa, propiedad de Damián y que Augusto Adrián está loco por usar; ropas de arqueólogo y algunas fichas, negativos y documentos viejos. Entre mis inquietudes futuras está la de dar un día sepultura conjuntamente con los de Pandora, Damián y Selene, a los restos de Pandora R., aunque no sé si Jean, Romilia y Cosme estarían de acuerdo con mis nuevas decisiones.

Percibo que hay sombras móviles que se repiten en expresiones materiales que nos marcan y ocupan repetidamente cuerpos diversos, y ésta es una de mis dudas angustiosas.

Poder reunir los cuerpos de una sola alma en una misma tumba depositando en ella los envoltorios humanos de épocas diferentes ya no viene siendo una función de arqueólogos, sino de poeta, de loco, dirán algunos. Me doy cuenta de que jamás volveré al campo a desenterrar el pasado porque presiento que el pasado me persigue, me arremete, y un día entró en mi casa de modo inesperado ocultándose entre mis papeles viejos, dentro de mi archivo, en la despensa que he dedicado a objetos de una época que creí perdida, y que la memoria de un amigo y el cariño de una esposa me obligan a percibir como una fuente de inspiración.

Oyendo a Shankar y a Menuhin, imaginando flautas, ocarinas y moscas negras de alas rojizas, el pasado me conmina a que lo entienda tal y como él es y no como pensé, durante mucho tiempo, que debiera haber sido.

Te envío las notas que pudieran ser una primera versión. Me dirás tu opinión final. Antes debo decirte algo: Augusto Adrián y yo llamamos a Solares, quien tiene permiso para que visitemos la Cueva de las Maravillas y veamos de cerca los Noctilius. No sé qué habré de sentir cuando aquel viaje se realice. Tengo temor de que el niño se entusiasme con estas cosas. No logro convencerle de que los Noctilius no comen pan con leche condensada. Solares tampoco le convencerá.

En retribución por las moscas soldado que Nora lleva cristalizadas como un adorno, te guardo dos cuentas de dientes de tiburón originales. Llevándome de Jean noté que, tal y como él decía, no había diferencias entre las cuentas que él falsificaba y las que llevaba el niño de Pandora. Por tanto el niño tiene dos modernas, y yo tengo para ti, y para que puedas seguir recordando, dos auténticas. En verdad pecado de arqueólogo. Acudiendo a tu solicitud, ya que me pediste la cita del cura Las Casas que aquella vez nos leyera Solares, te la transcribo como homenaje tal y como aparece en la primera edición de su *Apologética Historia de Indias*, bien llamada por Juan Pérez de Tudela «Antropología de la Esperanza»:

> «Por todas las dichas mesas de lajas o peñas, y entre ellas, se crían unas raíces que no las hay en toda esta isla; estas raíces se llaman guallagas, y hacen dellas pan que comían por toda esta provincia los indios. Las raíces son como cebollas gruesas albarranas; las ramillas y hojas que salen fuera de la tierra dellas, obra de dos o tres palmos, parecen algo como de palmitos de los que hay en Andalucía, puesto que son más angostas y más lisas y delicadas. Hácese el pan desta manera, conviene a saber, que en unas piedras ásperas como rallos las rallan como quien rallase un nabo o zanahoria en

un rallo de los de Castilla, y sale masa luego blanca, y hacen della unos globos o bollos redondos, tan grandes como una bola, los cuales ponen al sol, y luego pónense de color de unos salvados o afrechos. Están al sol uno y dos y tres días, y al cabo dellos se hinchen de gusanos como si fuese carne podrida y quedan eso mismo tan negros poco menos que una tizne, como un negro algo deslavado que tira a pardillo. Después que ya están en esta disposición, negros y herviendo de gusanos tan gordos como piñones, hacen unas tortillas dellos, que ya es masa cuanto a la blancura y ser correosa como la de nuestro trigo, y en una como cazuela de barro que tienen ya sobre unas piedras, y luego debajo, callente, ponen sus tortillas, y desde un rato questán cociendo de un lado las vuelven del otro, donde bullendo los gusanos con el calor se fríen y mueren y así quedan allí fritos. Y éste es el pan de aquella tierra y provincia. Y si se comiese antes que se parase prieto y no estuviese lleno o con algunos muchos gusanos, los comedores morirían».

FIN

Thank you for acquiring

# LA MOSCA SOLDADO

from the

**Stockcero collection of Spanish and Latin American significant books of the past and present.**

This book is one of a large and ever-expanding list of titles Stockcero regards as classics of Spanish and Latin American literature, history, economics, and cultural studies. A series of important books are being brought back into print with modern readers and students in mind, and thus including updated footnotes, prefaces, and bibliographies.

We invite you to look for more complete information on our website, **www.stockcero.com**, where you can view a list of titles currently available, as well as those in preparation. On this website, you may register to receive desk copies, view additional information about the books, and suggest titles you would like to see brought back into print. We are most eager to receive these suggestions, and if possible, to discuss them with you. Any comments you wish to make about Stockcero books would be most helpful.

The Stockcero website will also provide access to an increasing number of links to critical articles, libraries, databanks, bibliographies and other materials relating to the texts we are publishing.

By registering on our website, you will allow us to inform you of services and connections that will enhance your reading and teaching of an expanding list of important books.

You may additionally help us improve the way we serve your needs by registering your purchase at:

**http://www.stockcero.com/bookregister.htm**